Maja Gerber-Hess • Als Fabian verschwand

Geburtstag '04
von Susanne

cbt

Foto: © privat

DIE AUTORIN

Maja Gerber-Hess, 1946 in Zürich geboren, ist seit 1978 schriftstellerisch tätig. Sie schreibt Erzählungen und Kurzgeschichten für Kinder, Jugendliche und Erwachsene. Nebenbei arbeitet sie im Jugendfilmwesen. Maja Gerber-Hess ist Mutter von zwei erwachsenen Söhnen und lebt in der Nähe von Zürich.

Von Maja Gerber-Hess ist bei OMNIBUS/cbt erschienen:

Und konnte nicht schreien (20525)
Reto, HIV-positiv (30247)
Das Jahr ohne Pitt (20527)
Etwas lebt in mir (20528)
Patchwork-Familie (20770)
Zoë und Rea (20771)
Die Tat (20772)

Bei C. Bertelsmann ist erschienen:

Sonst kommst du dran

Maja Gerber-Hess

Als
Fabian verschwand

cbt

cbt

Band 30242

cbt – C. Bertelsmann Taschenbuch
Der Taschenbuchverlag für Jugendliche
Verlagsgruppe Random House
München Berlin Frankfurt Wien Zürich

www.bertelsmann-jugendbuch.de

Umwelthinweis:
Alle bedruckten Materialien dieses Taschenbuches
sind chlorfrei und umweltschonend.

1. Auflage
Originalausgabe Februar 2004
Gesetzt nach den Regeln der Rechtschreibreform

Lektorat: Brigitta Neumeister-Taroni
(Büro linguart, Zürich)
Umschlagbild: Flir Systems Deutschland
Umschlagkonzeption:
init.büro für gestaltung, Bielefeld
go · Herstellung: IH
Satz: Uhl+Massopust, Aalen
Druck: Clausen & Bosse, Leck
ISBN 3-570-**30242**-3
Printed in Germany

Dank

Von ganzem Herzen danken möchte ich Frau DIANE BURGY, der Vizepräsidentin der Stiftung FREDI (Fondation pour la recherche d'enfants disparus, par Internet/Stiftung für die Suche nach verschwundenen Kindern im Internet).

Sie hat mich beim Verfassen dieses Buches mit ihrem Fachwissen und unzähligen Informationen unterstützt und mir mit viel persönlichem Engagement vermittelt, wie Betroffene in einer solchen Situation leiden.

Wangen, im März 2003
Maja Gerber-Hess

Mai 2002

Gerade eben, als das Telefon klingelte und ich wieder einmal erschauernd gegen das Gefühl ankämpfte, Eiswasser ströme mir über den Nacken, fragte ich mich wie schon unzählige Male: Was empfinden wohl andere Menschen, wenn ihr Telefon läutet? Bleiben sie ganz locker, heben sie den Hörer ab und melden sie sich ohne Panik, ohne dieses schier unerträgliche Gefühl, wie ein Pendel zwischen Hoffen und Bangen hin und her zu schwingen?

Wird mich dieses Unbehagen nun mein Leben lang begleiten? Ist es in mir eingeätzt wie mit Säure? Blitzt es immer wieder auf wie nächtliche Leuchtreklamen?

Werde ich ihn jemals vergessen oder wenigstens alles, was geschehen ist, als zu meinem Leben gehörend annehmen können? Mittlerweile glaube ich, alles versucht zu haben, um damit klarzukommen, damit leben zu können. Beim Telefonapparat habe ich sämtliche möglichen Klingelsignale ausprobiert, von der melodischen Tonfolge bis zur witzigen Klangsinfonie. Aber noch jedes verwandelt sich in meinen Ohren schließlich wieder in das beängstigende Schrillen von damals.

Wenn sein Bild vor mir auftauchen will, schließe ich die Augen und zwinge ein anderes Gesicht herbei. David im Profil oder dasjenige meiner Kollegin Pia, dasjenige meines Chefs oder dessen neuester Freundin.

Ich habe mich meiner Familie gestellt, mich immer wieder von neuem zu einem Wiedersehen gezwungen, Mamas glanzlose Augen ertragen, Dads stumpfes Vor-sich-Hinbrüten ausgehalten, versucht, mit meinem jüngeren Bruder Tommy unbefangen über Alltäglichkeiten zu plaudern. Schließlich haben wir das bewusste Thema ganz ausgeklammert und uns gezwungen, dieses »andere« Leben zu leben.

Doch obwohl meine Eltern vor drei Jahren in eine neue Wohnung umgezogen sind und nun in anderen vier Wänden leben, scheinen sie die gesamte Kulisse von damals mitgenommen zu haben. Die Möbel warten auf Stöße und Püffe von seinem Ball, den er immer in die Wohnung mit hochnahm, wo er es zu unserem Ärger nicht lassen konnte, unbekümmert umherzukicken. Die goldgerahmten Bilder warten auf seinen fröhlichen Spott über ihre biederen Motive, die Teppiche auf die Flecken, die er immer wieder verursachte, wenn er in seiner schussligen Art etwas verschüttete.

»Schreib doch mal alles auf!«, hat David letzte Nacht leicht entnervt vorgeschlagen, als er spürte, wie ich in die Dunkelheit horchte, statt mich auf seine zärtlichen Annäherungsversuche einzulassen. »Das geht doch nicht so weiter, Sina, das muss ein Ende haben! Schreib auf, was du erlebt hast, kotz die ganze verdammte Brühe aus und lass Fabian endlich sterben!«

Lass Fabian endlich sterben…

Und wenn er gar nicht gestorben ist? Wenn er irgendwo lebt?

Nachdem David eingeschlafen war, stand ich noch einmal auf und trat ans Fenster. Der Mond warf Silber in die

Gassen und Straßenschluchten der Stadt, im Laub der Espe, die bis zu Davids Wohnung hochragt, ließ eine Brise die feinen Blätter rascheln und wie die Flüsterstimmen vieler Kinder klingen.

Wie Tommys und Fabians Geflüster, wenn sie gemeinsam etwas ausheckten, zwei unbekümmerte Jungs mit dem ersten Flaum über den Lippen, einer noch hellen Stimme, die zwischendurch unversehens eine Oktave tiefer rutschen konnte, zwei Jungs, die viele für Zwillinge hielten, weil sie nur elf Monate auseinander waren.

Wenn ich Tommy ansehe, kann ich mir ungefähr vorstellen, wie Fabian jetzt aussehen würde. In ein paar Monaten wäre er neunzehn Jahre alt, sechs Jahre älter als damals, als ich ihn das letzte Mal sah.

Mein Bruder Fabian ist eines der vielen Kinder,
die eines Tages spurlos verschwinden.

1996 war ich sechzehn und besuchte eine Handelsschule, das Leben lag noch, wie in Geschenkpapier verpackt, verheißungsvoll vor mir. Wenn ich meinen Kalender von damals aufschlage, springen mir zuerst unzählige Ausrufezeichen ins Auge; meine Schrift hatte ihre in der Schule angelernten Formen längst gesprengt und floss unordentlich über die Seiten. Ein Jahr lang hatte ich stichwortartig immer mal wieder festgehalten, was ich unternahm, erlebte, empfand und was in meiner Familie geschah. Dreihundertfünfundsechzig Tage konservierte Lebenszeit.

Noch heute habe ich Mühe, jenen entscheidenden Monat aufzuschlagen, den Februar 1996. Das Blättern fällt schwer, die Hand weigert sich, flüssig bis zum Tag X zu gelangen, und hält ein paar Seiten davor inne.

Und von da an tauchen zu jedem Stichwort Erinnerungen auf. Sekundenschnell vergegenwärtigen sie Ereignisse, die Jahre zurückliegen. Wie in einem Theaterstück gleiten schwere Vorhänge zur Seite und geben die Bühne frei, auf der unsere Familientragödie spielte.

14. Februar 1996

Scheißkälte! Kino, anschließend Pizzeria, Nelly und ihr Freund Pedro kamen auch. Mit Gustav war's aber heiß!!! (Park!) Zu Hause mal wieder Stress. Meine Familie nervt!

Gustav und ich standen vor einem Fernsehgeschäft und blickten auf die flimmernden Bildschirme hinter der Scheibe. Gustav hatte den Arm um meine Taille geschlungen, und aus seinem Mund entwichen weiße Dampfwölkchen, als er begeistert sagte: »Schau dir dieses Fernsehgerät an, Sina! Das neueste Modell! Das Bild ist gestochen scharf, 100 Hz Super Digital Scan! Mensch, eine Quintrix-Bildröhre hat er auch! Vergleich mal mit dem dort ganz hinten links! Siehst du, wie dessen Bild flimmert?«

Es war mir völlig egal, welch erstklassige Bildqualität dieses Wunderding produzierte, Gustavs Begeisterung teilte ich nicht. Ich versuchte vielmehr, mich selbst im Schaufenster zu spiegeln. Saß meine grün-schwarze Karo-Mütze richtig? War ich nicht viel sehenswerter als ein super-digital-ausgerüstetes Fernsehmodell? Ich hatte doch von der Kälte nicht etwa eine rote Nase gekriegt? Klebte mir der feuchte Pony auf der Stirn?

Es schneite wunderschön in großen Flocken, sie segelten langsam vom Himmel herab und legten sich wie Federn auf die Hausdächer, die geparkten Autos und die Straßen, exakt die richtige Kulisse für Romantik und einen guten Schuss Leidenschaft. Was bedeuteten dagegen die neuesten High-Tech-Errungenschaften!

Ungeduldig zupfte ich Gustav am Jackenärmel. »Nun mach schon!«, drängte ich. »Ich bin ohnehin zu spät dran! Meine Eltern machen Stunk, wenn ich schon wieder nicht zur Zeit nach Hause komme.«

Gustav riss sich endlich vom Schaufenster los. »Du hast Recht«, seufzte er. »Wir müssen uns beeilen. Ich sollte heute Abend noch für die Klassenarbeit morgen pauken. Die letzte habe ich total versaut!« Fragend schaute er mich von der Seite an. »Aber die Zeit reicht doch wohl noch für den Weg durch den Park, Sina?«

Sie reichte. Sie *musste* reichen. Wo sonst sollten wir miteinander zärtlich sein? In Gustavs Wohnung dominierte eine Mutter, die allgegenwärtig zu sein schien. Sie hörte mit, was wir zueinander sagten, sie sah auch das, was sich hinter ihrem Rücken abspielte, sie eilte mit Getränken und kleinen Snacks von Zimmer zu Zimmer, keine Tür durfte vor ihr geschlossen bleiben.

Und bei mir daheim stürmten meine Brüder Tommy und Fabian umher, tauschten grinsend alberne Anzüglichkeiten aus, gestikulierten verschwörerisch mit den Händen, wenn sie außerhalb Gustavs Blickfeld standen – Himmel, ich könnte sie jeweils auf den Mond schießen oder, noch besser, gleich ins Weltall auf eine ewige Umlaufbahn. Dad und Mama spielten das verständnisvolle Elternpaar, das mit dem Freund der Tochter freundlich plaudert. Nirgendwo durften Gustav und ich mal ungestört allein sein, überall wurden wir belauscht und beobachtet und anschließend kritisiert.

Die Menschen hasteten in kleinen Trippelschritten über den glitschigen Gehsteig. Gustav zog mich an ihnen vorbei in den geheimnisvollen, menschenleeren Stadtpark. Unsere Bank war jedoch tief verschneit, ratlos schauten wir einander an. Heute konnten wir uns also nicht setzen und uns später zurücksinken lassen. Enttäuscht lehnte ich mich an Gustav, er hob mein Gesicht und küsste mir die Schneeflocken von der Haut. Na also, dann eben im Stehen!

»Du bist schön!«, fand er, obwohl es so dunkel war, dass wir einander nur noch als Umrisse wahrnehmen konnten. Alles wie in einem romantischen Liebesfilm! Dann knöpfte Gustav meine Jacke auf, schob den Pullover hoch, tastete sich unter mein Hemd. Wie siedend heiße Bügeleisen glitten seine Hände über meine eiskalte Haut. Sein Körper drängte den meinen an einen Baumstamm zurück, und gerade als sich mein Verstand zu verflüchtigen begann, fuhr ein Windstoß in die Baumkronen. Eine kalte Ladung Schnee fiel exakt auf uns herunter. Prustend vor Lachen, schüttelten wir uns den Schnee von den Kleidern und rannten anschließend Hand in Hand dem Parkausgang zu.

Als ich später zu Hause reinkam, stand Mama in der Küche und bereitete für den folgenden Tag eine Mahlzeit zu. Selbst an ihrer Rückenhaltung war der unterdrückte Ärger abzulesen.

»Existiert da nicht eine Abmachung zwischen uns?«, erkundigte sie sich, ohne sich nach mir umzuwenden. »Dienstag und Freitag übernimmst du die Küchenarbeit, dachte ich doch!«

»Es ist doch bloß dieses eine Mal…«, maulte ich. »Sorry, Mama, ich übernehme sie dafür morgen!«

»Morgen ist Fabian an der Reihe und übermorgen Dad, wir stellen deinetwegen nicht den ganzen Haushaltsplan um. Lass dir etwas anderes einfallen!«, knirschte Mama mit zusammengebissenen Zähnen. Voller verhaltener Wut raspelte sie eine geschälte Gurke in eine Schale, hielt dann aber inne und drehte sich nun endlich um.

»Wie siehst du denn aus?«, fragte sie und musterte mich von Kopf bis Fuß. »Wo hast du dich bloß herumgetrieben?«

»Gustav und ich waren mit Nelly und Pedro Pizza essen, ich bin eigentlich nicht mehr hungrig«, antwortete ich und wollte mich eilig aus dem Staub machen. Aber Mama hatte mich bereits an den Schultern gepackt und zog mich unters Licht. »Vom Pizzaessen kriegt man für gewöhnlich keine roten Flecken am Hals«, meinte sie trocken und ließ ihre Augen dann weiter nach unten wandern. »Die Jacke hast du dir auch verkehrt zugeknöpft ... und dein Hemdchen guckt aus dem Hosenbund ... Das erklärt allerdings, weshalb du dich mal wieder verspätet hast, Sina!«

»Sie hat's mit Gustav getrieben«, grinste Tommy, der in der Tür stand.

»Werd bloß nicht schwanger, Schwesterchen!«, setzte Fabian noch einen dummen Spruch drauf und drückte sich dämlich kichernd an seinem Bruder vorbei in die Küche. Die beiden witterten durch Zimmerwände, wenn sich in unserer Wohnung etwas tat.

»Ihr seid alle zum Kotzen!«, rief ich empört aus, worauf auch Dad erschien.

»Was ist denn hier wieder los?«, seufzte er abgrundtief. »Könnt ihr euch denn nicht *eine* Stunde in dieser Wohnung aufhalten, ohne zu streiten?«

»Du solltest mit Gustav reden, Max!«, verlangte Mama resolut. »Er ist schon achtzehn, ich will nicht, dass er und Sina bereits ...«

»Kommt nicht infrage!«, brüllte ich. »Ich würde vor Scham in den Boden sinken!«

»Besser als in sein Bett«, spöttelte Tommy.

»Ach, halt doch den Mund, wir leben schließlich im zwanzigsten Jahrhundert!«, stieß ich verzweifelt hervor.

»Wo habt ihr ...?«, wollte Fabian neugierig wissen. »Na ja, heutzutage ist das in Sinas Alter wirklich nichts Besonderes mehr!«, klärte er dann Mama auf.

»Ruhe!«, rief Dad.

»Du und deine Ruhe!«, wandte sich Mama aufgebracht an Dad. »Du trägst ebenso viel Verantwortung für die Kinder wie ich! Und *ich* kann mich auch nicht hinter den Fernseher verkriechen und tun, als wäre alles in Ordnung.«

»Ich bin kein Kind mehr!«, begehrte ich auf.

»Du bist aber auch noch nicht volljährig, Sina!«, erinnerte mich Mama giftig.

»Na, *das* ist bestimmt nicht die richtige Art, um ein Problem zu lösen, Melanie«, meinte Dad sarkastisch.

»Es *gab* überhaupt kein Problem, bevor ihr euch eingemischt habt!«, kreischte ich jetzt unbeherrscht. »*Ihr* seid mein Problem!«

»Hört, hört!«, kicherte Tommy.

»Ihr zwei verschwindet jetzt mal in eurem Zimmer!«, befahl Mama. Fabian und Tommy rührten sich nicht von der Stelle.

»Sag du mal etwas, Max!« Mamas Stimme klang plötzlich den Tränen nahe. »Ich bin müde, ich habe einen Zehnstundentag hinter mir. Dazu noch die ganze Hausarbeit, weil Sina mal wieder nicht zur Zeit aufgekreuzt ist… Ihr andern würdet freiwillig ja keinen Finger rühren…«

»Niemand hat von dir verlangt, dass du wieder ganztags arbeitest«, meinte Dad.

Nun hatten sie mich vergessen. Sie waren bei ihrem Streitpunkt Nummer eins angelangt. Mama führte nämlich mit viel Schwung und Begeisterung das Schreib- und Papierwarengeschäft ihrer verstorbenen Eltern weiter. Bis vor vier Jahren hatte sie einen Geschäftsführer angestellt und selbst nur dann und wann im Verkauf oder im Büro gearbeitet. Von einem Tag auf den andern beschloss sie dann aber, wieder voll ins Berufsleben zurückzukehren. Dad schlug vor, es vorerst bei fünfzig Prozent zu belassen, doch Mama ist der »Alles-oder-Nichts-Typ« und hörte nicht auf ihn. Auch wenn nun mehr Hausarbeit für uns anfiel und Fabian und Tommy nach Schulschluss von Omi beaufsichtigt wurden, waren wir Kinder stolz auf unsere berufstätige, energiegeladene Mutter. Nur Dad hatte Mühe mit der Umstellung. Das erste Jahr nach Mamas beruflichem Wiedereinstieg verlief dennoch bestens. Dann aber begannen sich Mamas Kopfschmerzattacken zu häufen und sie wirkte zunehmend gestresster. Manchmal schleppte sie abends noch Ordner mit nach Hause und brütete bis tief in die Nacht hinein über der Buchhaltung. »Der Umsatz geht zurück«, jammerte sie. »Wenn ich unser Geschäft bloß vor dem Konkurs retten kann! Diese riesigen Ladenketten fressen die kleineren Geschäfte unbarmherzig auf!«

Statt dass Dad, unser Diplom-Kaufmann, ihr beigestanden hätte, triumphierte er. »Das hast du jetzt davon! Du mit deinem sturen Kopf! Immer alles alleine bewältigen wollen und gleich den Geschäftsführer entlassen! Dafür haben wir in der Wohnung ein Chaos, und unsere Kinder treiben, was ihnen gefällt. Omi ist nicht mehr die Jüngste, sie kommt mit ihnen nicht mehr klar. Und du leidest ständig unter gesundheitlichen Problemen! Stell doch wenigstens wieder eine Hilfskraft ein, die dich entlastet!«

»Ich kann keine Hilfskraft mehr bezahlen, verstehst du das denn nicht, Max! Ich kämpfe ums Überleben des elterlichen Betriebs! Und wenn *du* zu Hause aktiver mit anpacken würdest, bliebe weniger liegen, Omi wäre entlastet, und alles wäre unter Kontrolle.«

In dieses Thema verhakten sich Dad und Mama nun und ich drückte mich geschwind an meinen Brüdern vorbei aus der Küche. Doch meine schöne Stimmung war verpufft, von Glücksgefühlen lässt sich offenbar kein Vorrat anlegen. Tommy und Fabian, die bei jeder Gelegenheit Öl ins Feuer gießen, hätte ich am liebsten den Hals umgedreht.

Mit einem Knall ließ ich meine Zimmertür hinter mir ins Schloss fallen und warf mich aufs Bett. Ich drehte die Musik auf und versuchte, mir Gustavs über meine Haut tastende Hände in Erinnerung zu rufen, diese prickelnden Gefühle, die er damit auslöste. Als würde Sina Bachmanns Körper von einem Erdbeben erschüttert! Nachträglich musste ich lachen, weil ich in der Hitze des Augenblicks vergessen hatte, den Verschluss meines BHs wieder zu schließen und mein Hemd in den Slip zu stecken. Ich griff nach dem Spiegel auf meinem Nachttisch und entdeckte am Hals wirklich eine blutunterlaufene Stelle. Vom Pizzaessen stammte sie tatsächlich nicht!

Ich glitt eben wieder in meine Träumereien zurück, da bewegte sich die Türklinke langsam nach unten, zaghaft wurde die Tür aufgestoßen und Fabians Wuschelkopf schob sich in den Spalt.

Mein Ärger auf ihn verflog, als ich sein schuldbewusstes Gesicht registrierte.

»Komm schon rein«, forderte ich ihn versöhnlich auf. »Ich werde dich nicht auffressen.«

Zu Fabian hatte ich den besseren Draht als zu Tommy, vielleicht auch weil er unser Jüngster war, unser Kleiner eben, obwohl er bald größer war als ich. »Setz dich!«, forderte ich ihn gnädig auf.

Fabian ließ sich in meinen weichen Sessel beim Fenster sinken.

»Die streiten sich immer noch«, murmelte er. Ich zuckte gleichmütig mit den Schultern.

»Na und? Ist ja nichts Neues! Aber nimm es nicht tragisch, du weißt ja, wie es jeweils abläuft. In einer halben Stunde werden sie miteinander im Wohnzimmer sitzen und vor dem Schlafengehen friedlich ihr Glas Wein trinken.«

»Trotzdem«, meinte Fabian beunruhigt, »es nervt!«

»Stimmt!«, bestätigte ich und beschloss, meinen eigenen Kindern später solche Eheszenen zu ersparen. Vorausgesetzt ich würde überhaupt mal Kinder haben. Da war ich mir nämlich noch gar nicht so sicher. Es müsste auch schön sein, mit dem Partner allein, ohne quengelnde Kinderschar, die Welt zu entdecken. Gustavs Gesicht tauchte riesengroß vor mir auf. Mit ihm zusammen verreisen!

»Das eben… also, das war idiotisch von mir, Schwesterherz«, gab Fabian mitten in meine Träumereien hinein zerknirscht zu. »Ich hab mich doof verhalten, bitte sei wieder gut! Gustav ist ein cooler Typ, finde ich. Ich kann verstehen, dass du verknallt bist in ihn.«

Mein kleiner Bruder. Gerührt setzte ich mich auf, zog die Beine in den Schneidersitz und strich mir die Haare aus der Stirn.

»Schon okay, Fabian«, beruhigte ich ihn. »Sollte Mama aber wieder mal auf mir herumhacken, hältst du gefälligst die Klappe, ja!«

Fabian nickte erleichtert. Er litt von uns fünfen am meisten unter Streitigkeiten, war richtig harmoniesüchtig. Wenn es mal krachte zwischen uns, war er derjenige, der sich um Versöhnung bemühte.

Jetzt starrte er verlegen auf seine Hände hinunter und begann dann, nervös mit den Fingerknöcheln zu knacken, eine Unart, die uns alle störte.

»Kennst du Yvonne Schneider?«, wollte er plötzlich wissen. Ich kannte sie nicht.

»Sie ist in Ordnung«, fand Fabian. »Könnte glatt eine Tochter von Katja Riemann sein«, fügte er, um Gleichmütigkeit bemüht, hinzu. Seine helle Haut nahm eine rosa Tönung an.

»Magst du sie?«, fragte ich. Fabian nickte und blickte angestrengt an mir vorbei zum Fenster, obwohl es stockdunkel war und dort also nichts zu sehen gab.

Was sagt man als ältere Schwester zum dreizehnjährigen, offenbar zum ersten Mal verliebten Bruder?

Da ich es nicht wusste, rutschte ich schließlich vom Bett, ging zu ihm hinüber und legte ihm wortlos den Arm um die eckigen Schultern. Er lehnte sich kurz an mich, befreite sich dann aber, stand auf und ging zur Tür. Von dort nickte er mir lässig zu – und weg war er.

Etwas später kam Mama herein und setzte sich zu mir aufs Bett.

»Wir sprechen morgen miteinander, Sina«, versprach sie einmal mehr. »Jetzt bin ich zu müde, es käme nichts Vernünftiges mehr heraus. Und bei Tageslicht sieht ohnehin alles anders aus, nicht wahr? Wir sind wohl beide dieselben Hitzköpfe!«

Insgeheim musste ich ihr Recht geben. Mama und ich waren uns im Wesen sehr ähnlich, brausten rasch und heftig auf, beruhigten uns aber jeweils auch schnell wieder. »Unsere beiden tropischen Wirbelstürme«, pflegte Dad uns zu necken. »Ihr steigert euch in eure Wut hinein und fegt ohne Rücksicht auf Zerstörung über alles hinweg!«

Bevor Mama das Zimmer wieder verlassen wollte, fragte ich sie: »Kennst du eine Yvonne Schneider?« Mama überlegte mit gekrauster Stirn. »Doch ja, ich kenne sie«, erinnerte sie sich dann. »Yvonne Schneider, dürfte so um die vierzehn sein. Ein dünnes blauäugiges Ding mit Sommersprossen, entsetzlich scheu. Wenn sie ins Geschäft kommt, versteht man sie kaum, so leise spricht sie. Weshalb fragst du? Was ist mit ihr?«

»Nichts!«, kicherte ich. »Außer dass Fabian in sie verknallt ist.«

Mama schüttelte ungläubig den Kopf. »Du fantasierst wohl mal wieder«, lachte sie. »Unser Fabian! Er ist doch erst dreizehn!«

Dann wurde es in unsern vier Wänden endlich ruhig und ich konnte in meine Träume zurückgleiten.

Mai 2002

Vom Fenster meines Apartments aus sehe ich bis zum See. Die Segelboote schießen im Wind wie von Fäden gezogen über die Wasserfläche. Graue Regenwolken ziehen ihre feuchten Säume über die Stadt hinweg. Ich mag dieses Wetter, Sonnenlicht ist mir zu grell, es deckt zu viel auf und wirft gleichzeitig zu viele Schatten. Das gleichmäßige Grau des Himmels hingegen beruhigt mich. Darin finde ich mich zurecht, mit dieser Pastellfarbe glaube ich zu verschmelzen und selbst unsichtbar zu werden.

Ich mag es nicht, wenn man mich ansieht, vielmehr, ich mag es nicht *mehr*. Es gab durchaus eine Zeit, da konnte ich mich an meinem Spiegelbild nicht satt sehen. Endlos drehte ich mich in neuen Jeans und einem poppigen Shirt davor, nur um danach die Kleider wieder auszuziehen und mich in andern zu bewundern. Dabei schwankte ich stets zwischen Extremen, fand mich entweder hässlich und unförmig oder aber hübsch, ja sogar attraktiv. Wenn ich durch die Straßen bummelte, nahm ich befriedigt die kurzen Blicke der Männer wahr, tat jedoch, als würde ich sie nicht bemerken. In der Klasse galt ich als Glückspilz, ich war schließlich leidlich intelligent und sah leidlich gut aus, und fast alle Lehrer, Kollegen und Kolleginnen mochten mich.

Nichts deutete darauf hin, dass mein Lebensweg eine totale Kehrtwende nehmen würde. Nichts ließ mich ahnen, dass ich eines Tages die Wohnung nur noch mit eingezogenem Kopf verlassen und jeder Blick mich quälen würde.

Heute Nachmittag, als ich im Supermarkt den Einkaufswagen zwischen den Regalen hindurchsteuerte und mich mal wieder ärgerte, weil ich den Zettel zu Hause vergessen hatte, sprach mich ein junger Mann an, und auf der Stelle verkrampfte sich mein ganzer Körper. Ich will in meiner Freizeit mit niemandem reden, niemand soll wagen, mein mühsam erarbeitetes Gleichgewicht zu bedrohen. Zu oft musste ich Fragen beantworten, Fragen, die sich nie beantworten ließen. Zu oft wurde ich angestarrt, flüsterte man hinter vorgehaltener Hand hinter mir her.

»Bist du nicht Sina Bachmann?«, fragte mich der junge Mann. In meinem Schrecken zerdrückte ich schier die Mehltüte, die ich soeben aus dem Regal genommen hatte. Wie auf der Hut hob ich den Kopf und zwang mich, den Fragesteller anzusehen. Er kam mir bekannt vor, doch ich konnte sein Gesicht nicht einordnen. Er gehörte aber zu »damals«. Ein Journalist? Ein Polizeibeamter? Nein, dazu war er damals ja noch viel zu jung, er mochte ungefähr in Tommys Alter sein.

Und da fiel es mir ein: ein ehemaliger Mitschüler von Fabian. Nun, sechs Jahre älter, war er ein junger Mann, muskulös, etwas untersetzt, nur sein Gesicht erinnerte an den pubertierenden Jungen von einst.

»Hugo Stolz«, half er mir auf die Sprünge. »Ich war mit Fabian ...«

»Ich erinnere mich!«, unterbrach ich seine Erklärung, und es war mir klar, welche Frage nun folgen würde, so sicher wie das Amen in der Kirche.

»Habt ihr immer noch nichts von ihm gehört?«

»Nein«, antwortete ich, »nichts!«

»Dann wird er wohl tatsächlich gestorben sein ...«, meinte Hugo lakonisch und zuckte mit den Schultern. »Wenn man das Schwein wenigstens erwischen würde, das ihn ...«

Dann wird er wohl tatsächlich gestorben sein.

Wie ich mich von Hugo verabschiedet habe und aus dem Supermarkt stürmte, weiß ich nicht mehr. Als ich über die Straße rannte, nahm ich von ferne einen verzerrten Hupton wahr und sah durch eine verschmierte Windschutzscheibe einen Mann wild mit geballter Faust gestikulieren. Der Verkehr rauschte achtlos durch die Pfützen, die sich in den Rinnsteinen um die verstopften Gullys bildeten. Erst in der U-Bahn bemerkte ich meinen durchnässten Rocksaum. Ohne etwas zu sehen, legte ich den Kopf an die Scheibe; das Rattern der Räder dröhnte mir ins Gehirn.

Dann wird er wohl tatsächlich gestorben sein. Fabian, mein Bruder.

Wieso hatte es nicht Hugo Stolz getroffen, weshalb ausgerechnet Fabian? Sein Leben hatte doch gerade erst richtig angefangen, er war zum ersten Mal verliebt, kurz zuvor von seinem Fußballklub in eine bessere Liga versetzt worden und setzte sich bereits mit seinen beruflichen Zukunftsträumen auseinander. Einen Termin bei der Berufsberatung hatte er vereinbart, obwohl sowohl Dad wie auch Mama fanden, dafür sei es noch viel zu früh.

»Ich will aber *jetzt* schon wissen, in welcher Richtung es später mal langgehen soll«, hatte Fabian beharrt und mit seinen Fingern wie bei jeder angeregten Diskussion ununterbrochen das dichte Haar durchpflügt.

»In ein, zwei Jahren wird deine Persönlichkeit gefestigter

sein, dann weißt du selber, welche Ausbildung dich interessiert«, hatte Dad eingewandt.

Doch ein, zwei Jahre später zerbrach sich über Fabians Berufswahl keiner mehr den Kopf.

17. Februar 1996

Was ist Liebe!? Habe Gustav mit Ines im »Wimpy« gesehen! Dieser Arsch! Bei Mama im Geschäft. Dad hat die Grippe, Fabian scheint richtig verliebt zu sein!!!

Mama hat zwei Gesichter, stellte ich fest, während ich sie beobachtete. Das eine setzte sie ausschließlich im Geschäft auf. Mit freundlichem Lächeln breitete sie vor einer Kundin auf dem Glastresen verschiedene Aquarellblocks aus und erklärte ihr die Vorzüge des einen gegenüber dem andern. Jedes Haar ihrer Frisur saß, sie trug ein hübsches Kostüm und Schuhe nach der neuesten Mode. Nichts erinnerte an die Frau, die zu Hause in bequemen Jeans durch die Wohnung ging, da etwas ordnete und dort etwas abwischte, die stets temperamentvoll ihre Meinung vertrat, auch wenn sie damit oft Streit heraufbeschwor.

Nun hatte sie mich entdeckt, sie gab mir mit den Augen zu verstehen, dass ich warten sollte.

Ich wollte aber nicht warten! Ich wünschte mir eine Mutter, zu der man sich jederzeit flüchten konnte, wenn man sich beschissen fühlte, der man schluchzend den Kopf auf die Schulter legen konnte, wenn man Liebeskummer hatte. Bis zum Abend mochte ich mich schon gar nicht gedulden, weil ich aus Erfahrung wusste, dass Mama bis dann selbst an der Grenze der Belastbarkeit stand.

Mama schien zu spüren, dass mit mir etwas nicht in Ordnung war. Sie wandte sich um und zog ein paar weitere Blocks aus den Regalen, legte sie der Kundin vor und entschuldigte sich, sie sei sofort wieder zurück. »Ich bringe Ihnen gleich noch die Tabellen der Aquarellfarben«, fügte sie hinzu, kam mit schnellen Schritten zu mir und zog mich in den Lagerraum.

»Was ist los?«, wollte sie wissen. Mama war keine Frau, die lange um den heißen Brei redete.

Und hier, zwischen den überladenen Gestellen, zwischen buntem Papier, Briefumschlägen, Karten, Farbtuben, Kalendern und was sonst alles noch in einem Schreib- und Papierwaren-Fachgeschäft angeboten wird, stieß ich hervor: »Gustav ... er hat etwas mit Ines! Ich habe die beiden durchs Fenster im ›Wimpy‹ gesehen! Er hat sie geküsst!«

Ich hatte keine Ahnung, wie Mama reagieren würde. Wenn sie mich auslachte, war ich fertig mit ihr. Wenn sie versuchte abzuschwächen und behauptete, alles sei bestimmt halb so schlimm, war es sinnlos, weiterzusprechen.

Mama rief aber spontan aus: »Dieser Scheißkerl!« Wir schauten einander an und mussten plötzlich lachen. Das derbe Wort passte so gar nicht zu Mamas gepflegter Erscheinung. »Stimmt doch!«, bekräftigte sie. »Erst zieht er dich hinter die Büsche und drei Tage später versucht er sein Glück bereits bei der Nächsten!«

Nun wär es mir doch lieber gewesen, Mama hätte mich besänftigt und versichert, zwischen Ines und Gustav sei ganz bestimmt nichts Ernsthaftes im Tun. Weil sie nichts dergleichen sagte, wandte ich selbst zaghaft ein: »Na ja, vielleicht sind die beiden ja bloß harmlos befreundet, vielleicht hat Gustav Ines getröstet, weil sie Kummer hat... oder so...«

»Mach dir nichts vor, Sina!«, unterbrach mich Mama unbarmherzig und zog aus einem der Regale bereits Farbtabellen hervor. »Gustav hat dich gar nicht verdient! Jetzt warte erst mal ab, bis er sich bei dir meldet. Renn ihm nur nicht hinterher und beteuere ihm deine Liebe!« Eilig durchblätterten ihre Hände die Tabellen, ein Geräusch, als würden Spielkarten gemischt. Dann zupfte sie drei Musterkarten hervor und setzte sich in Bewegung.

»Wir sprechen uns am Abend!«, versprach sie. »Du siehst ja, ich habe Kundschaft! Geh doch bitte nach Hause, du weißt, Dad liegt mit einer Grippe im Bett!«

Wir sprechen uns am Abend, am nächsten Morgen, in einer Stunde, am Nachmittag – Mamas ewige Beteuerungen! Ich kannte sie seit Jahren und wusste, dass die Zeit nur selten reichte, sie auch in die Tat umzusetzen.

Scheißkerl! Scheißkerl!, knirschte ich, während ich durch die Straßen ging. Bis ich unsere Wohnung erreicht hatte, war ich mir aber bereits nicht mehr sicher, ob ich Mamas Ratschlag beherzigen sollte. Nur ein klitzekleiner Anruf, mich scheinbar völlig ahnungslos erkundigen, wie es Gustav gehe, wie seine Klassenarbeit verlaufen war. Er war zu sehr in Ines vertieft, als dass er mich hinter dem Fenster hätte stehen sehen. Scheißkerl! Scheißkerl!

Dad lag warm zugedeckt auf dem Sofa im Wohnzimmer. Seine Erkältung äußerte sich in Form eines dicken Schnupfens und die heisere Stimme machte Louis Armstrong Konkurrenz. Unter Niesanfällen erkundigte er sich, weshalb ich schon um diese Zeit zu Hause sei.

»Die letzten beiden Schulstunden sind ausgefallen«, murmelte ich und dachte: Das hat Gustav natürlich nicht wissen können, deswegen die sorglose Verabredung mit dieser Gans! Und – oh verdammt – nun liefen mir Tränen die Wangen hinunter.

Dad stemmte sich alarmiert hoch: »Sina?«, wollte er wissen. »Was ist mit dir?«

Ich schälte mich aus der feuchten Jacke und setzte mich neben ihn. Zuerst brachte ich kaum ein Wort heraus vor lauter Schluchzen.

»Gustav!«, stieß ich hervor. »Er betrügt mich! Er hat eine andere!«

Dad schwieg, er legte einfach den Arm um mich. Aneinander geschmiegt saßen wir da.

»Hoffentlich stecke ich dich nicht an!«, keuchte er einmal und verfiel wieder in Schweigen. Allmählich verebbten meine Schluchzer. Dad ließ sich auf den Rücken zurückfallen und ich deckte ihn fürsorglich zu.

»Tut weh, ja?«, fragte er, und ich nickte. »Woher weißt du es?«

Da begann ich zu erzählen, und Dad hörte zu, ohne mich zu unterbrechen. Ich erwähnte auch, dass ich bei Mama im Geschäft war und dass sie Gustav zwar als Scheißkerl betitelt, jedoch keine Zeit gehabt hatte, um mir zuzuhören. Jetzt seufzte Dad vernehmlich. Verständnisvoll blickte er mich aus seinen Fieberaugen an. »Vielleicht ist das Ganze auch nur ein Missverständnis«, sagte er endlich – genau das, was ich hören wollte! »Mag sein, du deutest das Treffen der beiden viel zu dramatisch!«

Als ich später allein in meinem Zimmer war, wurde mir

bewusst, dass ich mit Daddy eigentlich noch nie zuvor persönliche Probleme besprochen hatte. Er war ja tagsüber nicht zu Hause. Stets hatte ich auf Mamas Zuwendung gewartet und gehofft. Und nun war mein Dad so teilnahmsvoll und lieb auf mich eingegangen!

Ich trat zum Fenster, schaute hinaus. Innerhalb von vierundzwanzig Stunden war nach einem Wärmeeinbruch die ganze Winterpracht in sich zusammengefallen und nun fiel der Regen schnell und heftig. Wie ich trüb auf den Platz hinunterstarrte, entdeckte ich an der Bushaltestelle meinen Bruder Fabian. Neben ihm stand ein zierliches blondes Mädchen, nun schmiegte sie sich sogar kurz an ihn! Yvonne Schneider? Ich war versucht, Dads Fernglas zu holen, um die beiden besser beobachten zu können. Lieber Himmel, mein kleiner Bruder Fabian in love! Wenn er sich nur nicht denselben Knatsch einbrockte wie ich!

Scheißkerl Gustav! Auf Zehenspitzen kehrte ich in den Flur zurück und warf einen Blick ins Wohnzimmer. Dad war eingeschlafen, er schnarchte. Ich schnappte mir das mobile Telefon und zog mich wieder in mein Zimmer zurück.

Wie von selbst tippten meine Finger Gustavs Nummer ein. Seine Mutter nahm den Anruf entgegen und erklärte, ihr Sohn komme erst spät nach Hause, er habe sich mit einem Freund verabredet, sie wollten zusammen Mathe büffeln.

Schöner Freund! Und Mathe dürfte er kaum büffeln! Ich geriet in Versuchung, Gustavs Mutter aufzuklären, wie verlogen ihr Söhnchen in Wahrheit war.

Doch dann schaltete ich das Telefon aus und legte es auf den Schreibtisch zurück, warf mich aufs Bett und zog mir die Decke über den Kopf.

Ich muss wohl eingeschlafen sein, denn erst als Tommy die Decke hob, erinnerte ich mich wieder, was geschehen war. Wie eine Faust stieß mir der Schmerz in den Magen.

»Du hast geheult!«, stellte Tommy nach einem Blick auf meine verquollenen Augen fest. Wie meistens war Fabian in seiner Nähe und er gab trotz aller guten Vorsätze einen Kommentar dazu ab.

»Liebeskummer?«, fragte er.

»Zischt ab!«, sagte ich unfreundlich. Und tatsächlich, die beiden verschwanden verstört. Ich hörte, wie sie sich in der Küche zu schaffen machten, ihr Gemurmel und dazwischen Dads bellende Hustenanfälle. Seltsamerweise tröstete mich die gewohnte Geräuschkulisse. Ich war wenigstens daheim, an einem Ort, wo man mich liebte.

Mai 2002

David unterstützt meine Bemühungen, die vergangenen Jahre noch einmal aufzurollen.

»Wie wäre es, wenn du endlich eine Therapeutin aufsuchen würdest? Sie könnte dir helfen und dich bei diesem schmerzhaften Prozess begleiten!«

»Das mach ich lieber für mich, ganz im Stillen!«, wehrte ich ab. »Ich bin nicht der Typ, der gerne redet!«

»Das weiß ich«, neckte mich David liebevoll, »du bist ein stilles Pflänzchen. Ob du dich anders entwickelt hättest, wenn Fabian damals nicht... entführt worden wäre? Du scheinst früher ganz schön temperamentvoll gewesen zu sein, von der Art, mit dem Kopf durch die Wand. Das ist heute nur schwer vorstellbar!«

David ist in meinem Bekanntenkreis der Einzige, der Fabians Namen und dessen Geschichte offen anspricht, der hartnäckig Fragen stellt und auf deren Beantwortung beharrt.

»Sag ihm bitte, er soll nicht ständig wieder die alte Geschichte aufrühren«, hat mich meine Mutter gebeten. »Das bringt uns Fabian nicht zurück!«

Was denn bringt uns Fabian zurück?

Monatelang hatten ihn Beamte des gesamten Polizeiapparats intensiv gesucht, im ganzen Land waren Suchplakate mit seinem Foto an Mauern und Wände geheftet worden, in

Bahnhofshallen, auf Flugplätzen, in Jugendhäusern – kurz, überall dort, wo viele Menschen zusammentreffen. Von der seriösen Tageszeitung bis zum marktschreierischen Boulevardblatt schrieben sämtliche Journalisten über Fabians Verschwinden, auch im Fernsehen hat man seinen Fall aufgerollt. Sein Bild ist seit zwei Jahren auf der Internetliste der »*Verschwundenen Kinder*« abrufbar. Obwohl mit hohen Kosten verbunden, hat Mama vor einem Jahr angeordnet, dass es von Fachleuten jedes Jahr seinem gegenwärtigen Alter angepasst wird. Wenn ich wollte, könnte ich es mir ansehen und erfahren, wie Fabian wahrscheinlich als nun Achtzehnjähriger aussieht. Aber ich will nicht, ich kann nicht!

Keine von all diesen Bemühungen hat Fabian zurückgebracht; sie haben lediglich hunderte von Spuren, die wir jeweils voller Hoffnung aufgenommen hatten, wieder im Sand verlaufen lassen.

Wenn ich abends nach der Arbeit wieder in meinem Apartment bin, versuche ich, mich auf Fabian zu konzentrieren, und lasse alle Bilder aufsteigen, die kommen wollen. Manchmal tut es entsetzlich weh, hin und wieder tauchen aber auch lustige Erlebnisse auf. Dass ich mit *zwei* Zeiten rechnen muss – Davor und Danach – habe ich schon lange begriffen.

Im Abendlicht sitze ich vor dem geöffneten Fenster und beobachte die Möwenschwärme. Laut schreien sie, bewegen sich wie eine einzige Wolke und stürzen dann jäh auf den glitzernden See hinunter. Millionenfach wiederholt sich das Wellenmuster auf der Wasserfläche.

Ich liebe den Blick aus meinem Fenster, deshalb möchte

ich Davids Drängen, aus meiner fast puppenhauskleinen Wohnung in seine große umzuziehen, nicht nachgeben. Doch auch die dadurch entstandene Unverbindlichkeit mag ich. Mal übernachtet David bei mir, mal ich bei ihm – zwischendurch sehen wir uns oft tagelang nicht. Vor der großen, ausschließlichen Liebe fürchte ich mich. Ob mir dabei die Angst im Nacken sitzt, dass sich der Schmerz eines einschneidenden Verlusts wiederholt?

Im Vorgarten des Wohnhauses spielen Kinder Fußball. Ihr Geschrei übertönt den Lärm des abendlichen Stoßverkehrs.

Mir ist, als hörte ich die aufgebrachte Stimme unserer ehemaligen Nachbarin: »Alle Blumen zertreten sie mir, ich bitte Sie, Herr Bachmann, jetzt reden Sie endlich mal Klartext mit Ihren Söhnen! Die beiden können doch auf dem nahen Schulhausplatz Ball spielen!«

Sie hatte natürlich Recht. Ihr liebevoll angelegter Vorgarten, in dem Phlox und Stiefmütterchen um die Wette blühten und eine Hecke wilder Rosen den Blick zur Straße abschirmte, eignete sich schlecht zum Fußballspielen. Hundertmal hatten Dad und Mama Tommy und Fabian verboten, dort zu spielen, hundertundeinmal übertraten sie das Verbot. Die Hecke stoppte den Ball, wenn er auf die Straße zu fliegen drohte, und die großen Türen des Geräteschuppens bildeten das perfekte Tor, vor dem Fabian stand, sprang, hechtete, stürzte, während Tommy geduldig immer wieder von neuem schoss. Obwohl er selbst keinen Fußballehrgeiz hatte, unterstützte er Fabians zu erwartende Karriere als Torwart. Wenn ein Spiel im Fernsehen gezeigt wurde, saßen Fabian, Tommy und Dad fiebernd vor dem Fernseher, während Mama und ich es vorzogen, ein Buch zu lesen.

Fabian der Fußballstar. Wie oft neckten wir ihn – glaubten jedoch insgeheim selbst an sein Talent! Bereits mit sechs Jahren war Fabian einem Fußballklub beigetreten. Er kickte sich von der schlechtesten zur besten Jugendliga hoch, und bald entdeckte man seine Begabung als Torwart und begann, ihn gezielt zu trainieren. Sein Verschwinden riss eine Lücke in seine Mannschaft, die lange nicht geschlossen werden konnte.

Soviel ich weiß, guckt Dad sich seit sechs Jahren kein Fußballspiel mehr an. David jedoch hat von Anfang an auf meine Gefühle keine Rücksicht genommen.

»Ich werde mir dieses Spiel ansehen, Sina. Wenn du es nicht ertragen kannst, musst du so lange in ein anderes Zimmer gehen oder mit einer Freundin etwas unternehmen.«

Lange hat er nicht gemerkt, dass ich gar keine Freundinnen habe, dass ich eine Einzelgängerin bin. Er dauerte Monate, bis ihm bewusst wurde, mit wessen Schatten er zuweilen das Bett teilte, nie mehr vergesse ich, wie er eines Morgens aufstand und sagte: »Wir liegen nicht zu zweit im Bett, Sina! Da liegt immer noch dein Bruder mit unter dem Laken!« Dann suchte er seine auf dem Fußboden verstreuten Kleider zusammen und verschwand im Bad.

»Das stimmt doch nicht!«, rief ich ihm hinterher. »An Fabian denke ich kaum noch!«

»Dann denk endlich an ihn! Zwing dich zum Denken! Setz dich mit der ganzen Geschichte auseinander! Schrei, tobe, weine, Sina! Zerschlag die Mauer, die du um dich gebaut hast!«

Während der darauf folgenden zwei Wochen hörte ich

nichts von David. Dann stand er wie in einem kitschigen Film mit einem Blumenstrauß wieder unter meiner Tür.

»Verzeih!«, bat er. »Ich weiß, dass du noch nicht kannst, was ich verlangt habe. Lass dir helfen!«

Seit damals bewegt sich unsere Beziehung ständig auf und ab, mal geht's bestens, dann wieder schlechter. Es muss auch schwierig sein, mit mir über die Runden zu kommen, ich spüre selbst, dass ich oft unnahbar wirke, dass nichts und niemand an mich herankommt.

Doch wen liebt David, wenn nicht Sina *mit* ihrer Geschichte? Die Sina von früher kennt er ja nicht, und ich vergesse selbst allmählich, wie sie war.

Gestern stieg allerdings wieder einmal eine leise Ahnung davon in mir hoch. Ich beherzigte Davids Rat, mit dem Abtragen der Mauer, mit der ich mich schütze, behutsam anzufangen, und besuchte meine Eltern. Mama saß am Tisch, die Patience-Karten vor sich ausgebreitet. Seit sie vor etwa zwei Jahren ihr Schreib- und Papierwarengeschäft an einen Großkonzern verkaufen musste, legt sie sich stundenlang Karten und starrt wie eine Wahrsagerin gebannt darauf. Manchmal, wenn man sie so reglos dasitzen sieht, sieht es allerdings aus, als sei sie mit ihren Gedanken ganz anderswo.

Dad blätterte in einer Zeitung. Obwohl er erst zweiundfünfzig ist, wirkt er alt, und als ich seine Hand ergriff, fühlte sie sich weich und verwelkt an. Wir plauderten zuerst über Belanglosigkeiten, dann gab ich mir einen Ruck.

»Wo habt ihr eigentlich die Fotoalben hingetan?«, fragte ich. »Ich hab Lust, mal wieder alte Fotos anzuschauen.«

Als hielten alle den Atem an, schwiegen wir lange. Dann

begannen Mamas Hände zu flattern. In einem Wisch warf sie die Spielkarten zusammen.

»Sie sind in der roten Bücherkiste auf dem Speicher«, sagte sie. »Ich denke aber, wir tun uns nichts Gutes, wenn wir diese Bilder ansehen.«

Dad hielt die Lehnen seines Stuhls so fest umklammert, als fürchte er, wenn er locker ließe, stürze das Haus ein.

»Mama hat vielleicht Recht«, bestätigte er zögernd. »Schlafende Hunde soll man nicht wecken!«

»Die Hunde schlafen nicht«, flüsterte ich. »Wir haben sie bloß narkotisiert. Wenn wir sie nicht endlich aufwecken, sterben sie!«

»David!«, stieß Mama hervor. »Er beeinflusst dich! Bevor du mit ihm zusammen warst, ist es dir besser gegangen.«

Mir ging es nie besser, hätte ich antworten können. Ich bewege mich wie eine Schlafwandlerin durch die Zeit. Wie ich es schaffte, mich als Zahnarztassistentin ausbilden zu lassen, ist mir selbst ein Rätsel. Und wie ich es schaffe, täglich konzentriert zu arbeiten, zu lächeln, Patienten aufzumuntern, die Launen meines Chefs zu ertragen, weiß ich ebenfalls nicht.

David würde wohl trocken bemerken: »Du schaffst es, weil du nichts wirklich an dich heranlässt. Das Leiden der Patienten und der Terror deines Chefs prallen gleichermaßen an deinem Panzer ab.«

Ich erhob mich. »Ich hole jetzt die Fotoalben«, sagte ich. »Ihr braucht sie euch ja nicht anzusehen.«

Ein wenig später saß ich mit klammem Gefühl über den Büchern, die Mama bis 1996 geführt hatte. Da und dort schrie eine Lücke nach einem Bild, das sie herausgelöst und für Zeitungen, Suchplakate oder Fernsehaufrufe verwendet hatte.

Ein Albtraum lauerte im Hintergrund, während ich Seite um Seite umschlug. Er wartete darauf, sich in Bewegung zu setzen wie ein Video, das man angehalten hat und nun ruckelnd vor- und zurückspult.

Familie Bachmann beim Picknick. Tommy, stolz sein gutes Schulzeugnis vor der Kamera schwenkend. Mama und Dad an Weihnachten bei Dads Geschäftsessen, beide strahlend und jugendlich, Dads Arm liegt um Mamas Schultern. Tommy am PC, Gustav und ich beim Eislaufen. Nelly, ihr damaliger Freund Pedro und ich auf dem Balkon, Popcorn naschend ...

Und Fabian, immer wieder Fabian. Fabian im Tor, nach einem Ball hechtend. Fabian und Tommy, der jüngere Bruder ein Abbild des älteren. Wir drei gemeinsam, die Hundewelpen des Nachbarn auf dem Arm. Fabian auf seinem Geländerad, Fabian beim Skaten, Fabian mit Dad am Esstisch, ein Stück Fleisch auf die Gabel gespießt, das er spielerisch in Dads geöffneten Mund schieben will ...

Mama hatte sich in die hinterste Zimmerecke verzogen, als wolle sie verhindern, auch nur den Schimmer eines Fotos zu erhaschen. Dad brütete wieder stumm vor sich hin. Es entging mir aber nicht, dass er zuweilen hastig in die Richtung des aufgeschlagenen Albums blickte.

Die Fotos brannten sich mir wie Brenneisen in die Seele. Das waren wir mal, eine unbekümmerte Familie mit kleinen Alltagssorgen und -freuden. Der Schmerz nahm mir den Atem. Erst als ich Dads Hand auf meiner Schulter spürte, realisierte ich, dass er aufgestanden war und sich neben mich auf die Lehne gesetzt hatte, dass er sich nun über das aufgeschlagene Album beugte und schließlich selbst eine Seite umblätterte. Auch er musste den Atem angehalten haben, denn nun stieß er ihn mit einem Pfeifton aus.

»O Gott!«, stöhnte er, blätterte aber erneut um. Und da bemerkte ich, dass Mama sich in Bewegung setzte, als werde sie von einer fremden Macht dazu gezwungen, sich diese Fotos anzusehen. Sie setzte sich auf die freie Armlehne. Zuerst presste sie die Augen zu und riss sie dann so weit auf, dass das Weiß der Augäpfel sichtbar wurde.

»Fabian!«, stieß sie in die Stille im Zimmer heraus.

Fabian strahlte uns ahnungslos entgegen. Er würde für uns wohl nie älter werden als auf diesen Bildern, wir würden nicht erleben dürfen, wie er sich zum ersten Mal rasieren musste, nicht erfahren, mit welcher Freundin er erstmals schlief, nie wieder im Publikum sitzen, wenn er im Tor stand.

Unvermittelt beugte sich Mama vor. Mit dem Finger deutete sie wortlos auf einen Fleck auf der einen Seite, und als ich weiterblätterte, auf einen Knick im Papier.

»Die waren früher nicht da«, stellte sie fest. Ich glaubte zu spüren, wie sie sich hinter meinem Rücken Dad zuwandte, glaubte zu sehen, wie Dad unter ihrem prüfenden Blick in sich zusammenfiel.

»Ich habe mir die Fotos manchmal angeschaut«, gestand er endlich. »Ich bin in den Speicher hochgestiegen, habe die Fotoalben hervorgeholt und mir Fabian angesehen.«

Dad, mein Daddy, hatte sich heimlich in den Speicher geschlichen und Fabians Fotos betrachtet!

Ich klappte das Album zu. Fürs Erste hatten wir uns genug zugemutet. Zu dritt blieben wir stumm sitzen, wie Schafe dicht aneinander gedrängt. Es dauerte eine ganze Weile, bis sich die Körperwärme von Dad und Mama auf mich übertrug. Wann hatten wir uns das letzte Mal aneinander geschmiegt? Es wollte mir nicht einfallen, es muss lange her sein!

Erst als das Zimmer bereits im Dämmerlicht lag, erhob ich mich, verabschiedete mich mit einer Umarmung von meinen Eltern und machte mich auf den Heimweg.

Autohupen gellten, Motorräder knatterten an mir vorbei. Am Himmel zogen flockige Wolken mit ausgekämmten Rändern Richtung Westen. In der Bahnhofshalle brauste es wie in einem Muschelgehäuse.

Fabians Muschel von Yvonne, die er sich mit verklärtem Blick ans Ohr presste, fiel mir ein. Er hielt sie wie einen Glücksbringer in seiner Jeanstasche verborgen und hat sie mir nur ein einziges Mal gezeigt.

Die Muschel hat ihm kein Glück gebracht, sie ist mit ihm verschwunden.

20. Februar 1996

Pascal hat mich zur Disconight eingeladen!!! Gustav kann mich mal. Dad kriegt Gehaltserhöhung! Habe Fabians Yvonne kennen gelernt, Tommy eifersüchtig!

Es schneite wieder, nasser, schwerer Schnee lag, zu schmutzig grauen Haufen gepresst, auf den Straßen und Gehwegen. Allmählich hatte ich diese kurz aufeinander folgenden Wetterumschwünge satt, zu sehr waren sie meinem Stimmungsbild ähnlich. Einmal war ich überzeugt, dass Gustav und Ines sich bloß zufällig getroffen und die spiegelnden Fensterscheiben mir eine Vertrautheit vorgegaukelt hatten, die nichts bedeutete. Und gleich darauf hätte ich Gustav den Hals umdrehen oder ihm wenigstens ebenso wehtun wollen wie er mir. Dann war ich wieder felsenfest überzeugt, dass Ines Gustavs Gefühle für *mich* nie würde ändern können. Bettelte nicht *er* jeweils um ein baldiges Wiedersehen, beteuerte er nicht immer wieder, wie sehr ich ihm gefiel? Suchte nicht meistens *er* nach Möglichkeiten, um wenigstens ein paar Minuten mit mir allein verbringen zu können?

Jäh fiel mir ein, ich könnte für Gustav nur das berüchtigte Sexobjekt sein, und jede andere würde ihm dasselbe Vergnügen bereiten, wenn ich ihm aus zeitlichen Gründen gerade mal nicht zur Verfügung stand.

Worüber sprachen wir eigentlich, wenn wir zu zweit waren? Was unternahmen wir gemeinsam, außer zusammen Pizza oder Hamburger zu essen und uns im Kino vielleicht mal einen Action-Film reinzuziehen?

Das hatte mich auch Mama gefragt.

»Habt ihr überhaupt gemeinsame Interessen?«, wollte sie wissen, als sie mich abends mit hängendem Kopf herumsitzen sah. »Früher hast du Ausstellungen besucht, bist tanzen gegangen, hast sämtliche Bücher über Medizin oder Weltreisen gelesen… Was mag denn dein Gustav? Ich habe ihn eigentlich nur von neusten High-Tech-Errungenschaften, Autos und Motorrädern schwärmen gehört. Vermutlich hättet ihr ohnehin nicht zusammengepasst!«

Dein Gustav, hatte Mama gesagt! Gereizt fuhr ich aus dem Sessel hoch und zischte, dass dieser Mensch keineswegs *mein* Gustav sei und ganz klar hätten wir gemeinsame Interessen. Doch später begann ihre Frage, in mir zu bohren. Erst nachträglich fiel mir auch auf, dass Mama bereits mit größter Selbstverständlichkeit in der Vergangenheitsform von Gustav gesprochen hatte. Für sie schien es klar zu sein, dass unsere Freundschaft beendet war.

In meinem Seelenchaos konnte ich mich nur schlecht auf den Unterricht konzentrieren. Immer wieder tauchte schemenhaft Gustavs Gesicht vor mir auf. Weshalb hatte er wohl seit Tagen nicht mehr angerufen?

Doch als ich am dritten »Tag des Schweigens« deprimiert nach Hause laufen wollte, stand Gustav vor dem Klassenzimmer. In freudiger Hoffnung begann mein Herz zu hüpfen.

»Hallo!«, flötete er mit smartester Honigstimme. »Hast du Zeit für einen Capuccino?«

»Im ›Wimpy‹?«, fragte ich schnippisch zurück. Er zuckte

zusammen. Das »Wimpy« war nämlich nicht unser Stammlokal, wir trafen uns meist in der »Hazienda«.

»Wie kommst du auf ›Wimpy‹?«, wollte er wissen und tat sehr erstaunt.

»Weil ich dich dort mit Ines gesehen habe«, platzte ich heraus. Dabei hatte ich mir geschworen, die Ahnungslose zu spielen und abzuwarten, was *er* mir auftischen würde.

»Ines…«, Gustav runzelte die Stirn, als müsste er überlegen, von wem ich sprach. »Ach, *Ines*… Stimmt, wir haben uns kürzlich im ›Wimpy‹ zufällig getroffen!«

»*Zufällig*, aha!« Nun zitterte meine Stimme, ich wusste selbst nicht, ob vor Wut oder vor verschluckter Tränen. »Dafür habt ihr aber ganz schön geknutscht!«

Gustav ging stumm an meiner Seite weiter. Offensichtlich suchte er nach einer harmlosen Erklärung, seine lässige Überlegenheit war von ihm abgefallen.

»Na ja…«, brachte er endlich vage heraus.

»Na ja, na ja! – Ist das alles, was dir dazu einfällt?!«, rief ich empört aus. »Und komm mir ja nicht mit doofen Lügen, ich habe euch nämlich höchstpersönlich beobachtet. Ihr wart allerdings zu versunken, um mich zu bemerken!«

Gustav trabte mit gesenktem Kopf neben mir her und schwieg.

Ich beschleunigte mein Tempo, der Matsch spritzte bei jedem Schritt wie eine Fontäne an mir hoch.

»Verpiss dich! Wenn du den Mund schon nicht mehr aufkriegst, brauche ich deine Begleitung nicht!«, stieß ich hervor, natürlich in der Annahme, Gustav würde stehen bleiben, mich wie im Film beschwichtigend in die Arme schließen und mir stammelnd seine Liebe beteuern.

Doch Gustav machte auf dem Absatz kehrt und lief wie ein geprügelter Hund davon!

Fassungslos über so viel Feigheit, hielt ich die Luft an und schaute der kleiner werdenden, davoneilenden Gestalt nach.

Für mich sind alle Männer gestorben, schwor ich mir, als ich mich endlich wieder in Bewegung setzte. Feige Hunde! Meine Wut überdeckte allen Schmerz. Laut schimpfte ich vor mich hin und empfand es als Wohltat, mir Luft zu verschaffen. Erst als ich bemerkte, dass mich die Entgegenkommenden erstaunt musterten, hörte ich damit auf.

Ich war so tief in frustrierte Gedanken versunken, dass ich Fabian fast nicht bemerkte, als ich unseren Hausflur betrat. Erst nachdem ich die Beleuchtung angeknipst hatte, Fabian verlegen zur Seite trat und sich ein zartes Persönchen aus seinem Schatten löste, begriff ich, dass ich meinen jüngeren Bruder in einer romantischen Situation gestört hatte.

Gleichermaßen verlegen schauten wir einander an.

»Das ist Yvonne – meine Schwester Sina!«, stellte uns Fabian gegenseitig vor.

Yvonne streckte mir die Hand entgegen und hauchte »Hallo«. Ich versuchte zu lächeln, aber offenbar gelang es mir nicht, und ich hörte selbst, wie unfreundlich und barsch meine Begrüßung klang. Da mir nicht nach Plaudern war, drückte ich auf den Fahrstuhlknopf und stieg hastig ein, als die Kabine hielt.

Dad schien sich wieder besser zu fühlen. Im Vorbeigehen stellte ich fest, dass er sich im Badezimmer vor dem Spiegel rasierte und dabei selbstzufrieden strahlte. Als ich ins Wohnzimmer trat, hörte ich hinter mir etwas, was als Gesang durchgegangen wäre, hätte es nicht an Rabengekrächze erinnert.

»Hast du in der Lotterie gewonnen?«, fragte ich gereizt.

»Du hast es erraten!«, rief er zurück und begann, vor sich hin zu murmeln. Wir ertappten Dad oft bei Selbstgesprächen und hatten darüber schon Tränen gelacht. Diesmal schien er eine Rede vorzubereiten.

»... bei dieser Gelegenheit auch meinen Mitarbeiterinnen und Mitarbeitern danken ... stets hilfsbereit ... «, konnte ich verstehen. Aber ich hatte gar keine Lust, ihn zu belauschen wie sonst. Nervös umkreiste ich bereits wieder das Telefon und überlegte, ob ich vielleicht doch eben mal Gustav anrufen sollte. Und dann klingelte es!

Gustav! Als ich den Hörer von der Gabel riss, war ich mir sicher, seine Stimme zu hören. Selbstverständlich würde er sich für sein Verhalten entschuldigen und ich würde ihm großzügig verzeihen und eine klärende Aussprache verlangen.

Es war aber nicht Gustavs, es war Pascals Stimme, die ich hörte, als ich den Hörer an mein heiß gewordenes Ohr presste. Ich brauchte eine ganze Weile, um zu begreifen, was er wollte. In meinem Gehörgang hatte es nämlich zu rauschen begonnen und meine Lippen formten lautlos das Wort »Scheißkerl!«. Vermutlich hatte Gustav sich inzwischen längst wieder in Ines' offene Arme geflüchtet und knöpfte ihr gerade mit fliegenden Händen die Bluse auf.

»... Disconight ... in zwei Wochen ... wäre super ...«, gelang es mir endlich zu verstehen.

Es muss doch so etwas wie einen lieben Gott geben, fuhr es mir durch den Kopf. Triumphierend würde ich mit Pascal an der Seite an Gustav und Ines vorbeischweben, in meinem roten sexy Kleid, das Gustav so mochte, mit frisch gewaschenem fliegendem Haar und ein wenig Make-up, gerade so viel, dass ich nicht blass aussah, ich würde …

»Ich freue mich riesig!«, rief ich in den Hörer. »Vielen Dank für die Einladung!« Pascal wirkte von meinem Überschwang regelrecht verdutzt.

»Und ich hatte mich fast nicht getraut, dich zu fragen«, gestand er. »Du bist ja eigentlich mit Gustav zusammen, aber ich dachte, versuchen kann ich's ja mal!«

»Natürlich«, bestätigte ich, erneut viel zu laut. »Versuchen kann man's immer, nicht wahr? Weißt du, das mit Gustav und mir … also, wir gehen das locker an …«

»Dann ist's ja gut!« Pascal atmete hörbar auf und redete angeregt weiter, aber ich achtete nicht mehr auf seine Worte, denn nun stand Dad, von meinem Freudengeheul angelockt, unter der Tür und sah mich fragend an.

»Lass uns ein anderes Mal weiterplaudern!«, klemmte ich Pascals Wortschwall ab und beendete das Gespräch.

»Heute scheint unser Glückstag zu sein«, stellte Dad fest. »Ich krieg eine Beförderung angekündigt und du wirst zur Disconight eingeladen! Von wem denn eigentlich?«

»Von Pascal, er ist in einer Parallelklasse von Gustav«, gab ich Auskunft und wechselte dann hastig das Thema. »Erzähl du, Dad! Wird dein Gehalt dann endlich für ein neues Auto reichen?«

Er lachte gut gelaunt. »Wer weiß, ich werde das mal mit Mama besprechen!« Froh schwenkte er einen Briefumschlag. »Da, lies selbst! Ist heute mit der Post gekommen! Man ist sehr zufrieden mit mir – Sina, jetzt geht's aufwärts! Wer weiß, vielleicht schaff ich's bis zum stellvertretenden Direktor! Mama kann ihr Geschäft verkaufen und …«

»Wunderbar, Daddylein, du vergisst bloß eine Kleinigkeit: Mama *will* ihr Geschäft gar nicht verkaufen, die Arbeit macht ihr nämlich Spaß!« Ich gab ihm einen dicken Kuss.

Kurz darauf tauchte ein rotwangiger Fabian auf und warf mir einen beschwörenden Blick zu, bevor er an Dads Freudenausbruch teilnahm.

Später kam er in mein Zimmer und schwärmte von Yvonne. Nicht ohne Neid beobachtete ich sein leuchtendes Gesicht und fragte mich bitter, ob Gustav auch so glücklich ausgesehen hatte, wenn er jemandem von mir erzählte.

Beim Nachtessen verhielt sich Tommy mal wieder wie der sprichwörtliche Idiot. Brühwarm schilderte er unsern Eltern, wie geradezu lächerlich verknallt Fabian in ein völlig unscheinbares Mädchen sei.

»Yvonne Dingsda«, grinste er. »Ihr kennt sie doch? Wohnt gleich vorn an der Ecke! Kriegt nie den Mund auf! Na ja, sie scheint wenigstens klug zu sein, denn mit ihrem Äußern lässt sich kein Staat machen!«

»Schweig!«, herrschte Mama ihn schließlich an. »Ich bin froh, dass Fabian nicht nur auf Äußerlichkeiten achtet!« Sie kämpfte offenbar mal wieder gegen Kopfschmerzen und hatte zu Dads Enttäuschung die erfreuliche Nachricht von seinem beruflichen Aufstieg kaum zur Kenntnis genommen, geschweige denn gemerkt, dass es ihrer Tochter – Pascals Einladung, die ebenfalls bereits zur Sprache gekommen war, zum Trotz – beschissen ging.

Ärgerlich wandte sie sich an Tommy:

»Jetzt stell dein spöttisches Mundwerk ab! Du bist ja bloß

eifersüchtig, weil du keine Freundin hast!« Und mit nicht zu übertreffendem Taktgefühl fügte sie hinzu: »Sina hat auch keinen Freund mehr und benimmt sich nicht so albern wie du!«

Juli 2002

Dreimal habe ich bei David übernachtet, heute hielt ich es in seiner großen Wohnung nicht mehr aus und flüchtete zurück in mein eigenes Apartment. Sollte sich David in eine andere verlieben, müsste ich es begreifen. Oft genug höre ich ihm kaum zu, die Worte dringen gar nicht bis zu meinen Ohren, weil ich mich wie in einem Netz eingesponnen fühle.

Auch mein Chef hat sich am Morgen mal wieder beschwert.

»Sie haben etwas so verdammt Unpersönliches!«, stichelte er. Er hatte einen ausgesprochen schlechten Tag, vermutlich hat sich wieder einmal eine Freundin verdrückt. »Sie sind zwar stets korrekt und freundlich, aber Sie kommen mir vor wie ein Roboter. Wir brauchten in unserer Praxis gar keine Betäubungsspritzen, ein Blick aus Ihren Kobraaugen genügt, um die Patienten in Trance sinken zu lassen.«

»Nimm's nicht tragisch!«, tröstete mich meine Kollegin Pia, als sie im Labor die Instrumente sterilisierte, während ich Röntgenbilder in die entsprechende Kartei einordnete. »Er ist nun mal ein Ekel, deshalb ist ihm auch die Frau mit den Kindern weggelaufen. Wenn er uns nicht so gut bezahlen würde, hätte auch ich längst die Fliege gemacht. Vielleicht ärgert er sich ja nur, weil er *dich* nicht in sein Bett kriegt!«

»Du spinnst!«, entgegnete ich trocken. »Ich bin nicht sein Typ!«

Aber ich bin eine ausgezeichnete Zahnarztassistentin, so leicht wird er mich nicht ersetzen können! Ich arbeite gewissenhaft und diszipliniert, ich vergesse nichts und kann auch selbstständig einen Praxisbetrieb so organisieren, dass er reibungslos läuft. Wenn ich meinem Chef bei einer Behandlung assistiere, braucht er selten zu sagen, welche Instrumente er benötigt – ich reiche ihm das Gewünschte, bevor er es verlangt, und die Mischung der Füll- und Abdruckmaterialien stimmt exakt.

Dank mir fügt sich auch Pia in ihrer oft hektischen Art problemlos in unsere Praxisgemeinschaft ein. Manches, was sie verlegt oder vergessen hat, erledige ich klammheimlich an ihrer Stelle.

Ich mag Pia, sie hat gleich kapiert, dass ich nicht über meine Familie reden will. Nur ein einziges Mal, ganz am Anfang, als sie bei uns zu arbeiten begann, stellte sie eine neugierige Frage nach Fabian. Ich sagte ihr klipp und klar, dass ich jene Jahre am liebsten aus meiner Erinnerung streichen würde und sie bitte nicht daran rühren soll. Daran hält sie sich. Mein Chef weiß von der Geschichte ohnehin nichts.

Pia muss deshalb mein heutiger Ausbruch ganz schön überrascht haben. Wie oft gingen wir mittags ins nahe Café, um eine Kleinigkeit zu essen, und plauderten über dies und jenes, was heißt: Mal wieder über Männer – für Pia ein unerschöpfliches Thema. Sie ist ungefähr alle drei Monate mit einem Neuen zusammen, sieht dann rosa Engel am Himmelszelt fliegen und tanzt im Walzertakt durch die Praxisräume; dann aber – wumm! – knallt sie wieder auf den Boden, schwört sich, in ein Frauenkloster einzutreten, um kurz darauf bereits auf der nächsten Wolke davonzusegeln. Im Moment steckt sie im Wolkenstadium, und da sich diese Schwärmereien alle ähneln, hörte ich nicht so richtig hin, was sie erzählte, und schnappte stattdessen von dem mit Jungs besetzten Nebentisch das Wort »Abhauen« auf.

Mit einem Schlag schärften sich meine Sinne und alles in mir spannte sich an. Durch das Gemurmel der plaudernden Gäste drangen nur einzelne Satzfetzen verständlich bis zu mir. Als würde ich nach der Bedienung Ausschau halten, drehte ich mich nach den Kids um.

Drei Jungs von vierzehn, fünfzehn Jahren hockten vor Colagläsern, der eine mit Dread Locks, der zweite fast kahl geschoren, der dritte gepierct und bespickt mit Ringen im Ohr und in den Nasenflügeln.

»... nicht auszuhalten ... dann können sie uns aber lange suchen!«

»... ein paar Scheine klauen und ab durch die Mitte!«

»... Scheißleben ... mach ich nicht länger mit. Meine Alten sollen ruhig mal um mich zittern ...«

Sämtliche Geräusche im Café verdichteten sich zu schmerzendem Sirren, mein Hirn drehte sich unversehens wie ein wild gewordener Kreisel. Ich muss eine jähe Bewegung gemacht haben, denn ich stieß mit dem Ellbogen an das Tablett, das eine Serviererin an mir vorbeitrug. Es kippte, ein Schwall buttergelber Pudding flutschte auf den Boden, ich stieß einen Schrei aus, dabei wollte ich mich eigentlich entschuldigen. Stattdessen kam aus meinem Mund etwas ganz anderes, seltsam fremd und schrill hörte ich meine eigene Stimme, ich schrie die Kids an: »Seid ihr verblödet! Wisst ihr, was ihr mit eurem ›Abhauen‹ auslöst? Ihr egoistischen Idioten, denkt doch mal an eure Eltern und Geschwister!«

Vielleicht habe ich auch noch ganz andere Dinge gebrüllt, ich kann mich nicht mehr erinnern. Ich sehe nur noch drei aufgerissene Augenpaare, die mich verwirrt anstarren, und dann drei sich langsam zum Widerspruch öffnende Münder.

Pia riss mich am Arm zurück, offenbar war ich aufgestanden.

»Sina!«, rief sie. »Sina, nun halt mal die Luft an!«

Das brachte mich zur Besinnung. Einer der Jungs zuckte mit den Schultern. Die spinnt!, schien er damit andeuten zu wollen. Der Kahlgeschorene grinste mir nach der ersten Verblüffung frech ins Gesicht und der Gepiercte brummte etwas von hysterischen Weibern. Die Neugierigen an den Nebentischen wandten sich schließlich wieder ab. Die Serviererin holte einen Lappen und begann, den Boden aufzukehren. Als ich ihr verlegen meine Hilfe anbot, lehnte sie freundlich ab, und später brachte sie mir sogar noch eine Tasse Tee. Vermutlich hielt sie mich für eine Geisteskranke, die man dringendst ruhig stellen musste.

Erst als sich mein hämmernder Herzschlag allmählich beruhigte und das Blut aus meinem erhitzten Gesicht gewichen war, nahm ich wahr, dass Pias Hand immer noch auf meiner lag und sie mich voller Verständnis ansah. Mir schossen die Tränen in die Augen.

»Sorry«, murmelte ich. »Ich muss völlig durchgeknallt sein! Ich glaube, allmählich drehe ich durch!«

»Quatsch«, sagte sie, »Ich würde viel eher sagen, du erwachst aus deinem Scheintod und lässt endlich mal Gefühle zu!«

Gefühle zulassen ... das sagt David auch immer wieder. »Lass doch die Gefühle endlich zu!«, verlangt er. »Du weißt auch nicht, was Glück ist, wenn du das Schwarze, Schmerzhafte ewig ausklammerst!«

Ich guckte unter meinen Haaren hervor verstohlen in die Runde, aber die andern hatten sich längst wieder abgewandt und beachteten mich nicht mehr.

»Das war entsetzlich peinlich!«, murmelte ich. »Ich hab plötzlich rotgesehen, als die Jungs von Abhauen sprachen. Die haben ja keine Ahnung. Die verschwinden und lassen ihre Angehörigen in Angst und Schrecken zurück ...«

Pia musterte mich prüfend, bevor sie sagte:

»Soviel ich weiß, ist dein Bruder aber nicht abgehauen, er ist doch spurlos verschwunden.«

Spurlos verschwunden. Ich ertrage es noch immer nur mit äußerster Qual, das zu hören, es hinzuschreiben. Wie kann ein Mensch spurlos verschwinden, ein dreizehnjähriger Junge sich mitten aus einer intakten Familie heraus scheinbar in Luft auflösen?

»Wir hatten damals lange gedacht, er sei abgehauen ... nein, das stimmt nicht, wir hatten es *gehofft*. Aber je mehr Zeit verging ... Fabian wäre zurückgekommen, spätestens nach ein paar Tagen. Und weshalb hätte er überhaupt abhauen sollen?!«

»Vielleicht ist er in die Fänge einer Sekte geraten? Aber das habt ihr bestimmt abgeklärt! Oder er wurde von einem Paar verschleppt, das selber einen Jungen verloren hat. So was soll es geben!« Pia guckte mich nachdenklich an. »Ich habe auch einen jüngeren Bruder«, fuhr sie fort. »Er ist sehr unausgeglichen, gefühlsmäßig stets nur in Extremen. Himmelhoch jauchzend, zu Tode betrübt. Er hat eine Riesenklappe, aber hinter dieser Fassade ist er furchtbar verletzlich und empfindsam. Ich kann dir sagen, es ist manchmal eine richtige Gratwanderung, was und in welchem Tonfall man mit ihm sprechen darf. Dem geht alles unter die Haut, da weißt du nie, was du mit einem unbedachten Wort anrichtest. Vielleicht fühlte sich Fabian damals verletzt – oder war er depressiv? – Aber Sina, ich will dich nicht bedrängen, du hast mal gesagt, du möchtest nicht über jene Jahre sprechen!«

Irgendwie brachte ich später den Nachmittag hinter mich, darin habe ich Übung, mein Denken und Fühlen voll und ganz von meinem Handeln abzuspalten.

Nach der Arbeit ging ich ausnahmsweise die ganze lange Strecke zu Fuß nach Hause. Als ich endlich mein Viertel erreichte und den See zwischen den Straßenzügen glitzern sah, war ich patschnass, die Kleider klebten mir am Körper. Ein paar Kilometer, und du bist derart aus der Puste, dir fehlt die Fitness, sagte ich mir, aber ich wusste sehr wohl, dass ich nicht aus Mangel an Fitness schwitzte. Ich stieg die Treppen zu meinem Apartment hoch, drehte den Schlüssel im Schloss, und als ich die Türe hinter mir zuziehen konnte, fühlte ich eine unbeschreibliche Erleichterung.

Mein eigenes kleines Reich, meine eigenen vier Wände! Doch noch während sich mein Körper wohlig zu entspannen begann, fingen die ersten Nerven auch schon wieder an, sich zusammenzuziehen.

Wenn nun Fabian doch noch irgendwo lebt – Wo ist er? Hat er auch eine eigene Bleibe?

Ich habe eine Weltkarte an die Wand geheftet, manchmal

träumen David und ich davon, für ein paar Monate auf Reisen zu gehen. Zum Spaß schließen wir die Augen und tippen mit dem Finger blind auf die Karte, um uns überraschen zu lassen, wohin die Traumreise führen soll. Wir lachen, wenn der Zufall uns in den hintersten Winkel der Mongolei oder in die Antarktis lenkt.

Nun stand ich vor der Karte, betrachtete unsere riesengroße Welt, die Kontinente, all die Länder – Millionen Möglichkeiten, wo Fabian sich aufhalten – oder wo er *festgehalten* werden könnte.

Ich kann es noch immer fast nicht zu Ende denken: Fabian wird irgendwo festgehalten. Fabian leidet, hat Heimweh, ist vielleicht krank, wartet auf seine Befreiung, wird missbraucht… Mir wird übel, wenn ich es mir vorstelle.

Lieber Gott, lass Fabian tot sein und lass uns wissen, dass er tot ist!

Die Dunkelheit sickert wie Staub durch das Fenster, Asche nach einem Vulkanausbruch. Über dem See taucht der Halbmond aus den hohen zerrissenen Wolkenschleiern auf. Ich fühle mich so müde, dass ich meine Gedanken nicht mehr unter Kontrolle habe. Sie wandern frei, ohne dass ich sie lenken kann. Im Treppenhaus höre ich Wohnungstüren auf- und zugehen, das Trippeln von Kinderfüßen.

Fabians Schritte konnte ich jederzeit mühelos von Tommys unterscheiden. Seine waren leichtfüßig, man ahnte den trainierten Körper, den Sportler, die Turnschuhe federten bei jedem Tritt. Da unsere Eltern nach ihrem anstrengenden Arbeitstag oft zeitig zu Bett gingen, bemühte er sich nach einem Trainingsabend, besonders leise durch die Wohnung zu schleichen, aber ich hörte ihn jedes Mal. Später als um halb elf kam er ohnehin nie heim, das hatten Dad und Mama ihm eingeschärft und Fabian hielt sich daran.

Er hielt sich daran, bis er dann gar nicht mehr kam.

Manchmal klopfte er, bevor er schlafen ging, noch rasch an meine Tür.

»Sina?«, wisperte er, »bist du noch wach?« In mich hinein kichernd, ließ ich ihn dann ein wenig schmoren, obwohl ich oft noch am Schreibtisch saß und versuchte, französische oder italienische Vokabeln in meinen Kopf zu kriegen.

»Hey, Sina!«

»Komm schon rein!«, erlöste ich ihn. Leise trat er in mein Zimmer, stand da in seinem Sportdress, lose eine Jacke über die Schultern gehängt, sein Gesicht strahlte, als hätte man in seinem Kopf eine Lampe angeknipst. Und dann erzählte er, was er erlebt hatte. Etwa dass er mit einem Hechtsprung einen ganz besonders harten Schuss gehalten hatte oder dass sein Trainer ihn gelobt hatte, dass er in eine höhere Liga versetzt worden war. Hin und wieder hockten wir uns noch eine Weile auf mein Bett und hörten Musik. Im Gegensatz zu seinen Kollegen, die Hardrock bevorzugten, mochte Fabian am liebsten Reggae: Bob Marley war sein großes Idol. Der Spott von Freunden, er befinde sich bereits in einem fortgeschrittenen Gruftistadium, konnte ihn nicht erschüttern.

»Wenn ich später genug Kohle gemacht habe, ziehe ich nach Jamaika«, verkündete er großspurig, »und trainiere dort die Junioren!«

»Mal schön runter auf den Boden, Brüderchen!«, sagte ich dann. »Du kannst froh sein, wenn du mal die E-Junioren von Kaltenbach trainieren darfst!«

Hoffentlich habe ich ihm seine hochfliegenden Träume nicht ganz zerstört. Ich wusste doch nicht, dass er vielleicht bald nie mehr würde träumen können.

22. Februar

Ausnahmezustand: Familie Bachmann in Harmonie! Darf übers Weekend mit Hanna und Nelly Ski fahren gehen! Gustav versucht, mich rumzukriegen!

Riesenvorfreude: Meine Eltern erlaubten mir, zum Skifahren zu gehen, obwohl meine letzten Leistungsnoten – na ja, nicht gerade zum Vorzeigen waren.

Dad hielt seine übliche Strafpredigt und betonte, wie wichtig heutzutage eine gute Schulbildung sei. Tommy und Fabian zeigten sich für einmal solidarisch, sie unterstützten mich und fanden, ein bisschen Spaß werde meine zurzeit zugekleisterten Hirnzellen aktivieren.

»Wollt ihr Sina nicht begleiten?«, fragte Mama meine Brüder.

Der Schreck schoss mir durch die Glieder. Die beiden wollte ich nun ganz bestimmt nicht dabeihaben!

Sie mich aber auch nicht. Nachdem sie einander einen fragenden Blick zugeworfen hatten, nuschelte Fabian etwas von bereits anderen Plänen, und Tommy verkündete, mit diesen Weibern wolle er sich gewiss nicht zwei Tage lang herumschlagen.

»Mir reicht ja schon Sina! Was soll ich dann noch mit Hanna und Nelly! Ich bin doch kein Masochist und tue mir das an!«

Dad grinste, es werde eine Zeit kommen, da schlecke er sich sämtliche zehn Finger ab, um mit drei attraktiven jungen Frauen ein Wochenende verbringen zu dürfen, worauf Tommy trocken einwandte, das sei gut möglich, aber dann müsste es sich tatsächlich um drei *attraktive* Frauen handeln. Ich warf ihm über den Tisch einen vernichtenden Blick zu. Im Moment war ich nämlich mit meinem Aussehen ganz zufrieden. Nicht nur Pascal warb um meine Gunst, auch Gustav ließ sich keine Gelegenheit entgehen, mich zu sehen. Bereits zweimal hatte er nach Schulschluss beim Fahrradunterstand auf mich gewartet und mir beteuert, mit Ines sei nichts Ernsthaftes gewesen. Bloß ein winziger hormoneller Ausrutscher habe ihn dazu verleitet, sie mal eben so ein bisschen zu verknutschen, mit Liebe habe das nichts zu tun. Als ich entgegnete, ich würde dieses Jahr die Disconight mit Pascal besuchen und könne mich dann ja auch einmal zu einem hormonellen Ausrutscher verleiten lassen, wurde er tatsächlich blass.

»Das kannst du doch nicht machen, Sina!«, rief er entgeistert. »Auf die Disconight wollten doch *wir* zwei gehen!«

»Du hast ganz richtig die Vergangenheitsform gewählt«, bestätigte ich cool.

Gustav rief an, holte mich vom Gymnastikunterricht ab, schrieb mir sogar ein Briefchen.

»Gustav ist eben doch süß«, stellte ich befriedigt fest und zeigte es Mama. »Findest du nicht auch? Vielleicht haben Jungs einfach mal hin und wieder echt mit ihren Hormonen zu kämpfen. Was denkst du, war Daddy immer treu?«

Mama beugte sich tief über das rosarote Briefpapier.

»Worte!«, schnaubte sie dann. »Glaub bloß nicht alles, was er schreibt!«

»Du bist ganz schön misstrauisch!«, stellte ich fest. »Weshalb?«

Zuerst machte Mama ihr abweisendes Gesicht, dann setzte sie sich auf den Küchenhocker und zerknüllte das Trockentuch in der Hand.

»Ich war schließlich auch mal jung«, meinte sie. »Das kannst du dir wohl gar nicht vorstellen!«

»Aber sicher doch!«, rief ich aus. Warum auch nicht? Ich brauchte nicht mal viel Fantasie dazu. Nun bekam sie einen geradezu verträumten Blick.

»Mach's nicht so spannend und erzähl von früher!«

Ich setzte mich gemütlich auf den Küchentisch – sie wies mich nicht einmal zurecht – und wartete auf Mamas Geschichten, die das Leben schrieb. Ob sie mir gar ihre intimsten Geheimnisse anvertrauen würde? In dieser Beziehung hatte sich Mama bis jetzt verschlossen gezeigt. Aber wo ich nun doch bald erwachsen war … Und gerade als Mama sich das Haar aus der Stirn strich und mit einem verklärten Lächeln »Na gut …« sagte, riss Tommy die Tür auf.

Der liebe Gott muss bei der Erschaffung der Kategorie Brüder einen Aussetzer gehabt haben!

Tommy kapierte natürlich nicht, welch bedeutungsvolles Frauengespräch er störte, sondern eröffnete uns mit seiner überkippenden Stimme sogleich, dass er am kommenden Wochenende ebenfalls mit seinen Freunden wegfahre, und zwar zur Computer-Fachmesse. Sina dürfe schließlich auch weg. Und Martin habe einen Onkel in der Stadt, wo sie stattfinde, deshalb würden sie gleich alle bei ihm schlafen …

»Kommt nicht infrage!«, unterbrach ihn Mama und setzte endgültig wieder ihr Mutter-Gesicht auf.

»Kommt nicht infrage!«, meinte auch Dad, als Tommy ihn aufgebracht zu Hilfe rief. »Ich kenne diesen Martin überhaupt nicht und seinen Onkel schon gar nicht!«

»Ihr kennt ja wohl keinen meiner Freunde richtig!«, stellte Tommy trocken fest. »Wetten, ihr wisst von keinem auch nur den Nachnamen! Ihr schuftet und schuftet und habt keine Ahnung von unserem Leben.«

»Quatsch!«, wehrte sich Dad und blickte Mama an.

»Da wäre mal Peter ...«, begann Mama aufzuzählen. »Und dieser Simon ... Wie heißt er doch gleich – ach ja, Simon Pöschel! Und Mike ... sein Nachname ist mir entfallen. Linus ... äh, Müller? Meier? ...«

»Edi«, fuhr Dad weiter. »Ingo ... warte mal, Manzano ... nein, Marino ... Na, so ähnlich ... Du weißt, wen ich meine, den Jungen, der Modellflugzeuge bastelt!«

Betreten guckten sich unsere Eltern an.

»So was!«, staunte Dad beschämt.

Mama erhob sich von ihrem Hocker und hängte das Trockentuch an den Haken.

»So«, meinte sie entschlossen, »auf zu einem Familienabend! Du hast Recht, Tommy, es ist eine Schande. Wir kriegen kaum einen vollständigen Namen deiner Freunde hin. Jetzt setzen wir uns mal zusammen, alle fünf. Nichts mit Fernsehen, kein Video, keine Musik!«

»So war das nun auch wieder nicht gemeint!«, wandte Tommy erschrocken ein. »Ich wollte doch noch rasch ...«

»Nichts da«, unterstützte Dad Mama. »Jetzt setzen wir uns zusammen.«

»Schafskopf!«, Fabian stieß Tommy ärgerlich in die Seite. »Allein dir haben wir das nun zu verdanken, dabei läuft heute deine heiß geliebte Serie ›Raumschiff Enterprise‹ im Fernsehen. – Also, *ich* habe schon was vor! Ihr könnt euren trauten Familienabend allein abhalten!«, maulte er dann, zu Papa und Mama gewandt.

»Alle Verabredungen werden abgesagt!«, verlangte Mama resolut. Wenn sie sich mal etwas in den Kopf gesetzt hatte, war sie nicht mehr davon abzuhalten. Sie musterte Fabian. »Und was hast du vor, wenn ich fragen darf?«

Fabians Gesicht nahm eine rosa Tönung an.

»Er will sich wohl mit seiner Yvonne treffen!«, brüllte Tommy los. »Mensch, der ist ja so etwas von verknallt!«

»Halt die Klappe!«, herrschte ihn Fabian an.

Wir setzten uns also ins Wohnzimmer. Zuerst war's einfach nur peinlich still. Sonst läuft doch immer der Fernseher, aus Tommys und Fabians Zimmer dröhnt irgendwelcher Sound und aus meinem meist das Geklapper der Computertastatur oder ich hänge am Telefon und bringe mich um mein gesamtes Taschengeld.

Vor dem Haus war das Knattern einiger Motorräder zu hören, dann gellten Autohupen. In der vierten Etage hielt rasselnd der Fahrstuhl an.

Tommy begann plötzlich ganz hysterisch zu kichern, und bald stimmte Fabian ein. Schließlich zerfiel auch Mamas strenges Gesicht, und sie lachte, lachte so herzlich, wie ich sie selten lachen hörte. Dads Gesicht hellte sich auf, als er Mama ansah, und er stimmte in ihr Gelächter ein. Wir lachten bald alle so haltlos, bis uns die Tränen über die Wangen rollten.

»Was sind wir bloß für eine Familie!«, prustete Dad zwischen Lachsalven hervor. »Wir haben vergessen, wie man miteinander spricht!«

Später öffnete er eine Flasche Wein, Mama holte eine Schale mit Feigen, Datteln und Nüssen und wir saßen um den Tisch und erfuhren nun viele winzige alltägliche Dinge voneinander. Ich sah zu, wie Dad mit festen Händen Nussschalen aufknackte und Mama ihm verstohlen über die Wangen strich. Ich sah Tommy, der längst vergessen hatte, dass er eigentlich ein Wochenende mit Freunden durchsetzen wollte, Fabians Augen, mit denen er verträumt über unsere Köpfe hinwegblickte. Im Lichtkreis der tief hängenden Lampe schmolzen wir zu einer Familie zusammen, die durch nichts zu erschüttern schien.

September 2002

Ich habe David vor zwei Jahren kennen gelernt, er war Patient in unserer Praxis. Er behauptet, bei ihm sei es Liebe auf den ersten Blick gewesen. Das kann ich von mir nicht sagen. Ein Mann, in dessen Mund Sauger, Watte und Klammer stecken, der mit einer um den Hals gebundenen Papierserviette hilflos auf dem Behandlungsstuhl liegt, wirkt nicht unbedingt erotisch. Erst als ich mit ihm den nächsten Termin ausmachte, er mir hinter dem verglasten Tresen gegenüberstand und ich in der Agenda blätterte, nahm ich ihn als Mann wahr. David sieht gut aus, er ist groß und schlank, mit ungewöhnlich kantigen Gesichtszügen. Pia verdrehte im Hintergrund bereits verklärt die Augen, und kaum hatte er die Praxis verlassen, geriet sie ins Schwärmen.

»Hast du seinen Po bemerkt? Und seinen Waschbrettbauch?«, fragte sie. »Wann hast du ihn wieder eingeschrieben? Dann will *ich* assistieren!«

»Mach das!«, meinte ich gleichmütig, Männer interessierten mich nicht sonderlich, nur ganz selten, so für eine Nacht.

Aber David drängte sich im Lauf seiner Behandlung Schritt für Schritt zu meiner Seele vor und von dort gleich weiter in den Bauch.

»Du hast mich ein Vermögen gekostet!«, neckt er mich dann und wann. »Sämtliche alten Füllungen musste ich ersetzen lassen, bis ich es endlich schaffte!«

Er wusste längst, wer ich war. Sein Freund Beat arbeitet als Journalist bei unserer Tageszeitung. Und da sich David gleich nach unserem ersten Treffen sicher war, mich früher mal in Zeitschriften abgebildet gesehen zu haben, bat er seinen Freund um Hilfe. Der erzählte es ihm dann, nachdem er mich gesehen hatte.

Schon beim ersten Rendezvous kam David ohne Umschweife auf meine Vergangenheit zu sprechen. Er redete immer weiter, obwohl ich mein Gesicht sofort abwandte und unbewusst die Hände zu Fäusten ballte. Er hörte auch nicht auf, nachdem ich ihn mit erstickter Stimme zu schweigen gebeten hatte.

»So nicht, Sina«, sagte er nur und löste meine verkrampften Finger.

»Entweder sind wir von Anfang an ehrlich und offen miteinander oder wir lassen das Ganze bleiben.«

Zu dem Zeitpunkt wollte ich es bereits nicht mehr bleiben lassen, die Würfel waren gefallen. Zwar erzählte ich über die vergangenen Jahre nie etwas von mir aus, aber ich ließ zu, dass David davon sprach, und ich beantwortete auch seine Fragen.

Seit Fabian verschwunden ist, habe ich keinen Menschen mehr so nah an mich herankommen lassen wie David. Es macht mir oft Angst, wenn mir bewusst wird, wie tief er bereits in mein Leben eingedrungen ist. Auch diesmal, als ich ihm vor einer Stunde in seinem Atelier einen Überraschungsbesuch abstattete, spürte ich den Schwall heißer Gefühle durch meine Adern brausen. David stand über den Zeichnungstisch gebeugt, im Hintergrund flimmerte startbereit der Computer, aber bevor er ihn füttert, skizziert er seine

Ideen jeweils erst von Hand auf ein Blatt Papier. Sein Werbeteam war in den letzten Jahren ganz schön erfolgreich. Etliche Firmen lassen inzwischen von ihm ihre Werbung entwerfen und umsetzen.

Als David mich entdeckte, unterbrach er seine Arbeit, er strahlte übers ganze Gesicht. Wir tranken zusammen einen Orangensaft, und ich machte Vorschläge, was wir am kommenden Wochenende unternehmen könnten, merkte aber an Davids Zögern bald, dass er vor mir etwas verbarg.

»Komm, spuck's schon aus!«, verlangte ich lachend und strich ihm über die bläulichen Schatten an Wangen und Kinn. David rasiert sich nur alle zwei, drei Tage. »Du hast längst einen Plan! Ich kann es an deiner Nasenspitze sehen!«

»Stimmt«, gab David zu. »Tommy und Isa haben uns eingeladen. Hast du vergessen, was für einen Tag wir bald haben? Tommy möchte ihn feiern, und ich habe unter der Voraussetzung zugesagt, dass du nichts dagegen hast.«

Noch immer ist mein erster Impuls, zu schreien, den Kopf an die Wand zu schlagen, mir die Finger im Verputz blutig zu kratzen.

Am nächsten Dienstag ist Fabians neunzehnter Geburtstag. *Wäre* Fabians neunzehnter Geburtstag. Ich wandte mich ab.

»Das geht nicht!«, murmelte ich.

»Das geht!«, antwortete David.

»Wir haben Fabians Geburtstag in den letzten drei Jahren nie mehr gemeinsam gefeiert, und da gibt's ja auch nichts zu feiern, schon gar nicht vier Tage voraus!«, stieß ich hervor.

»Dann tun wir es dieses Jahr zum ersten Mal!« David ließ nicht locker.

»Ich mag Isa ohnehin nicht«, behauptete ich. »Eine geschiedene Frau neben meinem zwanzigjährigen Bruder! Lachhaft! Wenn sie einen jungen Lover braucht, muss sie sich nicht ausgerechnet an Tommy vergreifen!«

»Sina!« Davids Stimme klang belustigt. »Ich wusste gar nicht, dass du so kleinkariert denkst! Lass doch die beiden ihr eigenes Leben leben, sie mischen sich auch nicht in unseres ein. Und Isa tut deinem Brüderchen verdammt gut, die hat an ihm wahre Wunder vollbracht. Ich wünschte, ich könnte bei dir ebenso viel Erfolg verbuchen!«

Kurz darauf tauchte Davids Kollege Joschi auf und sie hatten Berufliches zu besprechen. Ich war ganz froh, mich verdrücken zu können, bevor David eine Antwort von mir verlangte.

Und nun sitze ich einmal mehr in meinem Apartment, meine Fabian-Stunde ist angebrochen, die tägliche Stunde, während der ich mich zwinge, mich mit dem auseinander zu setzen, was damals geschah. Meine Gedanken rasen zurück und lüften Erinnerung um Erinnerung.

Fabians Geburtstagstorte, zwölf brennende Kerzen. Schön verpackte Geschenke auf dem Tisch, ein Buch über die Geschichte des Fußballs, neue Handschuhe, eine Mütze mit einem Bild von Dino Zoff. Dad, Mama, Tommy, Omis knitterig gewordenes Gesicht, unsere Nachbarn, die überraschend auftauchten. Und dann diese Kartonschachtel mit den Luftlöchern, die Fabian magisch anzog. Ein Meerschweinchen? Würde sein Wunsch endlich in Erfüllung gehen?

Er ging in Erfüllung. Monatelang hatte sich Fabian ein Meerschweinchen gewünscht. Wenigstens ein Meerschweinchen, wenn wir in unserer Wohnung schon keine Katze und keinen Hund halten konnten!

Er taufte den wirbligen kleinen Kerl Clinton, weil er, wie Fabian behauptete, dem damaligen amerikanischen Präsidenten ähnlich sehe. Und er sorgte von Anfang an liebevoll für ihn, reinigte täglich den Käfig, schälte frische Karotten, kaufte Spezialfutter. Ich glaube, kein Meerschweinchen auf der Welt wurde so häufig gestreichelt wie Fabians Clinton.

Erst mehrere Tage nach Fabians spurlosem Verschwinden erinnerte ich mich an Clintons Existenz. Ich rannte in Fabians Zimmer und zerrte den Käfig unter dem Tisch hervor. Als ich den leblosen kleinen Körper sah, begann ich zu schreien, bis Mama hereinstürzte und sich über Clinton beugte. Sie sank zurück auf die Knie und presste die Hände auf die Augen, dann spähte sie wie durch das Gestänge eines Käfigs zwischen den Fingern hindurch auf das tote Tier.

»Er ist tot«, sagte sie. »Hör auf zu schreien, Sina, er ist tot!«

Ich wusste nicht, ob sie von Fabian oder seinem Meerschweinchen sprach.

Nach seinem zwölften konnten wir mit Fabian nur noch einen einzigen weiteren Geburtstag feiern, seinen dreizehnten, doch dieser ging fast unter. Dad nahm damals an einer Tagung teil, Mama musste im Abendverkauf ihren erkrankten Mitarbeiter vertreten, Tommys und meine Anwesenheit beschränkte sich darauf, den größten Teil der von Omi liebevoll gebackenen Geburtstagstorte zu verdrücken.

An allen folgenden Geburtstagen war Fabian nicht mehr bei uns. Wir stellten sein Foto auf den kleinen Keramiktisch, schmückten es mit Blumen und zündeten Kerzen an. In den ersten beiden Jahren riefen uns Verwandte und Freunde an, dann geriet dieses Datum allmählich in Vergessenheit und bekam erst wieder eine grausige Aktualität an dem Tag, an dem Fabian achtzehn geworden wäre. Wäre oder vielleicht *ist*?

Drei Jahre lang haben wir Familienmitglieder jedes für sich und nach den eigenen Bedürfnissen an diesen speziellen Tag gedacht. David und ich gingen jeweils in die Kirche und setzten uns still in eine Bank. An Fabians achtzehntem Geburtstag kamen wir allerdings nicht mehr dazu, dieser Tag wurde überdeckt von einem grauenvollen Ereignis: Es war der 11. September 2001, mit den Terroranschlägen in den USA, die tausende von Menschenleben kosteten.

Ich erinnere mich, dass David und ich mit fassungslosen Gesichtern vor dem Fernseher saßen und fast zwanghaft immer wieder den Einsturz des New Yorker World Trade Centers verfolgten. Als David längst zu Bett gegangen war, hockte ich noch immer da und zappte mich durch die Programme. Ich sah rußverschmierte Gesichter, Menschen, die in Panik schreiend durch die Straßen hetzten, unübersichtliche Trümmerhaufen, schwarze Wolken durch Straßenschluchten wogen und dann zum Himmel steigen. Der Einsturz der gigantischen Türme schien auf geradezu magische Weise auch das Leben meiner Familie zu dokumentieren, das am 27. Februar 1996 in sich zusammengebrochen war.

In den folgenden Tagen starrte ich am Fernseher mit eigenartiger Faszination gebannt in die Gesichter der Menschen, die auf ein Wunder hofften, die nicht glauben wollten, dass ihre Angehörigen verschüttet worden waren. Sie hatten sich Plakate umgehängt, reichten Fotos herum und warteten – wie gut konnte ich mich in sie einfühlen! Irgendwann mussten sie jedoch begreifen: Der Mensch, den ich vermisse, ist tot. *Sie* wussten es zumindest sicher und kannten auch ungefähr die Stelle, wo er lag. Ich beneidete sie um ihr Wissen, um ihre Trauer.

Weshalb wühlt der Tod tausender mehr auf als der Tod von nur einem? Terroranschläge gehören mittlerweile fast zum Alltag, aber man nimmt sie kaum mehr wahr, wenn sie lediglich eines oder zwei Menschenleben kosten.

Und nun steht Fabians neunzehnter Geburtstag bevor, der 11. September 2002, und Tommy und Isa schwebt vor, unsere Familie zusammenzutrommeln, um diesen Tag gemeinsam zu verbringen.

David wird nicht lockerlassen, er will, dass ich mich meinen Gefühlen stelle, mich nicht länger hinter meiner Distanziertheit verberge, die ich wie eine Rüstung trage, um deutlich zu signalisieren, dass dahinter niemand willkommen ist. Wir alle sollen zusammensitzen, wo wir uns doch nur noch selten treffen! Ich besuche zwar gelegentlich meine Eltern und auch sie tauchen ab und zu bei mir auf. Dann und wann treffe ich mich mittags mit Mama, wir essen irgendwo eine Kleinigkeit und tauschen Belanglosigkeiten aus. Aber wir haben uns seit Jahren nicht mehr dazu aufraffen können, einen Feiertag gemeinsam zu begehen. Nachdem Dad und Mama eine neue Wohnung bezogen hatten, ließen sie Tommy und mich wissen, dass sie damit gleichzeitig das Zeichen zu einem Neubeginn zu setzen gedachten.

»Von nun an«, behauptete Mama, »wollen wir akzeptieren, dass Fabian nicht mehr zurückkehren wird. Wir werden versuchen, ohne ihn weiterzuleben, wir möchten auch nicht mehr ständig über ihn sprechen, sondern unser Leben neu anpacken und gestalten.«

Sie sprach mit dieser eigenartig hohlen Stimme, die aus einem völlig leeren Brustkorb zu dringen schien, und die Haut in ihrem Gesicht spannte sich so straff über den Schädelknochen, als würde sie hinten zusammengezogen.

»Das wird nicht klappen«, wandte Tommy ein, der damals noch bei Mama und Dad wohnte. »Wir können Fabian nicht ausklammern, er gehört zu uns, auch wenn er nicht anwesend ist. Nicht mehr über ihn sprechen... das lässt sich doch nicht realisieren, das ist künstlich erzwungen!«

»Es muss gehen!«, sagte Dad.

Aber es geht wirklich nicht. Ich frage mich, ob Mama und Dad es tatsächlich schaffen, nur dann über Fabian zu reden, wenn es ganz und gar unausweichlich ist, ich sehe, wie Dad sich heimlich auf den Speicher schleicht, um Fabians Fotos betrachten zu können.

Wie haben wohl meine Eltern auf Tommys und Isas Einladung reagiert?

Draußen prasseln schräge Regenschnüre in das schlaffe Platanenlaub. Gedankenverloren schließe ich das Fenster und lasse meine Finger über die Muschelsammlung auf dem Sims gleiten. Ihr Perlmuttglanz weckt Erinnerungen an den letzten Urlaub, den David und ich in Schottland verbrachten. Ich sehe wieder den kaltblauen Horizont vor mir, an dem sich Schäfchenwolken zusammendrängen, höre die Möwen krächzen und Schafe blöken.

Das Meer wurde zum Spiegel für den weiten Himmel, er vervielfachte das Licht und warf es auf die moorigen Felder und Hügel zurück. David und ich wurden es nie leid, am Ufer entlangzuschlendern, die Brise blähte unsere Regenjacken zu Luftballonen auf. Hinter David hergehend, folgte ich seinem flatternden Haar und versuchte, die Füße in dieselben Sandvertiefungen zu setzen wie er.

Filmriss.

Fabians wirbliger Wuschelkopf, den er nur bändigen konnte, wenn er das Haar zu einem Nackenschwanz zusammenband, taucht vor mir auf. Wie oft zog Tommy ihn damit auf! Aber Fabian konnte aus dem Stegreif etliche Sportler aufzählen, die ihr langes Haar ebenfalls zusammenbanden.

Ich lege meine Muschel wieder auf den Fenstersims zurück. Doch nun schiebt sich die andere Muschel, jene kleine bunte mit zackig gerissenem Rand, vor mein inneres Auge. Die Fabian von Yvonne bekommen und nur mir gezeigt hatte.

»Ist sie nicht schön?«, wollte er wissen und schob sie in mein Blickfeld über das aufgeschlagene Buch, mit dem ich auf dem Bett lag. »Schau mal, Sina, wie sie glänzt!«

Eine Muschel, wie sie zu tausenden ans Meeresufer gespült werden. Da ich ahnte, weshalb mein kleiner Bruder sie mit so verklärten Augen betrachtete, bestätigte ich aber schnell, dass es sich um eine ganz besonders schöne Muschel handle.

»Hast du sie von Yvonne bekommen?«, fragte ich beiläufig. Ich wusste aus Erfahrung, dass man den richtigen Ton anschlagen musste, um Fabian zum Reden zu bringen.

»Sie hat sie gefunden, als sie im letzten Herbst an der Nordsee war«, erzählte er.

»Kennst du Yvonne denn schon so lange?«, wunderte ich mich. Mein Bruder war doch erst dreizehn! Und Yvonne, die so zerbrechlich und schüchtern wirkte, war nicht gerade ein verführerischer Vamp!

»Wir gehen erst seit Weihnachten zusammen«, klärte mich Fabian auf.

Ob ich Mama ins Vertrauen ziehen sollte? Was hieß das in seinem Alter: zusammen gehen? Was stellten die beiden an?

Ich klappte mein Buch zu und fragte: »Hast du sie schon mal geküsst?«

Fabian wurde knallrot. Er griff nach seiner Muschel, schlug sie in ein frisches Papiertuch ein und steckte sie in seine Jeanstasche zurück.

»Was du wieder wissen willst, Sina! Das ist wirklich krass!«, grinste er und verdrückte sich Richtung Tür. »Schwestern sind entsetzlich neugierig. Yvonnes Schwester ist genau wie du.«

Er zog die Tür auf, doch kurz bevor er sie hinter sich schloss, steckte er nochmals den Kopf ins Zimmer.

»Wir haben schon mal ein bisschen geknutscht«, gestand er, »es war höllisch!« – und weg war er.

Nur wenige Tage später war er richtig weg.

Es ist dunkel geworden. Ich sitze auf dem Bett und schaue aus dem Fenster. Die Fenster im Nachbarhaus sind beleuchtet, ich sehe Fernsehapparate flimmern und Silhouetten, die von Raum zu Raum gehen. Menschen, die ihr Leben leben, wie ich meines zu leben versuche.

27. Februar 1996

Große Aufregung! Zwanzig nach elf und Fabian noch nicht zu Hause!!! Mama und Dad sind außer sich. Tommy und ich versuchen, cool zu bleiben (Yvonne?). Morgen scheußliche Matheprüfung, habe dank Fabi wenigstens einen Grund, Kopfschmerzen vorzuschützen.

Zwanzig nach elf – und Fabian war noch immer nicht vom Training zurück! Allmählich fühlte auch ich mich unruhig, dieses Verhalten entsprach nicht seiner Art. An Schlafengehen war jedenfalls nicht zu denken, bevor er aufgetaucht war. Tommy und ich hockten im Schlafanzug am Esstisch.

»Vielleicht ist er bei Yvonne?«, vermutete Tommy schließlich augenzwinkernd. Mama starrte ihn nur entgeistert an.

»Bei Yvonne?«, fragte sie ärgerlich. »Er ist doch noch ein halbes Kind!« Tommy und ich wechselten verstohlene Blicke.

»Oder er ist abgehauen!«, überlegte Tommy weiter.

»Weshalb um alles in der Welt sollte Fabian abhauen!«, rief Mama ungehalten. »Jetzt red doch keinen Stuss, Tommy! Such besser die Telefonnummer von Ivo, seinem Teamkollegen, heraus!«

»Das Bürschchen kann etwas erleben, wenn es heimkommt!«, drohte Dad und stürmte furios in der Wohnung umher. Mal hörte man ihn aus dem Schlafzimmer zetern, dann aus dem Bad oder aus der Küche. Er goss sich ein Glas

Whisky ein, griff nervös nach der Fernbedienung und zappte von Sender zu Sender.

»Lass das!«, fuhr Mama ihn an. »Ruf lieber seinen Trainer an, vielleicht feiern die noch einen Sieg. Du hast doch irgendwo Herrn Degens Handynummer notiert!«

»Daniele Seganti könnten wir auch fragen, die beiden gehen meist zusammen zum Training!«, überlegte ich, holte das Telefonbuch und begann, seine Nummer zu suchen. Dad durchwühlte derweilen fluchend sämtliche Adresskalender und den ganzen Papierstoß, der sich auf seinem Schreibtisch türmte.

»Der kriegt eine Bombenstrafe!«, prophezeite er.

Endlich fand ich die Telefonnummer der Familie Seganti. Innerlich frohlockend, weil ich wenigstens eine Ausrede hatte, falls meine bevorstehende Matheprüfung am folgenden Morgen in die Hose gehen sollte, schrieb ich sie heraus.

»Ich hab's!«, rief Tommy. »Fabian hat doch den Telefonalarm seiner Trainingsgruppe und seiner Schulklasse an die Pinnwand über seinem Schreibtisch geheftet. Herr Degens Nummer steht bestimmt auch darauf!«

Mama sauste in Fabians Zimmer und kehrte tatsächlich mit zwei Blättern zurück.

»So«, meinte sie befriedigt. »Jetzt werden wir hoffentlich bald erfahren, wo diese Lauskerle stecken, und können ihnen Dampf unter den Hintern machen!« Ihre Stimme klang wieder halbwegs normal.

»Du kannst um diese Zeit nicht mehr alle aus dem Bett klingeln!«, sorgte sich Tommy. »Die kriegen einen Riesenschock!«

»Ist mir egal!«, erklärte Mama und wählte Herrn Degens

Nummer. Wie auf einem Foto erstarrten wir mitten in unserer Bewegung und horchten auf Mamas Stimme. Offensichtlich hatte sie Fabians Trainer aus dem Bett geholt, sie entschuldigte sich erst mal höflich für die späte Störung. Ihren Äußerungen konnten wir entnehmen, dass Fabian wie immer pünktlich zum Training erschienen war und Herr Degen anschließend beobachtet hatte, wie er mit Daniele um zehn Uhr Richtung Bus- und Straßenbahnhaltestelle ging. Mamas Gesicht hatte sich etwas entspannt, als sie den Hörer auflegte und sich an uns wandte.

»Er meint, wir sollen uns mal nicht aufregen, Jungs in diesem Alter hätten oft Unsinn im Kopf, die beiden seien vielleicht noch irgendwo etwas trinken gegangen, um Fabians heutigen Erfolg zu feiern. Er sei nämlich mal wieder Spitze gewesen. Fabian stehe eine Vollprofikarriere bevor«, fügte sie nicht ohne Stolz hinzu.

Dad schüttelte den Kopf. »Der kann sich seine Karriere sonstwohin stecken!«, schimpfte er. »Wir werden ihm nämlich seine Trainingsstunden streichen. Schau mal auf die Uhr! Mitternacht! Ein dreizehnjähriger Schuljunge gehört um diese Zeit ins Bett, Feier hin oder her!«

Tommy begann, sich für seinen Bruder einzusetzen, beschwor Dad, ihm das Training nicht zu verbieten. »Das wäre sein Tod!«, meinte er dramatisch.

Dad wählte ungerührt die Telefonnummer von Daniele. Sein Gesicht veränderte sich eigenartig während des Gesprächs. Es entleerte sich irgendwie, verwandelte sich in etwas Lebloses, Wächsernes, und als er den Hörer im Zeitlupentempo zurücklegte, zitterte sichtbar seine Hand.

Mit einem Mal wirkte das Zimmer wie eine Kulisse. Ich

kam mir vor wie im falschen Film, die Glieder wurden mir taub, und mein Herzschlag verlangsamte sich, als weigere sich das Herz, weiterzuarbeiten.

»Daniele war selbst am Apparat«, murmelte Dad. »Er ist kurz nach zehn mit dem Bus nach Hause gefahren. Er erinnert sich, dass Fabian beschlossen hatte, zu Fuß nach Hause zu gehen, weil seine Straßenbahn gerade abgefahren war.«

Lähmende Stille. Schwarze Schatten. Fast greifbare Angst. Auch wenn Fabian kurz nach zehn Uhr zu Fuß nach Hause gegangen wäre, hätte er spätestens um Viertel vor elf hier sein müssen. Vor bald zwei Stunden. Und das war er nicht.

»Die Polizei!«, sagte Mama. »Wir müssen ihn sofort als vermisst melden!« Ihre Stimme klang wie die eines kleinen Mädchens, und ihr Gesicht sah aus, als würde es gleich auseinander fallen.

Nur eine Viertelstunde später standen zwei Polizeibeamte in unserer Wohnung. Eine halbe Stunde später tauchte Daniele auf, gefolgt von Herrn Degen. Unsere kleine Wohnstube platzte schier aus den Nähten und wirkte gleichzeitig wie ein luftleerer Raum.

Der eine Beamte forderte uns auf, möglichst ruhig zu bleiben und erst mal alle Trainingskollegen von Fabian anzurufen. Vermutlich gebe es eine völlig harmlose Erklärung für seine Verspätung, Kids in seinem Alter würden oft die Zeit vergessen. Tommy rief mit Mamas Handy alle Klassenkollegen an, Herr Degen klapperte mit dem seinen die Mitglieder von Fabians Juniorenliga ab. Niemand fand eine Erklärung, wo sich mein Bruder um diese Zeit noch aufhalten könnte. So machte sich Dad mit dem einen Beamten auf den Heimweg, den Fabian hätte nehmen müssen. Mama rief Omi an, die sich sogleich in ein Taxi setzte und bald in unserer verstörten Gruppe saß. Sie steuerte ein paar Namen von Bekannten bei, die Fabian mochte und möglicherweise unterwegs getroffen hatte. Da sie kein Handy besaß, durften wir dasjenige des einen Polizeibeamten benutzen, damit unsere Telefonlinie freiblieb und Fabian uns jederzeit erreichen konnte.

Ich trat ans Fenster und starrte in die Nacht hinaus. Wie in einem makabren Adventskalender ging in den verschiedenen Wohnungen unserer Siedlung Licht um Licht an, bis ein ganzes Mosaik von Lichtquadraten die Nacht erhellte. Offenbar sprach es sich wie ein Lauffeuer herum, dass wir Fabian vermissten.

Von allen Freunden, Bekannten und Verwandten, die wir im Lauf der folgenden Stunde anriefen, hatte niemand die leiseste Ahnung, wo Fabian stecken könnte. Auch Dad und der Polizeibeamte kehrten von einer erfolglosen Suchaktion zurück, nirgendwo auf der etwa drei Kilometer langen Strecke hatten sie auch nur eine winzige Spur von Fabian entdeckt.

Die Stimmung wurde immer angespannter. Mein Gesichtsfeld verengte sich, ich sah all die Menschen, die sich in unserer Wohnung drängten, wie durch einen Tunnel. In meinen Ohren rauschte es, mein Herz polterte schwerfällig, aber hart gegen die Rippen.

Die Polizeibeamten fingen an, uns auszufragen. Hatte es vielleicht Streit gegeben? Welche Hobbys übte Fabian aus? Besuchte er hin und wieder ein Jugendhaus? Eine Disco? Wie stand er zu Drogen? Zur Szene der Rechtsradikalen? Zu Sekten?

Die Fragen erschienen mir so absurd, dass ich am Geisteszustand der Beamten zweifelte.

Mama und Dad beantworteten die Fragen mit metallischer Stimme, dann begleiteten wir den einen Beamten in Fabians Zimmer. Er bat uns, alles so liegen zu lassen, wie es gerade war, nichts aufzuräumen oder wegzuwerfen. Ich genierte mich ein bisschen, es sah schrecklich aus. Fabians Kleider lagen wild verstreut herum, das Bett war aufgeschlagen, der Müll quoll aus dem Papierkorb, sein Tisch brach schier zusammen unter all dem Ballast, der sich darauf türmte. Die Beamten gingen Fabians Bücherregal durch, schauten sich seine CD-Sammlung an und lasen die Notizen auf der Pinnwand. Als eines ihrer Handys schrillte, wurde es in unserer Wohnung auf einen Schlag totenstill.

»Nichts«, sagte der Beamte, nachdem er zugehört und nur mit ein paar Stichworten geantwortet hatte, und machte sein Handy wieder aus. »Zwei Streifenwagen haben die ganze Gegend abgesucht, sie haben Ihren Jungen nicht gefunden.«

»Verdammt noch mal, das ist zu wenig, Sie müssen mehr Streifen einsetzen, man muss die *ganze* Stadt absuchen!« Dad war aufs Äußerste gereizt. »Das ist doch nicht zu viel verlangt, so groß ist die Stadt nun auch wieder nicht!«

»Alle übrigen Polizeiwagen haben Fabians Signalement über Funk bekommen«, beruhigte uns der Beamte. »Sie werden die Augen offen halten!«

In unserem Haus waren nun alle aufgewacht. Im Treppenhaus hörte ich aufgeregte Stimmen durcheinander. Alle suchten, im Keller, auf dem Speicher, im Fahrradraum. Herr Weiß leuchtete mit der Taschenlampe in jeden Winkel des nächtlichen Gartens, durchsuchte die Garagen, den Schuppen.

Um vier Uhr morgens setzten wir uns in der Wohnung zusammen. Obwohl ich ringsum die Stimmen der vielen Anwesenden aufbranden und verebben hörte, die aufgeregten Gesten sah, fühlte ich mich wie ein Astronaut, der sich in seinem speziell abgeschirmten Raumanzug schwebend bewegt, entrückt von aller Erdenschwere. Ich starrte auf die aufgerissenen Münder, beobachtete die Gesichter, in denen sich Panik spiegelte. Dad hockte als Einziger nun fast reglos auf seinem Stuhl – gestern hatte er doch noch den ganzen Raum ausgefüllt! Jetzt kam er mir klein und schwach vor.

»Vielleicht ist er eben doch abgehauen!«, sagte Tommy ohne rechte Überzeugung.

Einer der Beamten griff seine Vermutung auf.

»Das ist sehr wohl möglich«, meinte er. »Erfahrungsgemäß kennen Eltern ihre eigenen Kinder oft schlecht. Dennoch bleibt es eine Tatsache, dass allein in Deutschland im Jahr etwa dreißigtausend Vermisstenanzeigen von Kindern und Jugendlichen eingehen und auch in der kleinen Schweiz sind es weit über tausend – in den USA spricht man sogar von etlichen hunderttausend! Die meisten kehren allerdings früher oder später von allein wieder nach Hause zurück oder werden von der Polizei aufgegriffen.«

»Die meisten…«, sagte Mama, immer noch mit ihrer Kleinmädchenstimme. »Sie sprechen von den meisten… was ist denn mit den Übrigen? Wie viele sind das?«

Der Beamte schien zu zögern. »Ich habe keine genauen Zahlen im Kopf«, wich er aus. »In Deutschland gelten zurzeit etwa neunhundert Kinder und Jugendliche als langzeitvermisst.«

Mama war aufs Sofa gesunken und blieb dort wie ein Häufchen Elend zusammengekauert sitzen. Eine Nachbarin brachte heißen Kaffee, jemand anders reichte frisch aufgebackene Brötchen herum. Eine Geisterparty fand statt, derweil die Beamten nun systematisch Fabians Zimmer durchsuchten. Sie kehrten mit Fotos von Fabian zurück und fragten, ob sie sie für die Fahndung mitnehmen dürften. Der eine legte Mama beruhigend die Hand auf die Schulter.

»Es kann für das Verschwinden Ihres Sohnes immer noch eine ganz simple Erklärung geben«, versicherte er. »Dass wir dennoch eine Großaktion starten… nun, lieber zu früh als zu spät!«

Zu spät, was hieß das: Zu spät?

Tommys Augen trafen quer durchs Zimmer auf meine. Hilflos zuckte er die Schultern. In der Tür stand Yvonne, wer weiß, wie lange schon, sie wirkte steif wie eine Schaufensterpuppe, ihr Gesicht schneeweiß, die Augen verschwanden in dunklen Höhlen.

Ich werde gleich aufwachen! Ich werde mich im Bett aufsetzen, über mich selbst den Kopf schütteln, und wenn ich Fabian beim Frühstück meinen Albtraum erzähle, wird er mich auslachen.

Irgendwann dämmerte es, jemand riss einen Fensterflügel auf und frische Luft mischte sich in die stickige, von kaltem Angstschweiß durchsetzte im Zimmer. Draußen flogen schmutzig graue Nebelfetzen vorbei, es war kalt, die starren Äste des Kastanienbaums waren mit einem weißen Reifpelz überzogen.

Fabian. Er konnte doch bei dieser Kälte nicht im Freien unterwegs sein! Wo steckte er dann, um Gottes willen, wo hielt er sich verborgen?

Fabian, verdammt noch mal, das ist ein schlechter Scherz! Komm endlich nach Hause!

Um acht Uhr, vor den Tagesnachrichten, brachte der Lokalsender zum ersten Mal die Vermisstenmeldung.

Vermisst wird Fabian Bachmann, dreizehn Jahre alt, 163 Zentimeter groß, braunes, halblanges Haar, das er oft im Nacken zusammengebunden trägt. Fabian Bachmann wurde zuletzt um fünf nach zehn Uhr abends an der Bus- und Straßenbahnhaltestelle Haldenegg gesehen. Er trägt eine blaue Daunenjacke und schwarze Jeans, darunter vermutlich seinen Turndress. Hinweise nimmt die Polizeihauptwache oder jede andere Polizeidienststelle entgegen.

Es ist alles ein riesengroßer Irrtum! Gleich wird Fabian in der Tür erscheinen, sich verblüfft umsehen und erst jetzt entsetzt realisieren, was er mit seinem Fernbleiben ausgelöst hat. Er wird sich hundertmal entschuldigen und verwirrt erklären: »Ich bin doch bloß über Nacht bei einem Kollegen geblieben – was – ihr kennt Ingo nicht? Tommy hat schon Recht, ihr kennt unsere Freunde nicht! Wir haben uns verquasselt, und da wurde es zu spät, um noch heimzugehen.«

Oder: Er hat sich auf dem Heimweg den Fuß verstaucht und wurde von einem Notfallarzt versorgt, der ihn gleich in seiner Praxis übernachten ließ.

Oder: Er hat auf dem Nachhauseweg einen Fußballkollegen aus einer andern Stadt getroffen und der hat ihn im

Auto zu sich nach Hause mitgenommen und dann wurde es für die Rückfahrt zu spät.

Kein Mensch löst sich doch an einer Verkehrshaltestelle in Luft auf!

September 2002

Ich bin nicht unglücklich. David meint, das sei schon viel: nicht unglücklich zu sein. Ich glaube, *er* kann, was ich verlernt habe: Glücksmomente intensiv empfinden. David kann genießen, kann sich in ein Gefühl fallen lassen, er erlebt und empfindet etwas mit all seinen Sinnen.

Er kauft zum Beispiel nie ladenneue Bücher. Seine Bibliothek hat er aus preisgünstigen, aber noch gut erhaltenen Büchern aus dem Antiquariat zusammengestellt. Irgendjemand hat sie also bereits gelesen und später aussortiert. Wenn David abends vor dem Schlafengehen ein Buch in die Hand nimmt, stellt er sich erst einmal vor, welche Geschichte diese Geschichte bereits hinter sich haben mag. Er riecht am Buch, betastet seinen Einband, durchblättert die Seiten. Wer hat dieses Buch wohl vor ihm gelesen? Wo und wie lebte der oder die Betreffende? Weshalb kam gerade dieses Buch in ein Antiquariat? Weil jemand Geld brauchte? Aus Platzgründen? Oder weil man den Inhalt nicht mochte? Aber wer mag denn Klassiker nicht, gute Krimis oder fantastische Fotobände? Stammte das Buch vielleicht aus einem Nachlass? Wer war gestorben und hat solche Bücher besessen?

Geradezu mit Wollust schwelgt David in der Geschichte, die eines seiner Bücher haben könnte. Besonderen Spaß macht es ihm, wenn irgendwo etwas angestrichen ist oder sich am

Rand handgeschriebene Anmerkungen finden. Dann strahlt er über seine Errungenschaft, dann ist er richtig glücklich! Stunden haben wir schon verbracht mit dem Anstellen von Vermutungen, woher Davids neueste alte Errungenschaft stammen könnte, und selbst gelacht über unsere Fantasie. Manchmal versuche ich, David die Freude zu vergraulen. »Pass auf!«, sage ich vielleicht. »Der Leser war zuvor auf der Toilette und hat sich die Hände nicht gewaschen. Er hat in der Nase gebohrt. Er hatte die Grippe und zwischen den Seiten tummeln sich Millionen Viren!« Aber David lässt sich die Freude nicht verderben.

Wir haben uns also anlässlich Fabians Geburtstag zusammengesetzt, zum ersten Mal wieder nach drei Jahren Unterbrechung. Und ich bin zurzeit *deswegen* nicht unglücklich, weil ich zu spüren glaube, dass etwas Eingefrorenes aufzutauen beginnt, etwas Blockiertes in Bewegung gerät.

Isa hatte sich mächtig ins Zeug gelegt und ein italienisches Büfett hingezaubert. Oliven, Tomatensalat mit Mozzarella und Basilikum, frische Feigen mit Parmaschinken, Reissalat, eingelegte Auberginen, weißes Stangenbrot und sogar selbst gemachtes Tiramisu.

Zuerst taten wir, als hätten wir uns nur eben mal zu einer Feier getroffen, niemand erwähnte das spezielle Datum. Unsere Familie wirkte dank Isa und David trotz Fabians Abwesenheit auch nicht so verletzlich klein.

Mein Bruder Tommy ist seit unserem letzten Wiedersehen endgültig erwachsen geworden. Er bewegt sich ruhig und sicher, er ist ein Mann, an dessen Gesichtszügen sich ablesen lässt, dass er einiges hinter sich hat. So erzählte er dann auch, dass ihm, im Vergleich zu sich, seine Studienkollegen ziemlich kindisch vorkämen und er noch mit keinem einen engeren Kontakt aufgebaut habe.

Tommy. Der einst nachlässige Gymnasiast von vierzehn Jahren hatte sich nach Fabians spurlosem Verschwinden zu einem ehrgeizigen Schüler gemausert, der das Abitur mit links schaffte und nun zu unserer Überraschung seit einem Jahr mit Begeisterung die Geschichte des Altertums und Archäologie studiert. Ebenfalls seit einem Jahr lebt er mit Isa, einer 28-jährigen geschiedenen Frau zusammen, die am Kunsthistorischen Museum arbeitet; dort hatte er bereits während seiner Schulzeit jede freie Stunde verbracht. Rückblickend frage ich mich, ob er wegen Isa so häufig ins Museum ging und sich so nebenbei auch für die Ausstellungsobjekte zu interessieren begann oder ob die Sache umgekehrt lief und er Isa kennen lernte, weil er von alten Kunstschätzen so fasziniert war. Er schwärmte auch bei diesem Treffen wieder von interessanten Vorlesungen, und als Dad den Kopf schüttelte und meinte, er könne einfach nicht ganz nachempfinden, was daran spannend sei, über längst vergangene und verschollene Dinge zu grübeln, brach Tommy in sein herzliches Lachen aus, das er offensichtlich wiedergefunden hat: »Was soll's!«, meinte er unbekümmert. »Ich grüble über alten Töpfen und Sina über faulen Zähnen – das ist auch nicht besser zu verstehen! Ihr habt nun mal eigenartige Kinder!«

Fast greifbar schwebten unsere Gedanken durch den Raum: Was wäre wohl aus Fabian geworden, wenn…

Isa schenkte uns allen Wein nach: »Ich denke, es ist besser, man grübelt über Altem, Vergangenem und schneidet das Faule heraus, nicht wahr?«, bemerkte sie vieldeutig.

Ich spürte Davids Blick auf mir. Doch niemand war vorerst bereit, sich mit dem Vergangenen auseinander zu setzen. Dad schlürfte vernehmlich seinen Wein und betonte etwas zu vehement, es handle sich um einen ganz besonders köstlichen Tropfen, Mama begann, umständlich in ihrer Handtasche zu kramen, und ich fragte, ob man sich bereits etwas zu essen holen dürfe, ich vertrüge nämlich keinen Wein auf leeren Magen. Reichlich zähflüssig kam endlich eine sorgfältig ausgewählte Konversation in Gang, gereinigt von allen Bezügen zu Verstorbenen oder Verschwundenen, zu Unglücksfällen und Verbrechen. Selbst über den ersten Jahrestag des Terroranschlags auf das World Trade Center schwiegen wir uns aus, wir hätten sonst daran denken müssen, dass Fabian an dem Tag volljährig geworden wäre. Ich schreibe: wäre, nicht: ist! Immer öfter ersetze ich, wenn es um Fabian geht, ohne nachzudenken, die Gegenwartsform durch die der Vergangenheit.

Dann wurde gegessen und auch reichlich Chianti getrunken. Der Wein lockerte unsere Zungen, doch Isa dachte nicht daran, unsere Familienzusammenkunft als heiteres Treffen abzuhaken. Kaum hatten wir uns in den bequemen Sesseln satt und gut gelaunt zurückgelehnt, wobei das Geplauder ziemlich locker floss, stand sie unvermittelt auf, ging in die Küche und kam bald darauf mit einer Torte herein, auf der neunzehn Kerzen brannten.

Mit einem Schlag wurde es still. Wie hypnotisiert starrten wir auf die Kerzen. Dad begann, sie überflüssigerweise zu zählen. Nach neunzehn verstummte er erneut.

Tommy erhob sich ebenfalls. Er trat zum Sekretär, nahm Fabians gerahmte Fotografie, die darüber an der Wand hing, vom Haken und stellte sie neben die Torte. Isa trug die Vase mit Mamas Blumenstrauß herbei, dann setzte sie sich neben Tommy und ergriff dessen Hand.

»Ich kann nicht …«, begann Mama zögernd und fuhr dann doch plötzlich fort: »Ob wir jemals erfahren werden, was aus ihm wurde, was damals geschah?« Dad schüttelte in stummer Verzweiflung den Kopf.

»Wahrscheinlich werden wir es nie wissen!«, sagte Tommy. »Wir werden lernen müssen, damit zu leben.«

»Kannst du es?«, fragte ich ihn.

»Manchmal besser, manchmal schlechter«, meinte er. »Es gibt Tage, da schaffe ich es bereits ganz gut. Aber es gibt immer mal wieder einen Absturz …« Seine Augen glitten zu Isa. »Dann ist aber Isa für mich da«, fügte er hinzu.

Und für mich ist David da, dachte ich. Mama und Dad schauten einander nicht an. Ob sie sich gegenseitig stützen können?, überlegte ich. Tommy schien denselben Gedanken nachzuhängen, denn er sagte: »Ihr müsst füreinander da sein, Dad, Mama! Man kommt da nicht allein durch, man muss Hilfe annehmen!«

Mein kleiner Bruder Tommy. Tommy, den wir damals fast vergaßen, weil sich alles um seinen Bruder drehte. Den wir vergaßen, weil er noch da war und Fabian fehlte. Der vielleicht nur deshalb so verbissen zu büffeln begann, weil er damit unsere Aufmerksamkeit wenigstens zeitweise wieder auf sich zu lenken vermochte. Der Fußballstar war verschwunden und nun glänzte der andere Sohn dafür mit besonders guten Noten. Nun durften wir auf *ihn* stolz sein.

Zum ersten Mal gingen mir diese Gedanken durch den Kopf, als ich nun Tommy betrachtete.

»Du weißt doch, dass ich in einer Gesprächstherapie war«, wandte Mama ein. »Sie hat aber nichts gebracht!«

»Du hast höchstens fünfmal mit deiner Therapeutin gesprochen, Mama«, korrigierte Tommy sie. »Das ist so gut wie nichts! Das erfordert mehr Zeit und sehr viel Geduld. Und du, Daddy, hast dich unter einen Schildkrötenpanzer verkrochen. Das war falsch!«

Schonungslos, mein Bruder. Unruhig wartete ich auf seine Kritik an meinem Verhalten. Da begann David zu sprechen: »Ich weiß nicht, ob ich überhaupt das Recht habe, mich über Fabians Verschwinden zu äußern«, meinte er zögernd. »Doch ich verfolge nun seit zwei Jahren, wie Sina sich quält. Das Eis muss endlich gebrochen werden, ihr müsst wieder miteinander reden, trauern, dieses Leid verarbeiten …«

»Wie denn *trauern*!«, unterbrach Dad ihn mit rauer Stimme. »Da gibt's kein Grab! Wir wissen nicht einmal mit Sicherheit, ob Fabian vielleicht doch noch lebt! Möglicherweise wird er von irgendwem gefangen gehalten, in Südamerika oder sonst wo. Muss entsetzliche Dinge ertragen, Prostitution, Drogen … Nichts wissen wir! Da lässt sich nicht einfach ein Strich drunterziehen, verstehst du das denn nicht, David?«

Mama begann zu weinen. Isa setzte sich neben sie und legte ihr den Arm um die Schultern. »Ich darf nicht daran denken!«, schluchzte sie. »Prostitution, Drogen! Was sagst du nur! Gott, wenn wir wenigstens wissen dürften, dass Fabian tot ist!«

David ging unruhig im Zimmer hin und her.

»… wie mit einer Behinderung leben …«, murmelte er vor sich hin. Er blieb stehen und meinte: »Ich frage mich, ob man vielleicht lernen könnte, mit diesem *Nichtwissen* wie mit einer Behinderung zu leben. Ein Querschnittgelähmter muss auch akzeptieren: Damit muss ich leben, das gehört zu meiner Lebensgeschichte. Wer Diabetes hat, Epilepsie – sie alle wissen, dass diese Krankheit nicht einfach wieder verschwindet. So, wie sie ist, müssen sie sie in den Griff bekommen, so schwer es ihnen fällt. Könntet ihr nicht versuchen, dieses *Nichtwissen* zu akzeptieren? Es gehört zu eurer ganz persönlichen Geschichte, es hat euch geprägt, und dies nicht nur negativ. Ich weiß nicht, ob ich mich in die Sina, die sie früher gewesen ist, verliebt hätte. Ich liebe sie als die Frau, die sie jetzt ist, mit der Last ihrer Vorgeschichte, ihrer Verletzlichkeit. Obwohl das nicht immer einfach ist, muss ich zugeben... Und du, Isa, liebst Tommy bestimmt als den Mann, zu dem ihn jene furchtbaren Jahre geformt haben. Mir kommt es vor, als würdet ihr mit bald nicht mehr aufzubringender Kraft versuchen, nicht daran zu denken, dass ihr nicht wisst und vielleicht nie wissen werdet, was damals mit Fabian geschehen ist!«

Wie kannst du es wagen!, dachte ich, innerlich tief aufgewühlt. An welche Gefühle wagst du da zu rühren! Weißt *du*, wie es ist, ständig an jemanden erinnert zu werden, der vielleicht längst tot ist, möglicherweise aber auch nicht? Oh – es ist nicht fair von Fabian, sich immer wieder zu zeigen! In jedem Zimmer, in jedem Winkel geistert er herum! Wir treffen ihn, wenn wir ahnungslos durch die Stadt bummeln. Da – der junge Mann mit dem wippenden, buschig braunen Haar – könnte das nicht...? Oder der Fußballer, der über den TV-Bildschirm hechtet – Fabian? Der erbarmungswürdige Alkoholiker, der in der Bahnhofsunterführung kauert – Fabian? Und wenn das Telefon klingelt – Fabian? Ach, es sollte so etwas geben wie einen Pfefferspray, einen Pfefferspray gegen Gespenster, einen Gespensterspray!

»Wir sind nicht immer so passiv gewesen, David«, rührte sich Mama endlich. »Vielleicht weißt du das gar nicht, du hast Sina damals ja noch nicht gekannt. Während der ersten beiden Jahre haben wir alles nur Menschenmögliche unternommen, um Fabian zu finden, tot oder lebendig. Wir haben keineswegs die Hände im Schoß gerungen und versucht, nicht daran zu denken. Wir sind aktiv gewesen, David, wir haben unsere Angst und unsere Befürchtungen herausgeschrien, wir haben uns sämtlichen Medien gestellt, vor Kamaras geweint und gefleht!« Mama senkte die Augen und musterte ihre Hände.

»Aber unser ganzer Einsatz hat nichts geholfen. Irgendwann wirst du müde, resigniert, spürst du: So geht es nicht, so machst du dich nur kaputt. Dann versuchst du, einen andern Weg einzuschlagen, einen Weg, der dich den Schmerz aushalten lässt. Du richtest dich in einem andern Stadtviertel, in einer neuen Wohnung ein und bietest deine ganze verbliebene Energie auf, um die Schatten zu bannen, die Geister auszuhungern. Allerdings, David, hast du Recht: Auch so geht es nicht. Wir haben es, weiß Gott, versucht!«

Ich hatte Mama seit Jahren nicht mehr so lange reden gehört, schon gar nicht über Fabian und ihr eigenes Befinden. Sie sprach mit einer Stimme, die mich an ihre frühere Stimme erinnerte, gefasst, sicher und klar. Da zitterten im Hintergrund keine Tränen mehr wie noch vor wenigen Minuten.

David setzte sich zu mir. Er legte den Arm um mich, und ich spürte die Wärme, die sein Körper abgab.

»Ich maße mir nicht an zu wissen, wie ihr mit … nun, mit Fabians Geschichte, umgehen sollt. Ich sehe lediglich an Sina, dass es so, wie ihr dieses Problem handhabt, auch nicht klappt. Sina muss reden können, sie muss sich dem Schmerz stellen dürfen, auch jetzt noch, Jahre danach. Und dieser Schmerz wird – wie du vorhin gesagt hast, Tommy – immer mal wieder aufbrechen, vermutlich so lange ihr lebt. In solchen Momenten braucht Sina Eltern und einen Bruder, mit denen sie Erinnerungen ans Licht ziehen, mit denen sie auch mal weinen darf. Sie muss die Videos und Fotos von damals ansehen dürfen, sie muss Fabian, so wie er war, in sich tragen, sich an jener Realität aufrecht halten können.«

David verstummte, wohl über seine eigenen Worte ein bisschen erschrocken. Er hatte ausgesprochen, was wir stillschweigend niemals mehr zu erwähnen beschlossen hatten. Ich fixierte den Teppich unter meinen Füßen, folgte mit den Augen den verschlungenen Mustern, versuchte, einen Strang zu finden, der sich durch den ganzen Teppich wob. Plötzlich war es mir ungeheuer wichtig, einen solchen Strang zu entdecken, der sich durch das gesamte Muster wand, einen Leitfaden zu finden, dem ich folgen konnte.

Als kleines Kind, erinnerte ich mich, hatte ich oft auf dem Teppich gekauert und mit den Fingern die Muster nachgezeichnet. Ein Schwall der Erleichterung überspülte mich, als ich eine gelb eingewobene Linie entdeckte, die sich diagonal durch den ganzen Teppich zog.

Dad räusperte sich vernehmlich.

»Ich denke, wir müssen alle noch einmal über die Bücher gehen. Da gibt's wohl kein allgemein gültiges Rezept für unser Verhalten, David. Ich habe aber verstanden, dass Sina uns braucht – an mir soll's nicht liegen.« Er warf Mama einen Blick zu, und als sie nickte, fügte er hinzu: »Und an Mama auch nicht. Wenn ihr also über Fabian reden möchtet, dann kommt zu uns!«

Es klang ein wenig wie eine abschließende Zusammenfassung nach einer Geschäftssitzung – dachte ich wenigstens. Als ich jedoch bemerkte, dass Dads Hemd unter den Achseln nass geschwitzt war und auf seiner Stirn Schweißperlen standen, spürte ich, wie viel Kraft ihn die vergangene Stunde gekostet hatte und wie notwendig er diese Fassade nun brauchte. Wir alle fürchten uns letztlich vor einem Zusammenbruch.

Als ich dies David zu Hause eingestand, fragte er nach kurzem Überlegen zurück: »Okay, Sina, was dann? Was stellst du dir unter einem Zusammenbruch vor? Weinkrämpfe? Depressionen? Dass du nicht mehr zur Arbeit gehen kannst? Wie sieht er aus, dieser Zusammenbruch?«

»An dir ist ein Psychiater verloren gegangen«, meinte ich ärgerlich. »Immer hast du das letzte Wort! Wie soll ich wissen, wie ich zusammenbrechen würde?«

»Dann riskiere es!«, gab David trocken zur Antwort. »Was dann auch immer geschieht: Ich bin an deiner Seite!«

Er stand im Badezimmer vor dem Waschbecken und wusch sich die Hände unter dem sprudelnden Strahl. Ich trat hinter ihn, schlang die Arme um seine Taille und legte den Kopf an seinen breiten Rücken.

»Ich glaube, ich liebe dich!«, sagte ich. Und diesmal hatte ich das letzte Wort. David drehte sich um, umarmte mich mit seinen nassen Händen und küsste mich.

28. Februar 1996

Fabian immer noch nicht aufgetaucht!!! Chaos!

Die Nacht war in den Morgen, der Morgen in den Nachmittag übergegangen. Tag eins von Fabians Verschwinden neigte sich schließlich dem Ende zu. Gustav und auch ein paar seiner Schulkameradinnen und -kameraden waren aufgetaucht. Unsere Wohnung glich einem Bahnhof, es herrschte ein ständiges Kommen und Gehen. Die Leute begriffen bald, dass wir unsere Telefonleitung unter allen Umständen freihalten wollten, damit Fabian uns allenfalls erreichen konnte. Mama kontrollierte andauernd ihr Handy. Leuchtete vielleicht eine SMS auf? Wenn das bekannte Signet erschien, tippte sie mit zitternden Fingern auf »Lesen«. Tausend Menschen schienen an uns zu denken und schickten uns ein paar aufmunternde Worte – aber nicht Fabian.

»Haben Sie Vermögen, sodass die Möglichkeit einer Entführung mit Lösegeldforderung besteht?«, fragte ein Beamter Dad.

Dad lachte schrill auf. »Bei uns wäre nichts, keine müde Mark, zu holen!«

Geradezu hoffnungsvoll begannen wir, uns mit dem Gedanken anzufreunden, dass Fabian – weshalb auch immer – abgehauen war. Uns etwas anderes vorzustellen, war schlicht unerträglich. Wir quetschten deshalb erst einmal Yvonne aus.

Hatte Fabian Probleme gehabt, die er mit uns nicht besprechen wollte? Hatte es zwischen ihnen Streit gegeben? Dad und Mama klammerten sich an die hunderte von Ausreißern, die es laut Statistik jedes Jahr gibt.

»Deren Eltern behaupten auch allesamt, ihr Kind würde niemals von zu Hause abhauen!«, hatte uns eine Polizeibeamtin versichert. »Vor allem Jungs sind in diesem Alter unberechenbar. Wenn ihnen etwas gegen den Strich geht, kommt es schon mal vor, dass sie abhauen und anschließend Hemmungen haben, zurückzukehren!«

»Er brauchte doch keine Hemmungen zu haben!«, rief Omi. »Wir sind doch keine Unmenschen! Wenn er nur kommt! Von mir kriegt er kein böses Wort zu hören!« Sie warf Dad einen warnenden Blick zu, doch dieser hatte seine Stunden zuvor geäußerten Drohungen, Fabian werde sich eine ordentliche Strafe einhandeln, längst vergessen.

»Er ist erst dreizehn«, wandte er zögernd ein. »Die Kids, die abhauen, sind doch meist älter, oder nicht!« Die Beamtin antwortete ihm nicht. Sie stellte mit Mama so etwas wie eine »Akte Fabian« zusammen, in der von nun an fortlaufend aufgezeichnet werden sollte, wo überall nach ihm gesucht wurde und mit wem wir bereits gesprochen hatten. »Wir sparen damit Zeit«, erklärte sie. »Sonst suchen wir, die Polizei und Sie an denselben Orten.«

Niemand wagte zu fragen, weshalb es unter allen Umständen galt, Zeit zu sparen. Was würde geschehen, falls wir Zeit vertrödeln sollten?

Die Beamtin bat Mama auch um Videos und Fotos, um Fabians Pass, Identitätskarte und seine Geburtsurkunde, verlangte dann die Adressen seines Arztes und seines Zahnarztes. »Hat Fabian besondere Kennzeichen? Vielleicht eine Operationsnarbe? Trägt er eine Zahnspange? Benötigt er bestimmte Medikamente?« Mama schüttelte zu allen Fragen stumm den Kopf. Sie suchte die verlangten Dokumente hervor.

»Seine Identitätskarte ist nicht hier«, sagte sie leise. »Die hat er wohl bei sich!«

»Damit käme er über manche Grenze!«, stellte die Beamtin fest.

Was sollte Fabian in einem anderen Land suchen? An wen, um Himmels willen, wollte er sich an einem fremden Ort wenden? Er war doch verliebt, und Yvonne hatte mit verheulten Augen versichert, zwischen ihnen sei nichts vorgefallen, ganz im Gegenteil, sie hätten für das kommende Wochenende Pläne geschmiedet. Zu einem früheren Zeitpunkt hätten Tommy und ich vergnügt an diesem »im Gegenteil« herumgealbert und noch manchen Spruch draufgesetzt. Jetzt schwiegen wir.

Wir sprachen überhaupt nicht mehr viel, Tommy und ich. Wie benommen standen wir am Fenster und guckten auf die Straße hinunter oder schritten ruhelos von Zimmer zu Zimmer, setzten uns dann irgendwohin und hockten stundenlang da wie festgefroren.

Draußen vor den Fenstern, in der Welt, die sich weiterdrehte, als wäre nichts geschehen, suchte man nach Fabian. Polizeistreifenwagen, Polizeisuchtrupps mit Spürhunden durchkämmten den Stadtpark, Nachbarn und Bekannte, Fabians und unsere Schulkameraden. Doch Fabian blieb verschwunden.

Dad saß mit Fabians Taschenkalender unter der Lampe

und durchblätterte ihn an die hundert Mal immer wieder von neuem von der ersten bis zur letzten Seite. Jeden Kritzel studierte er gründlich. Worte, die er nicht entziffern konnte, betrachtete er mit der Lupe.

»Was heißt das, Sina?«, fragte er mit heiserer Stimme zwischendurch vielleicht einmal und deutete mit dem Finger auf ein Wort.

»*Training* heißt das, Dad«, murmelte ich. »Fabian hat mal wieder wie ein Schwein geschrieben!«

»Schweig!«, herrschte mich Omi quer durchs Zimmer an. »Wie sprichst du über deinen Bruder!«

»Am Samstag hat er ein Fußballspiel«, stellte Dad fest. »Noch nie hat er eins verpasst. Bis dahin ist er bestimmt zu Hause. Er würde doch seine Kumpel nie im Stich lassen!« Ein hoffnungsvolles Lächeln stahl sich in Dads Gesicht. »Bis zum Samstag haben wir Fabian bestimmt wieder bei uns. Denkst du nicht auch, Melanie?«, wandte er sich an Mama.

Sie beugte sich steif über Fabians Kalender und studierte den Eintrag. »Stimmt«, sagte sie. »Nie würde er ein Spiel versäumen. Wenn er bis Samstag nicht wieder hier ist – dann ist etwas passiert!«

»Bis zum Samstag dauert's aber noch ganze zwei Tage«, wandte Tommy ein. »Wo sollte sich Fabian zwei Tage lang verborgen halten? Da bleibt etwas faul an der Sache.«

Unser Schrecken wich langsam einer inneren Leere. Ein Spuk. Ein Albtraum. Keine einzige der Varianten, die wir uns in Zusammenhang mit Fabians Verschwinden ausdenken konnten, war auszuhalten. Also schalteten wir jedes Gefühl ab und stierten dumpf vor uns hin.

»Ich will, dass Fabians Vermisstenanzeige heute Abend

vor der Hauptausgabe der Tagesschau im Fernsehen ausgestrahlt wird!«, bat Mama abends um sechs Uhr einen Polizeibeamten.

»Das ist noch zu früh«, wehrte Dad ab. »Stell dir bloß vor, dann hat er noch mehr Hemmungen, zurückzukommen! Und wenn er wieder hier ist, starren ihn alle an und zeigen mit dem Finger auf ihn!«

Wenn er dann hier ist ... Die beiden Beamten, die sich zu diesem Zeitpunkt in unserer Wohnung aufhielten, wogen das Für und Wider einer Vermisstenanzeige im Fernsehen ab. Sie gingen miteinander in den Flur, wir hörten ihr Gewisper bis in unser Zimmer, konnten jedoch nicht verstehen, was sie besprachen. Dann kamen sie herein und teilten uns mit, man werde der TV-Redaktion den Auftrag geben, Fabian als vermisst zu melden.

»Wir raten Ihnen aber, Ihre persönliche Adresse und Telefonnummer nicht zu veröffentlichen. Wir geben nur die Angaben der Polizeidienststelle bekannt. Dort lassen sich Hinweise dann auch gerade auswerten!«, erklärte der eine Beamte. Und der andere fügte hinzu, falls wir von einer Zeitung angefragt würden, sollten wir darauf bestehen, dass unsere Wohn- sowie Dads und Mamas Geschäftsadresse nie veröffentlicht würden.

»Wofür halten Sie uns denn?«, ärgerte sich Omi. »Als ob wir auch nur die geringste Lust hätten, mit diesen widerwärtigen Schreiberlingen über Fabian zu reden! Die bauschen doch alles zur Sensation auf!«

Dad gab sich einen sichtbaren Ruck. »Okay!«, sagte er und versuchte, seiner Stimme Autorität und Sicherheit zu verleihen. »Bringen wir erst mal die Vermisstenanzeige im Fernsehen. Irgendwer wird sich bestimmt an Fabian erinnern. Er kann sich ja nicht in Luft auflösen! Kopf hoch, Melanie! Der Junge hat Mist gebaut, aber wir werden ihn nicht festnageln, wenn er wieder hier ist. Schwamm drüber – haben wir uns verstanden?« Er fixierte Tommy und mich eindringlich.

»Logo!«, versicherte Tommy. »Ich kann ihn sogar begreifen! Mir war auch schon zum Abhauen!«

Alle Köpfe schnellten in seine Richtung.

»Echt?«, fragte Mama geradezu begeistert. Noch vor zwei Tagen wäre sie über ein solches Geständnis glatt in Ohnmacht gefallen. »Erzähl mal!«

»Och, der ganze Scheiß hier, Schule, Prüfungen, der ewige Leistungsdruck, und ihr habt ja nie Zeit, zuzuhören... Und dann jeden Tag die Horrorgeschichten über Elend und Verzweiflung, Krieg, Terror, Hungersnöte. Wer hofft denn da noch auf eine gute Zukunft. Da fragt man sich schon manchmal, ob es nicht besser ist, auf eine sonnige Insel abzuhauen, wie Fabian manchmal geträumt hat!«

Die Erwachsenen schauten einander betroffen an.

»Und wie kommst du auf die sonnige Insel?«, wollte die praktisch denkende Omi wissen. »Ohne Geld, ohne Visum? Und was würdest du auf deiner romantischen Insel den lieben langen Tag tun?«

»Leben, Omi, verdammt noch mal! *Leben!*«

»Hast du mit deinem Bruder darüber gesprochen?«, wollte ein Beamter wissen.

»Mehr als einmal!«, nickte Tommy.

»Was hat er davon gehalten?« Mama schrie ihre Frage regelrecht heraus.

Tommy wiegte nachdenklich den Kopf.

»Also, ehrlich gesagt nicht viel«, gab er dann zu. »Er ist ja auch verknallt und lebt ohnehin für seine Fußballkarriere, er kommt auch bestimmt mal groß heraus …«

Es gelang uns nicht, unsere Enttäuschung ganz zu verbergen. Im Stillen hatten wir wohl alle gehofft, Tommy würde endlich Fabians heimliche Abhaupläne aufdecken, obwohl es nicht nachvollziehbar war, weshalb er diese ausgerechnet in einer eisigkalten Februarnacht, im Turndress und ohne jegliches Reisegepäck, in die Tat umsetzen sollte. Wir hatten sein Zimmer, seine Schränke durchsucht, keinem von uns war etwas Fehlendes aufgefallen. Seine Reisetasche stand in einer Ecke, all seine Kleider türmten sich zu Haufen auf Bett und Stuhl, hingen im Schrank oder lagen im Wäschekorb, da war sich Mama sicher.

»Er hatte kein Geld bei sich«, erinnerte sich Mama in die folgende Stille hinein. »Bevor er gegangen ist, habe ich ihn gefragt, ob er Geld brauche. Seine Dauerkarte für die Straßenbahn war nämlich abgelaufen. Fabian hat in seinen Geldbeutel geguckt, ein paar Münzen gezählt und gemeint, es reiche gerade noch bis zur nächsten Taschengeldauszahlung.«

Mama begann zu weinen. Ich hasse es, wenn sie weint. Ich wollte sie so gerne trösten, hatte aber keine Ahnung, wie ich das anstellen sollte, war ich doch selbst gefangen in einer seltsamen Hülle, die mich wie eine Membran umschloss.

Einer der Beamten strich ihr über die zuckenden Schultern.

»Na, na!«, versuchte er, sie zu beruhigen, sah jedoch selbst recht mitgenommen aus. »Ich fahre jetzt zur Dienststelle und sorge dafür, dass die Meldung im Fernsehen gesendet wird. Sie werden von mir hören.«

Nachdem kurz darauf eine Polizeipsychologin bei uns eingetroffen war, verließen er und sein Kollege die Wohnung. Kaum hatte sich die Psychologin zu Mama gesetzt, tauchte Herr Degen auf.

»Mir ist etwas eingefallen«, erzählte er, noch bevor er sich aus Jacke und Halstuch geschält hatte. »Wenn wir im Winter trainieren, ist unsere Turnhalle Zuschauern zugänglich, und es sitzen da auch immer mal welche auf der Tribüne und gucken zu. Manchmal stehen auch die Girls der Jungs hinter der Bande und feuern sie an, oft verfolgen Väter oder Brüder die Trainingsstunden. Nur selten sehen Fremde zu, die ich keinem der Jungs zuordnen kann. Ich habe aber nie besonders darauf geachtet, wer uns zuschaut, ich finde es sogar gut, dass meine Jungs sich an Publikum gewöhnen...« Er verstummte und zupfte sich umständlich jeden einzelnen Handschuhfinger von der Hand.

»Und?«, fragte Dad alarmiert.

»In den letzten beiden Wochen war bei jedem Training ein junger Mann da, den ich nicht kenne. Er ist mir aufgefallen, weil er sich absolut konzentriert und still verhalten hat. Ich habe mich bereits gewundert, wer er sein könnte und wollte die Jungs danach fragen, aber dann habe ich es wieder vergessen... Erst jetzt denke ich, meine Beobachtung könnte wichtig sein. Gestern ist der Unbekannte nämlich zum ersten Mal seit längerem nicht mehr aufgetaucht...«

Die Polizeibeamtin warf einen Blick in die Runde, als wollte sie sich versichern, dass wir auch alle noch atmeten.

Dann packte sie Herrn Degen am Arm, griff nach Jacke, Halstuch und Handschuhen und zog ihn zur Tür.

»Das könnte tatsächlich ein wichtiger Hinweis sein!«, bestätigte sie. »Wir fahren gleich zur Zentrale, dort können Sie dem Dienst habenden Beamten noch einmal alles erzählen und eine Beschreibung dieses Zuschauers liefern. Ich komme anschließend noch mal her. Wir werden uns die Übertragung der Vermisstenanzeige gemeinsam ansehen.« Letzteres sagte sie an uns gewandt.

Wir blieben mit Omi und zwei befreundeten Ehepaaren aus der Nachbarschaft zurück, zum Warten verurteilt. Es gab sonst nichts zu tun.

Oktober 2002

Ich liege in der Badewanne und versuche, mich im warmen Wasser zu entspannen. All meine Muskeln schmerzen, vor ein paar Tagen habe ich nämlich wieder mit Jogging angefangen. Die rhythmische Laufbewegung tut mir gut, aber mangels Kondition schafft sie mich noch ziemlich.

Durchs Fensterviereck sehe ich, wie der Wind die Wolken über den Himmel treibt. Ich mag das, der stürmische Wind hat Pia und mich heute auch beim Laufen begleitet. Da die Praxis am Donnerstagnachmittag jeweils geschlossen bleibt, haben wir die freie Zeit dafür genutzt.

Pia bezeichnet diese Nachmittagsstunden am Donnerstag als »Beischlafzeit des Chefs«. Sie hat wahrscheinlich sogar Recht. Am Freitag erscheint Big Boss nämlich meist gut gelaunt, aber mit dunklen Augenringen in der Praxis.

»Hast du bemerkt, wie er sich heute Mittag gestylt hat?«, keuchte Pia, als wir nebeneinander am Waldrand entlangrannten. »Wie ein Dressman! Und der Duft! Der kommt gegen jedes Desinfektionsmittel an. Wahrscheinlich Eau de Lion… Ob er sich für seine Schäferstündchen ein Hotelzimmer mietet?«

Vor Lachen musste ich langsamer gehen.

»Quatsch, seit seine Frau mit den Kids ausgezogen ist, bewohnt er sein Haus solo! Weshalb sollte er sich ein teures Hotelzimmer leisten?«

Wir alberten eine Weile herum und stellten uns vor, welche Frau er gerade mit Eau de Lion zu betören versuchte. Pia behauptete, der Sharon-Stone-Typ sei wieder an der Reihe, ich tippte eher auf Demi Moore. Wir sind mehr oder weniger auf dem Laufenden, was sich im Liebesleben unseres Chefs tut. Solange die Damen auf ihn stehen, tauchen sie immer mal wieder in der Praxis auf. Nach ein paar Wochen bleiben sie plötzlich weg und rufen auch nicht mehr an. Mittlerweile wissen wir, dass uns dann eine schwere Zeit bevorsteht, nämlich ein missgelaunter, oft rüpelhafter Boss, der uns wegen jeder Kleinigkeit anfährt. Pia hatte die Nase schon mal so voll davon, dass sie für ihn via Kontaktanzeige eine Neue suchen wollte. Er kam ihr dann aber zuvor und schleppte mit siegesbewusstem Lächeln seine neueste Flamme an.

Bevor ich in die Wanne stieg, habe ich Mama angerufen, um zu fragen, ob wir uns am Montag zum Mittagessen treffen wollen. Montags habe ich länger Mittagspause, weil ich abends zwei Stunden länger arbeiten muss. Mama sagte sofort zu, und wir beschlossen, uns im »Domino« zu treffen.

»Ich werde dich einladen«, versprach Mama, und ich glaubte, aus ihrer Stimme einen freudigen Unterton herauszuhören. »Du brauchst ja für dein Apartment schon genug … Möchtest du nicht zu David ziehen, Sina? Ihr könntet euch die Miete teilen!«

»Mama!«, rief ich verblüfft aus. »Das ist ja mal was ganz Neues! Ich hatte immer den Eindruck, du magst David nicht!«

»Er meint es gut mit dir, Sina«, sagte Mama. »Das habe ich an Fabians … das habe ich bei Tommy und Isa gemerkt.«

Sie hat Recht! Ich lasse mich tiefer in die Schaumberge gleiten. David meint es wirklich gut mit mir. Er tut mir zuliebe, was er kann, aber ohne mich zu verhätscheln. Zuweilen fordert er mich auch gewaltig heraus, treibt mich an eine Grenze, die zu überschreiten ich mich fürchte.

Mich zufrieden in der Wanne räkelnd, beschließe ich, wieder einmal eine Apfeltorte für ihn zu backen, die mag er so gerne, eine gedeckte, heiße, mit Puderzucker bestreute Apfeltorte und Vanillesoße dazu. Und wie ich im Kopf die Zutaten zusammentrage, die ich dafür besorgen muss, höre ich das Trippeln von Kinderfüßen. Fabian, vielleicht vier Jahre alt, löst sich aus dem Schatten. Ich spüre, wie mein Verstand ins Trudeln gerät und versinke in eine Art Wachtraum.

Ich, die Große, ging bereits zur Schule und fühlte mich meinen beiden kleinen Brüdern gegenüber entsprechend überlegen. Es war wunderbar, sie herumkommandieren zu können, ihre bewundernden Augen auf mich gerichtet zu spüren. Ich wusste ja so viel mehr als sie und konnte sogar schon ein wenig schreiben und lesen! Wenn Mama Zeit hatte – sie arbeitete damals erst stundenweise in ihrem Geschäft und Dad war ohnehin den ganzen Tag über weg –, übernahm sie jedoch das Zepter und entschied, was Fabian und Tommy tun durften und was nicht.

Backen war ihre große Leidenschaft. Torten, Brote, Kuchen, Gebäck zum Naschen – Mama probierte jedes Rezept aus, das sie fand. Die Küche sah danach zwar wie ein Schlachtfeld aus, aber sie ließ sich nicht beirren. Selbst der kleine Fabian mit seinen noch ungeschickten Händen durfte mithelfen. Er pflegte so heftig in der Teigschüssel zu rühren, dass ein Teil der Masse an die Wände flog. Mama schalt ihn nie. Damals hatte sie Nerven wie Drahtseile. Wenn Tommy und ich Fabian auszulachen wagten, reichte ein eisiger Blick, um uns zum Schweigen zu bringen.

Fabian durfte die Torte anschließend dekorieren, Tommy oder ich nur ganz selten. Fabian durfte die Teigschüssel sauber lecken, Tommy bekam lediglich den zuckrigen Schneebesen und die Kelle in die Hand gedrückt. Und ich, die Große, musste natürlich Verständnis aufbringen, dass meine kleinen Brüder bevorzugt wurden.

»Das verstehst du doch, Sina?«, fragte Mama, aber es war nur eine rein rhetorische Frage. »Das spornt die Kleinen zum Helfen an!«

Mich hätte es auch angespornt.

Wenn es ans Essen ging und wir erwartungsvoll am Tisch saßen, ergriff Fabian von sich aus die Hände von Mama und Dad, zwischen denen er saß, und verlangte, dass Tommy und ich den Kreis schlossen.

»Guten Appetit«, krächzte er dann mehrmals glückselig zu einer selbst erfundenen Melodie, und wir mussten alle die Arme schwenken und mitsingen.

Wir waren einmal eine ganz normale Familie.

Eine schwüle, bedrohliche Stille sammelt sich in meinen Ohren. Ich möchte untertauchen, bloß keine weiteren Erinnerungen mehr. Ein Gefühl der Beklemmung nimmt mir fast den Atem.

Ich weiß zu genau, wann wir aufhörten, eine normale Familie zu sein. Aus dem Schaum verfestigt sich vor meinen Augen eine Gestalt und nimmt scharfe Umrisse an.

Ich kam von einem Ausflug nach Hause. Fabian galt bereits seit mehr als einem halben Jahr als vermisst. Dennoch hatte ich es für einmal wieder geschafft, mit ein paar Kolleginnen einen Tag voller Heiterkeit und Gelächter zu verbringen. Unsere Gespensterwohnung, die Straße, die Heimatstadt waren für ein paar Stunden in unwirkliche Ferne gerückt, hatten andern Bildern Platz gemacht. Wie ein frisch geschlüpfter Schmetterling breitete ich meine Flügel aus und schwebte durch die unbekannten Straßen und Gassen. Unsere Röcke schwangen beim Gehen um die Beine, die Absätze unserer Sandaletten klapperten auf dem Kopfsteinpflaster wie Kastagnetten, über unsern Köpfen gingen die Fensterflügel auf und die Ladenbesitzer traten neugierig vor ihre Türen. Sie sahen eine Gruppe junger Frauen, die das verursachte Aufsehen genossen, die bewundernden Blicke sammelten und sie wie ein Gespinst um die Körper woben. Und *ich* gehörte zu dieser Gruppe und die Gruppe machte mich stark. Weit, weit weg der Bruder, der eine Lücke in unsere Familie gerissen hatte. An einem Stand kauften wir Eis, gelb und mokkafarben tropfte es über unsere nackten Beine. Gekicher, junge Männer, die uns hilfsbereit Erfrischungstücher reichten, uns eine zweite Portion anboten.

Abends dann, bei der Rückkehr in unsere Wohnung, die Gestalt, die in wacher Anspannung hinter dem Fenster lauerte und gleichzeitig in tiefster Lethargie versunken zu sein schien. Wie viele Stunden hatte Mama damals bereits in dieser Haltung am Fenster gewartet und auf ein Wunder gehofft? Kurz nach Fabians Verschwinden hatte sie in ihrer Papierhandlung einen Geschäftsführer eingestellt, um mehr Zeit für die Suche zu haben.

Mama drehte den Kopf nicht, als sie mich eintreten hörte,

sie reagierte auch nicht, als ich mich über sie beugte und ihr übers Haar strich.

Der harte Fall in die bittere Wirklichkeit. Fabian war verschwunden, sämtliche Spuren, die man bisher verfolgt hatte, waren im Sand verlaufen. Er war weg, verschluckt, hatte sich in Nichts aufgelöst.

»Mama!«, bat ich. »Lass das! Es ist sinnlos, wenn du am Fenster sitzt und wartest! Steh auf, wir kochen zusammen was Schönes zum Abendessen! Dad und Tommy kommen bestimmt auch bald.«

Sie erhob sich so langsam wie eine alte Frau, mit fahler Haut und erloschenem Blick.

»Du hast Recht, Sina«, gab sie zu. »Es ist sinnlos. War's denn schön? Hast du einen netten Tag verbracht?«

Mein »netter Tag« wurde vor meinen Augen farb- und glanzlos wie eine vergilbte Fotografie. Mama sah sich im Zimmer um. Alles stand ordentlich an seinem Platz, nirgendwo ein Stäubchen, und trotzdem sagte sie mit einem Anflug von Initiative: »Ich muss hier zuerst noch etwas Ordnung schaffen, das sieht ja aus …«

Kurz darauf surrte sie mit dem Staubsauger durch die Zimmer.

Dieses Geräusch – es wird mich bis ans Lebensende begleiten! Mama saugte die Teppiche – wie oft jede Woche? Es schien sie zu beruhigen und war überdies geräuschvoll genug, um ihre eigenen Gedanken zu übertönen. Dann begann sie, die Möbel zu polieren, der Geruch von Möbelpolitur wurde zum Markenzeichen unserer Wohnung. Alles glänzte, blinkte, auch die Scheiben spiegelten sich klar im Licht. Wenn Dad seine gelesene Zeitung nicht ordentlich faltete – Mama glättete sie, bis sie aussah, als wäre sie noch ungelesen. Unsere Küche glich einem Abbild aus einem Werbeprospekt. Jede Arbeitsfläche wurde nach Gebrauch blitzblank gescheuert, jedes Krümelchen und Körnchen zusammengeklaubt und entsorgt. Die Keramikfläche des Kochherds sah aus wie nie benutzt.

Damals bekamen wir noch oft Besuch, dann und wann auch von Polizeibeamten, die uns über den neuesten Stand der Untersuchung unterrichteten, der sich jedoch nie als wirklich neu erwies. Nachbarn tauchten auf, Freundinnen, Verwandte und Bekannte. Da sie bald nicht mehr wussten, wie sie mit uns umgehen sollten, riefen sie beim Betreten der Wohnung, dankbar für ein unverfängliches Gesprächsthema: »Mein Gott, hier riecht's aber frisch – und es sieht aus, als wäre ein Reinigungsinstitut durch eure Wohnung gefegt! Wie schaffst du das bloß, Melanie?«, versuchten sie zu scherzen. »Möchtest du nicht auch bei uns mal putzen?«

Sie entlockten Mama ein winziges Lächeln.

Nach Mamas Putzaktion bereiteten wir gemeinsam das Abendessen zu. Mama zählte laut die Teller ab, die wir brauchten. Nach dem vierten hielt sie inne. »Es ist einfach nicht möglich«, flüsterte sie. »So was geschieht doch nicht. Oder es geschieht nur in einem Film, in einem schlechten Roman!«

Ich wusch den Salat, und mit den Händen im kalten Wasser dachte ich: Ich ertrag's nicht länger! Nicht schon wieder! Ich will's nicht mehr hören!

Doch Mama sprach bereits weiter, ein Monolog, den ich kannte, ich wusste genau, was kommen würde, Wort für Wort hätte ich es auswendig mitschreiben können.

»... überleg mal, Sina. Ich habe euch doch immer wieder gesagt, ihr dürft nicht in fremde Autos steigen! Das hat er also bestimmt nicht getan. Und da steht doch bei der Haltestelle auch eine Telefonkabine, er hatte seinen Notgroschen dabei und hätte uns, oder schlimmstenfalls die Polizei, anrufen können. Oder, falls er auf dem Nachhauseweg tatsächlich angesprochen worden wäre ... wir haben euch doch immer gesagt, tausendmal, Sina: Bleibt auf dem beleuchteten Gehsteig, geht ruhig weiter, gebt keine Antwort! Und wenn euch dann jemand entgegenkommt, erzählt sofort, dass ihr euch belästigt fühlt! Haben wir das nicht besprochen mit euch, Sina? Wie ich Fabian kenne, hätte er sich nachts nie von einem Unbekannten in ein Gespräch verwickeln lassen. Diese Zeugen, die ihn gesehen haben wollen – es handelte sich vermutlich gar nicht um Fabian! Nein, nein, er taucht wieder auf, früher oder später! Er wird uns erklären können, was geschehen ist. Ein Sexualverbrecher – das kann ich auch nicht glauben, Pädophile suchen sich doch kleine Buben für so was oder dann Mädchen, nicht einen dreizehnjährigen Jungen! Denkst du nicht auch, Sina ...?«

Ich brauchte keine Antwort zu geben. Mama realisierte nicht, dass ich schwieg. Sie schreckte erst hoch, als Dad nach Hause kam und kurz nach ihm Tommy. Hastig erhob sie sich von ihrem Hocker und begann fahrig, im Eisschrank zu wühlen.

Dad drückte sie kurz an sich und blickte mich fragend an. Dann seufzte er und wandte sich ab. Tommy warf uns nur einen Gruß über den Rücken zu und verschwand in sein Zimmer. Er musste dabei an Fabians Zimmertür vorbeigehen.

Sie stand damals noch offen, auch sein Zimmer wurde noch geputzt und die Kleider im Schrank wurden immer mal wieder neu geordnet und landeten von Zeit zu Zeit in der Waschmaschine. Dann bügelte Mama sorgfältig Fabians unbenutzte Kleider, makaber, selbstquälerisch – es war nicht mit anzusehen.

Sie rückte seine Dinge auf dem Schreibtisch hin und her, stapelte die zerlesenen Magazine auf dem Nachttisch neu: Fabian hätte jederzeit zurückkommen können und sein Zimmer vorgefunden, wie er es verlassen hatte. Aufgeräumt zwar, aber so gemütlich und sauber, als wäre er nur kurz im Training gewesen.

Ein einziges Mal hatte Dad versucht, Mama von Fabians Zimmer fern zu halten. Sie hatte derart heftig reagiert, dass er es kein zweites Mal wagte.

»Was willst du denn, Max!«, hatte sie mit überschlagender Stimme geschrien, die wie ein Peitschenknall durch die Wohnung hallte. »Soll ich etwa sein Zimmer verrotten lassen, soll ich so tun, als wäre er tot? Willst du etwa, dass ich seine Kleider weggebe, sein Zimmer vermiete? Bist du übergeschnappt? Fabian lebt, er wird zurückkommen, und er wird hier alles so vorfinden, wie er es verlassen hat!«

Meine Haut ist ganz schrumplig geworden, das Wasser abgekühlt. Ich streiche mir das feuchte Haar aus der Stirn und setze mich in der Wanne auf. Hinter dem Fensterviereck ist es dunkel geworden. Beim Aufstehen sehe ich das beleuchtete Nachbarhaus, es pflügt sich wie ein Ozeandampfer durch den Nachthimmel. Wohlig rubble ich mir die Haut mit dem Badetuch trocken und schmiere mich mit Hautcreme ein.

Es geht! Ich ertrage es! Ich kann daran denken und löse mich nicht in meine Bestandteile auf, ich kann es aushalten, an Fabian zu denken!

Sorgfältig decke ich den Tisch für zwei Personen. David wird nach der Arbeit zu mir kommen und hier übernachten.

Worüber sprechen wohl Dad und Mama, wenn sie sich beim Essen gegenübersitzen? Und was macht Tommy? Dass ich noch immer eine Familie habe! Fast überrascht wird es mir bewusst. Vor etlichen Jahren habe ich es vergessen. Ich glaubte, ohne Fabian würden wir nie mehr ein Familienleben führen können, ohne Fabian wären wir nur noch zufällig zusammengewürfelte Menschen, die schlecht und recht in einer Wohngemeinschaft funktionieren.

29. Februar 1996

Fabian noch immer weg! Furchtbare Stimmung! Radio und Fernsehen bringen Vermisstenanzeigen!!! Gustav versucht zu helfen …

Dass es ausgerechnet in diesem Jahr einen zusätzlichen Schalttag geben musste! Ich hoffte so sehr, der erste März, diese erste Ahnung von Frühling, würde den grausamen Nebel, durch den wir uns wie blind tasteten, endlich aufreißen.

Aber noch war Februar, eine beißende, feuchte Kälte trieb durch die Straßen, begleitete all die freiwilligen Suchtrupps, die sich gebildet hatten, die zahlreichen Polizeibeamten, die mit Hunden Fabians Spur aufzunehmen versuchten, während ich mit Mama und ein paar Bekannten verstört in der Wohnung saß und den Telefonapparat fixierte.

Fabians Vermisstenanzeige war am Abend zuvor über Radio und Fernsehen ausgestrahlt worden. Bei der Polizei waren auch wirklich zahlreiche Hinweise eingegangen, die zurzeit noch ausgewertet wurden und auf deren Ergebnis wir hofften.

Es wird sich alles aufklären!, hämmerte es in meinem Kopf, ein immer wiederkehrender Refrain: Es wird sich alles aufklären! In ein paar Tagen werden wir darüber lachen.

Am frühen Nachmittag tauchte Gustav auf. Er wagte

nicht, mir in die Augen zu sehen, und drehte verlegen seine Strickhandschuhe zu einem Strang.

»Kann ich euch helfen?«, stotterte er endlich und warf einen hastigen Blick über meine geisterhafte Erscheinung. Ich hatte zwei Nächte kaum geschlafen und war weder gekämmt noch gewaschen. An mein ursprünglich geplantes Skiwochenende hatte niemand mehr gedacht. Nicht einmal meine Freundinnen mochten es in die Tat umsetzen, sie blieben mit mir solidarisch in der Stadt.

Ich zuckte mit den Schultern, brachte endlich ein »Komm herein!« hervor und führte Gustav ins Wohnzimmer, wo bereits Mama und zwei Nachbarinnen saßen, während Omi in der Küche Tee aufbrühte.

Omi bewahrte einen klaren Kopf, und ihrem zerbrechlichen Aussehen zum Trotz schien sie auch immer wieder neue Kräfte mobilisieren zu können, während sich die unseren mehr und mehr verzehrten.

Mama musterte Gutstav teilnahmslos und starrte dann wieder auf ihre zuckenden Finger hinunter, taub auch für die unbeholfenen Aufmunterungen unserer Nachbarn.

»Ich habe gehört, dass Tommy mit Schulkollegen systematisch die Stadt durchkämmt, und würde mich gerne an der Suche beteiligen«, sagte Gustav leise, nachdem ich auf die Sitzgruppe am Fenster gezeigt hatte. »Weißt du, wo ich Tommy finden kann?«

Wo ich Tommy finden kann … Sag mir, wo ich *Tommy* finden kann … Sag mir, wo ich *Fabian* finden kann, sag mir, wo ich *meine beiden Brüder* finden kann …

Ich begann, hysterisch zu lachen. Alle waren verschwunden! Ich gluckste und kicherte, Mama hob nicht einmal den

Kopf, die Nachbarinnen wechselten verständnisvolle Blicke, Omi schleppte den Teekrug an und tätschelte mir im Vorbeigehen mit der freien Hand den Rücken, während Gustav peinlich berührt an mir vorbei durchs beschlagene Fenster schaute.

»Keine Ahnung, wo sie jetzt sind«, gelang es mir endlich hervorzustoßen. »Tommy erwähnte, dass sie sich zu jeder vollen Stunde auf dem Schulhausplatz treffen und dann die weiteren Routen festlegen wollen, wo welche Gruppe suchen würde.«

Meine Augen brannten, meine Stimme klang belegt, mir selber fremd.

Gustav blickte auf seine Armbanduhr. »Dann werde ich um drei zum Schulhaus gehen!«, entschied er. »Es ist mir wohler, wenn ich etwas tun kann. Dieses Herumsitzen macht mich halb wahnsinnig!«

Nach einem vorsichtigen Blick in Mamas Richtung näherte er den Kopf meinem Ohr und wisperte: »Wonach sucht ihr denn überhaupt, Sina? Falls Fabian sich noch in der Stadt aufhalten würde ... wäre er doch längst aufgetaucht! Oder denkt ihr, dass er ... also, dass man ihn findet, krank, verletzt oder ...«

TOT

Nein! Mein unkontrolliertes Gelächter erstickte. Ich starrte Gustav an.

»Sina!« Gustav hob hilflos die Arme. »Wenn Fabian tatsächlich abgehauen ist, dann lohnt sich die Suche in *unserer* Stadt nicht«, versuchte er, mir zu erklären. »Dann wäre er doch längst ganz woanders!«

»Man sucht ihn ja auch anderswo«, mischte sich Omi

ein, die Gustavs letzte Worte gehört hatte. »Sogar mit Fernsehen und Radiosendungen! Im ganzen Land wird nach ihm gesucht, nicht nur hier! Dass man aber auch hier nach ihm sucht, ist wichtig. Vielleicht hält ihn jemand versteckt. Es gibt ja gestörte Menschen, die so etwas tun. Man muss nur noch mehr von diesen entsetzlichen amerikanischen Filmen produzieren, die provozieren ein krankhaftes Handeln doch geradezu. Noch nie gab's so viele Perverslinge wie heutzutage!«

»Schweig!« Mama war aus ihrer Lethargie aufgeschreckt. »Red doch keinen solchen Unsinn!«, herrschte sie Omi an. »Fabian ist nicht in den Händen eines Perversen! Er ist wahrscheinlich in einer Kurzschlusshandlung abgehauen wie tausende andere Jungs auch schon. Die Beamten haben ja erzählt, wie häufig das geschieht! Jetzt geniert er sich bloß, nach Hause zu kommen, und hält sich irgendwo versteckt. Aber es ist eiskalt, er wird sich erkälten, wenn er nirgendwo Unterschlupf findet. Deshalb *muss* er gesucht werden, überall, hier, in der nächsten Ortschaft, im ganzen Land! Hilf bitte mit bei der Suche, Gustav! Du kennst doch bestimmt auch leer stehende Wohnungen, Fabrikgebäude oder Schuppen, wo er sich verbergen könnte!«

Gustav stand stramm wie ein Soldat. »Ich mach mich gleich auf den Weg!«, versicherte er eifrig. »Mir fällt auch etwas ein: Früher haben wir manchmal im alten Stellwerk gespielt und uns in den leeren, zerfallenden Hallen Hütten gebaut. Vielleicht kennt Fabian den Ort auch?«

Mama und die Nachbarinnen erhoben sich. Omi hielt mitten in ihrer Bewegung inne. Wir blickten alle zu Gustav hinüber, als wäre er der Erlöser persönlich.

»Nun geh schon!«, drängte Mama. »Natürlich, das alte Stellwerk am Stadtrand! Ruf uns an, Gustav! Menschenskind, wenn du ihn findest... dann... ach, Gustav!«

Die Erschöpfung schlafloser Nächte machte uns dumpf und so empfindungslos, als wären wir narkotisiert worden. Als das Telefon schrillte, schauten wir einander zuerst nur an.

Man hat ihn gefunden! Er lebt!

Oder:

Man hat ihn gefunden. Tot.

Omi stolperte mit kleinen Schritten zum Apparat und meldete sich. Es war Gustav und er hatte Fabian auch im Stellwerk nicht gefunden. Nichts deutete darauf hin, dass sich dort in letzter Zeit jemand aufgehalten hatte.

Omi brachte ein »Danke« heraus und legte den Hörer so sorgfältig zurück, als wäre er aus kostbarem Porzellan.

Die Polizeipsychologin Elke, die man offenbar mit unserem »Fall« beauftragt hatte, trat ohne zu klingeln ein. Nach einem Blick in die Runde setzte sie sich zu Mama. Sie erzählte, zurzeit würden etliche Hinweise von Fernsehzuschauern und Radiohörern geprüft. Es gebe welche, die behaupten, Fabian gesehen zu haben, als er zu Fuß von der Straßenbahnhaltestelle nach Hause ging. Jemand wolle beobachtet haben, dass ein Junge in Fabians Alter sich mit dem Fahrer eines am Straßenrand geparkten Autos unterhielt.

Wir horchten auf. »Das war bestimmt nicht Fabian«, wandte Mama ein. »Wir haben unseren Kindern eingeschärft, dass sie weitergehen sollen, wenn jemand sie ausfragen will, besonders nachts und allein auf der Straße. Fabian würde nie...«

Fabian würde nie …

Würde er wirklich nie?

Angenommen *ich* wäre zu Fuß unterwegs, ein Auto würde an den Gehsteig rollen, eine Scheibe hinuntergekurbelt werden und der Fahrer mich nach dem Weg nach irgendwohin fragen – würde ich nicht auch, Mamas und Dads besorgte Worte vergessend, stehen bleiben, mich vielleicht mit dem Fahrer über eine Straßenkarte beugen? Wer denkt denn gleich, es könnte jemand böse Absichten haben?

Und dann? Bilder begannen, sich in meinem Kopf zu drehen, die ich nicht sehen wollte. Sie blieben jedoch verzerrt stehen und ließen kein Ausweichen zu. In Kino- und Fernsehfilmen hatte ich mitbekommen, was dann schlimmstenfalls geschehen konnte. Der Fahrer tat, als begriffe er die Erklärung nicht, stieg mit der Karte in der Hand aus. Eine weit geöffnete Autotür, Augen, die flink die Umgebung kontrollierten, ein harter Griff, der Knall einer zufallenden Autotür, die automatische Türverriegelung wurde in Betrieb gesetzt, ein Lappen mit einer betäubenden Flüssigkeit vor die Nase des überrumpelten Opfers gepresst, quietschende Räder, eine wilde Fahrt.

Die Tränen pressten sich durch meine geschlossenen Lider und flossen mir lautlos über die Wangen, während Mama immer wieder beteuerte, Fabian würde nie … »Nicht wahr, Sina?«, fragte sie dazwischen, »Fabian würde nie …«

Würde er nie?

Omi zog mich vom Stuhl hoch.

»Du gehst jetzt mal schlafen!«, hörte ich ihre energische Stimme. »Du brauchst Ruhe, Kind!«

Mein Bett, zerwühlt, abgestandene Luft, gedämpftes Licht.

Das konnte alles einfach nicht wahr sein, das passierte nicht uns, Fabian lag im Nebenzimmer und schlief. Oder er würde gleich die Haustür aufreißen und seinen Fußball in die Garderobe kicken. Mama würde schimpfen, Dad rufen: »Dieser verdammte Ball gehört nicht in die Wohnung!«, Tommy Fabian den Ball entreißen, kreischend würden meine Brüder um ihn ringen...

Einschlafen, wegtauchen, Omi neben mir auf dem Bett, ihre Hand strich mir über die Stirn. Vielleicht hatte ich Fieber, alles war nur ein böser Fiebertraum? Grippe, Lungenentzündung... Hörte ich nicht, wie Fabians Ball auf dem Boden im Treppenhaus aufschlug?

Schlafen.

Und dann wieder das Erwachen in dieselbe Welt, aus der ich ein paar wenige Stunden hatte fliehen können. Draußen nun dunkle Nacht, die dritte Nacht ohne Fabian war angebrochen. Aus dem Wohnzimmer ein Lichtschein in mein Zimmer, Stimmengemurmel, Schluchzer, Schniefer. Der Haarflaum auf meinen Armen sträubte sich. Hatte man ihn unterdessen gefunden? Schwerfällig erhob ich mich und schlurfte zu den Erwachsenen hinüber, die über einer ausgebreiteten Landkarte am Esstisch saßen.

Tommy hob bei meinem Eintreten rasch den Kopf und senkte ihn wieder, seine Augen hatten »Nichts!« signalisiert.

Oktober 2002

Erste Herbststürme. Ich möchte im stürmischen Wind spazieren gehen, mir das Haar um den Kopf wirbeln lassen und gegen den Sturm ankämpfen. Nie habe ich verstehen können, dass jemand gerne stundenlang unter einem wolkenlosen Himmel in einem Liegestuhl in der Sonne brät. Ich stelle mir das entsetzlich langweilig vor. Gibt es etwas Schöneres, als den jagenden Wolken nachzusehen und in ihnen Figuren und Formen zu entdecken? Die sich biegenden jungen Baumstämme, im Wind schwankende hohe Gräser zu betrachten oder Ährenfelder, in denen der Wind Wellen wirft?

Als ich heute Morgen aufwachte, blies der Wind durchs offene Fenster und ließ die Vorhänge nach innen fliegen, sie blähten sich wie der schwingende Rock einer tanzenden Frau.

David schlief noch, ich wandte den Blick vom Fenster ab und guckte mir im Dämmerlicht sein entspanntes Gesicht an. Es ist Sonntag, ich könnte ausschlafen, aber ich wache trotzdem jeweils spätestens um acht auf, während David wie ein Bär im Winterschlaf unter der Decke liegt und scheinbar durch nichts zu wecken ist. Selbst als ich ihn zu liebkosen anfing, gab er nur ein zufriedenes Grunzen von sich.

Also stand ich – nicht gerade geräuschlos – auf und stellte mich unter die Dusche, wo ich mich beim Singen ertappte. Und schon beim nächsten Ton wurden das Rauschen des

Wassers und meine Stimme auch schon von der Erinnerung an Fabians Gebrummel überdeckt.

So sportlich Fabian war – so wenig Begabung zeigte er in musischen Bereichen. Was haben wir gespottet über seine unbeholfenen Zeichnungen! Er bekam kaum eine geschwungene Linie hin. Wenn Mama und Dad uns nicht im Auge hatten, konnten Tommy und ich uns vor Lachen schier auf dem Boden wälzen. Anfangs nahm er uns den Spott nicht übel, wir waren ja älter als er, und es schien ihm deshalb wohl selbstverständlich, dass wir entsprechend geschickter waren. Er ließ sich von uns auch keineswegs die Freude verderben. Geduldig hockte unser kleiner Bruder hinter dem Tisch über einer Zeichnung, den Kopf über das Blatt Papier gebeugt, und strich sich das immer wieder in die Augen fallende Haar zurück.

»Wie findest du das?«, fragte er, wenn er sein Werk für vollendet hielt, und schwenkte die Zeichnung vor meiner Nase. Ich guckte sie mir an, und obwohl ein Tier erkenntlich war, fragte ich belustigt: »Was soll das sein?«

»Mensch, siehst du das nicht? Das ist doch ein Schwanz, das vier Beine, hier zwei Hörner …«

»Eine Katze!«, warf Tommy ein.

»Eine Katze hat keine Hörner!« Fabian schüttelte den Kopf über die Dummheit seines Bruders.

»Eine Ziege!«, riet ich, obwohl mir dämmerte, dass das unförmige Monstrum eine Kuh darstellen sollte.

Fabian betrachtete seine Zeichnung und runzelte dann zweifelnd die Stirn. »Merkt man nicht, dass es eine Kuh ist?«, fragte er enttäuscht. Mir tat er schon Leid, und ich wollte einlenken, aber Tommy kam mir zuvor.

»Echt, das soll eine Kuh sein?«, japste er und brach in Gelächter aus. »Sina, hast du schon mal eine solche Kuh gesehen? Und seit wann sind Kühe violett, hm?«

»Im Fernsehen, auf den Plakaten...«, versuchte sich Fabian zu rechtfertigen.

»Ehrlich, du brauchst eine Brille, Fabian! Wenn *das* eine Kuh sein soll... Es sieht eher aus wie ein Elefant!«

Solche Dialoge führten wir, bis Dad oder Mama eingriffen und den damals noch kleinen Fabian in Schutz nahmen.

Fabians handwerkliche Fähigkeiten waren ebenso dürftig. Außer Mama dürfte jeweils niemand erkannt haben, was seine Bastelarbeiten darstellen sollten.

Worüber wir uns jedoch am meisten amüsierten, das waren Fabians Gesangskünste. Schon als Winzling begleitete er alles, was er tat, mit einem unmelodischen Trällern, vor jeder Mahlzeit musste gesungen werden – wobei Fabians Krähen uns andere übertönte –, und ohne Schlaflied brachte man ihn nicht unter die Decke. Später begann er, sich dann für Reggae zu interessieren und behauptete, sämtliche Bob-Marley-Songs auswendig zu können. Wenn er uns jedoch eine Kostprobe bot, verloren die Blumen in den Kisten ihre Blütenblätter, das Porzellan schepperte, und sämtliche Hunde in der Nachbarschaft jaulten verschreckt auf. Mit zwölf, dreizehn zog er dann sogar in Erwägung, seine Stimme ausbilden zu lassen!

»So gut wie einst die Beatles singe ich auch«, fand er selbstbewusst. »Fußball spielen kann ich nicht ewig, mit dreißig bist du da weg vom Fenster. Danach könnte ich mit einer Karriere als Rocksänger durchstarten.«

»Ich dachte, du magst keinen Rock?«, fragte Tommy.

»Für dich gibt's doch nur Bob Marley und sonstigen Kitsch! Überhaupt, hast du dich nicht beim Berufsberater anmelden wollen? Glaubst du tatsächlich, der rät dir zum Showbusiness?« Ein Blick tiefster Verachtung traf ihn.

»Stimmt«, mischte ich mich ein. »Du kannst nichts singen, was du nicht magst! So erreichst du auch das Publikum nicht. Man muss mit Herz und Leidenschaft dabei sein, damit Musik zu den Fans rüberkommt!«

»Deine Stimme ist echt grauenvoll. Such dir für deine zweite Karriere besser einen anderen Job! Singen ist nicht dein Ding!« Tommy kicherte boshaft.

Fabian sah sich suchend um, dann ergriff er die Haarbürste vor dem Spiegel und hielt sie sich wie ein Mikrofon vor den Mund. Mit schmachtendem Blick und entsprechenden Bewegungen tanzte er vor Tommy und mir hin und her. Seine brüchige Stimme klang wie das Miauen eines verliebten Katers. Er heulte von »broken heart« und »love« und »pain«. Tommy und mir kamen die Tränen, aber nicht vor Ergriffenheit. Wir ließen uns aufs Bett fallen, hielten uns die Bäuche und wieherten vor Lachen. Er ließ sich von seinem Erfolg zu einer immer drastischeren Darstellung hinreißen, schlenkerte mit Beinen und Armen, warf den Kopf hin und her und sang – oh Gott, und wie er sang ...!

Bald nach jenem Abend muss er verschwunden sein.

Während ich mir nach dem Duschen die Kleider überstreife, muss ich lachen. Gestochen scharf sehe ich Fabian vor mir, höre uns alle drei, wie wir in seinem Zimmer so laut toben, bis unser damaliger Nachbar, Herr Stoll, an die Wand klopfte.

Sorgfältig decke ich den Frühstückstisch. Heute lege ich

die ersten bunten Herbstblätter neben Teller und Tassen. Ich lasse mir immer wieder etwas Besonderes einfallen. Unser Sonntagsfrühstück ist mir heilig. Dann ziehe ich sogar den Telefonstecker heraus. Ich will unter keinen Umständen gestört werden. Telefongeklingel hasse ich ohnehin, noch immer durchfährt es mich sekundenlang kalt vor Schreck. Wenigstens am Sonntagmorgen möchte ich mein labiles Gleichgewicht nicht gefährden.

Mama hatte sich beim Tischdecken auch immer besonders viel Mühe gegeben – bis Fabian verschwand. Danach verbrachte sie nicht mehr viel Zeit damit, den Tisch zu schmücken, nicht einmal an Weihnachten oder Geburtstagen. Sauber, ordentlich, darum bemühte sie sich nach wie vor, aber alles blieb absolut schmucklos. Als wäre ein Teil ihres Wesens abgestorben.

Aus dem Schlafzimmer dringt ein Schnauben. »Sina! Wo bist du Rabenweib? Lässt deinen armen Partner erfrieren!«

»Der arme Partner soll sich unter eine heiße Dusche stellen!«, rufe ich gut gelaunt zurück und höre David ächzend wie ein alter Mann aus dem Bett steigen. Dann taucht er in der Tür auf, das Haar wirr und die Augen verschwollen, aber sie funkeln bereits unternehmungslustig. Er nimmt mich in die Arme, schnuppert wohlig an meinem Nacken und stibitzt dann ein Butterhörnchen vom Tisch.

Während sich David Badewasser einlaufen lässt, belege ich in der Küche die Käseplatte und brühe frischen Kaffee auf.

Fabian mochte keinen Kaffee, er wollte immer heiße Schokolade, und sie musste so dick sein, dass der Löffel fast stecken blieb. Jeden Morgen gab es deswegen dieselben Kabbeleien. Ich guckte voller Neid zu, wie mein Bruder Kalorien in sich schaufelte, und glaubte, selbst schon von einer Tasse Kaffee ohne Milch und einem Knäckebrot Fettpolster anzusetzen.

»Du müsstest dich eben mehr bewegen«, konnte sich Fabian dann nicht zu sagen verkneifen, wenn er meinen Seitenblick wahrnahm. »Du bist ein faules Stück, Schwesterherz! Nur während deiner Pflichtturnstunde in der Schule rührst du dich! Wenn du so weitermachst, siehst du bald aus wie Miss Piggy von den Muppets!«

»Halt die Klappe!«, murmelte ich unfreundlich. Aber dann doppelte meist Tommy nach: »Echt, Sina! Deine Jeans sitzen allmählich so satt wie die Pelle auf einer Wurst!«

»Lasst Sina in Ruhe!«, pflegte sich dann Mama für mich einzusetzen. »In ihrem Alter wiegen viele junge Mädchen zwei, drei Kilo zu viel. Das ist aber viel besser, als dass sie magersüchtig sind! Sag auch mal etwas, Max!«

Dad überhörte ihre Forderung, er las während des Frühstücks die Zeitung, was zwischen den beiden immer mal wieder gereizte Diskussionen auslöste.

»Zwei, drei Kilo zu viel!«, nahm Fabian den Faden wieder auf. »So fängt es eben an! Frag mal Degen! Der sagt immer, wir müssten unsern Körper fordern. Deswegen bin ich gesund wie ein Stier, kriege ich auch nie nur die kleinste Erkältung. Kalt duschen, Sport treiben – that's it!«

Mittlerweile war mir der Appetit auf mein Knäckebrot vergangen. Ich fühlte mich faul und unförmig, dabei gefiel ich mir durchaus, wenn ich in den Spiegel schaute. Mama, die bemerkte, dass ich nicht mehr weiteraß, ärgerte sich gewaltig. Sie schimpfte Fabian und Tommy wegen ihrer dummen

Sprüche aus, was diese jedoch nicht beeindruckte. Etwas Unangenehmes zu überhören, gelang den beiden meisterhaft. Fabian tat es Dad gleich und vertiefte sich in die Sportbeilage der Zeitung, Tommy bestrich zufrieden eine weitere Brotschnitte mit Butter, und grinste mich beim Reinbeißen schadenfroh an. Jedes Mal dachte ich dann an meine Freundin Nelly, die sich als Einzelkind immer einen Bruder oder eine Schwester wünschte. Ach, die Glückliche! Wenn sie nur begriffe, was ihr erspart geblieben war!

Erst als einer meiner Brüder fehlte, ging mir auf, *was* ich verloren hatte.

Während der ersten Monate nach Fabians Verschwinden ließen wir seinen Platz am Esstisch frei. Die Lücke blieb dadurch unübersehbar. Ein unbenutzter Stuhl, eine Stimme, die fehlte, ein klaffendes Loch in unserer Familienrunde, ein Fünftel des Ganzen weniger. Je mehr wir uns bemühten, diese Lücke am Tisch zu ignorieren, desto breiter schien sie zu werden. Sie drängte uns vier zusammen, schob uns an den Tischrand.

Irgendwann stellte Tommy beim Tischdecken Fabians Stuhl zur Seite und verteilte unsere Teller auf dem Tisch neu. Nun blieb zwar keine sichtbare Lücke mehr, aber wir fühlten uns keineswegs besser. Doch weder Mama noch Dad oder ich kommentierten die neue Tischordnung, stumm löffelten wir unsere Suppe.

Als ob Fabian gestorben wäre!, dachte ich. Als ob wir nun resignieren würden: Er kommt nicht mehr. Er bleibt verschwunden, tot oder lebendig.

Dads Löffel legte die Strecke zum Mund immer langsamer zurück, und schließlich knallte er ihn so heftig in den halb vollen Teller zurück, dass die Suppe überschwappte. Er öffnete den Mund und schloss ihn wieder. Mama griff über den Tisch und fasste seine Hand, ihre Augen waren voller Tränen. Tommy schob seinen Stuhl zurück und stieß mit gepresster Stimme hervor:

»Können wir denn jetzt nie mehr normal leben, verdammt noch mal! Fabian ist tot! Fabian ist tot, sonst wäre er doch längst wieder aufgetaucht!«

»Schweig!«, kreischte ich. »Wie kannst du so etwas behaupten, Tommy! Fabian ist gekidnappt worden, er lebt! Und eines Tages lassen ihn seine Kidnapper frei und er kommt zu uns zurück!«

Unzählige Worte sprangen in meinem Kopf umher, kämpften, drängten hinaus – erlahmten aber, bevor ich sie aussprechen konnte, und ich verstummte wieder. Alle vier saßen wir schließlich am Tisch, mit zurückgeschobenen Tellern. Der Geruch der Gemüsesuppe im Zimmer verursachte mir plötzlich Übelkeit. Die Stille, die uns nun umfing, war so ohrenbetäubend wie zuvor mein Geschrei.

Am Abend stand Fabians leerer Stuhl wieder am Tisch, ich weiß nicht, hatte ihn Dad oder Mama zurückgestellt. Sein unbesetzter Essensplatz riss erneut eine Lücke, aber sie zu sehen, erschien uns damals noch erträglicher und vor allem hoffnungsvoller, als sie endgültig zu schließen.

Ohne es zu merken, habe ich mich auf den Küchenhocker fallen lassen, und erst als mich David nun sanft hochzieht, wird mir bewusst, dass mir Tränen über die Wangen laufen. David küsst sie weg, er schlingt die Arme um mich, und ich kuschle mich so eng an ihn, als wären wir zwei Teile eines Puzzles.

1. März 1996

Fabian noch nicht zurückgekommen! Überall wird nach ihm gesucht, Gustav hilft mit. Fühle mich vergrippt. Alles ist zum Kotzen!!!

Es war unerträglich, nicht mehr auszuhalten. In meinem Kopf drehte sich alles immerzu, wie ein summender Kreisel. Wieder ein Morgen, wieder ein Nachmittag, ein Abend – Fabian blieb verschwunden. Fieberhaft hatte die Polizei die Spur nach dem unbekannten Autofahrer aufgenommen, mit dem Fabian gesprochen haben sollte.

Bereits den dritten Tag saß ich nun zu Hause und wartete abwechselnd mal mit Omi, Tommy, Dad oder Mama. Wartete, wartete, wartete. Dass Fabian von Familienmitgliedern empfangen wurde, wenn er heimkam, war uns wichtig. Dass er, falls er von irgendwoher telefonieren wollte, mit einem Familienmitglied sprechen konnte, ebenfalls.

Mama und Dad beteiligten sich zwischendurch an Suchaktionen oder sie gingen auf die Polizeidienststelle und beantworteten hunderte von Fragen. Meist hielten sie sich jedoch mit Bekannten und Freunden zu Hause in unserer Wohnung auf. Sie hatten bereits mit beiden Zeugen – es war inzwischen noch ein zweiter aufgetaucht! – gesprochen, die Fabian bei einem Auto gesehen haben wollten. Zutiefst enttäuscht erzählten sie später, dass die Befragungen wenig Hilfreiches ergeben hatten. Unabhängig voneinander versicherten zwar beide Zeugen, dass sich zum fraglichen Zeitpunkt ein Junge zum geöffneten Autofenster eines am Gehsteig geparkten Autos gebeugt habe. Beide sagten aus, es sei zu dunkel gewesen, um Fabians Gesicht erkennen zu können, aber sie beschrieben Fabians Windjacke mit den Lichtreflexstreifen an den Ärmeln. Und sie bemerkten, dass auch die eine Schuhsohle des Jungen aufleuchtete, als sie das Scheinwerferlicht erfasste. Fabians Turnschuhe! Da die beiden Männer zügig vorbeigefahren waren, reichte die Zeit nicht, um sich das Nummernschild des Autos zu merken oder das Gesicht des Fahrers erkennen zu können. Der eine Zeuge meinte, beim Auto habe es sich um einen blauen oder grauen Ford gehandelt, der andere konnte sich lediglich noch erinnern, dass es ein dunkles Auto gewesen war, schwarz, braun oder grau.

Wo sollte man noch suchen, wenn man nicht mehr wusste, wo man noch suchen könnte? Tommy und seine Kumpel suchten den Campingplatz auf, wo selbst im Winter ein paar Leute lebten. Sie klopften an jedem Wohnmobil und jedem Caravan an. Und natürlich klapperten sie sämtliche Jugendtreffs, alle Discos, ab – nichts.

»Es ist, als wollte man eine Nadel im Heuhaufen suchen«, seufzte Tommy erschöpft. Doch nach nur einer Stunde zu Hause trieb es ihn bereits wieder hinaus.

Ich hätte die Wohnung auch gerne verlassen, wollte mir den Wind um die Ohren brausen lassen und die Kälte wie Eisnadeln auf der Haut spüren. Es wäre vielleicht erträglicher gewesen. Aber da ich eine Erkältung erwischt und Fieber hatte, hielten Dad und Mama es für besser, wenn ich in der geheizten Wohnung und beim Telefon blieb.

Erneut gingen mir zum Teil fremde Menschen bei uns ein und aus. Rundum war eine unglaubliche Hilfsbereitschaft erwacht. Man brachte uns Fertiggerichte, Kannen mit heißem Tee oder Suppe. Eine Bekannte bot uns an, aus Fabians Foto ein Plakat anzufertigen, und eine Druckerei versprach, dieses Plakat in einer hohen Auflage so schnell wie möglich zu drucken, damit wir es in Bahnhöfen, auf Flugplätzen, an stark frequentierten Verkehrshaltestellen und vor allem in Autobahnraststätten aufhängen konnten. Die Polizeipsychologin Elke und der Polizeibeamte Ulli – sie hielten sich besonders oft in unserer Wohnung auf – unterstützten das Vorhaben. Mit jeder Stunde, die verging, wirkten sie selbst immer betroffener.

Neben der Polizeidienststelle hatte sich auch unser Wohnzimmer in eine Art Hauptquartier verwandelt, in eine Zentrale, in der alle Fäden zusammenliefen. Hier besprachen wir, was man noch tun könnte, wurden alle Fakten gesammelt und festgehalten, weitere Pläne besprochen und Verabredungen getroffen. Die Landkarte lag ausgebreitet auf dem Tisch, und jede Ortschaft, in der man mithilfe der Polizei und auf privater Basis gebildeter Hilfstrupps mit der zielgerichteten Suche begann, kreiste Dad mit Leuchtstift ein. Wie Funken spie unsere Stadt auf der Karte in alle Richtungen rote Kreise aus.

Zwei Nachbarinnen lösten sich gegenseitig bei den Hausarbeiten ab, stillschweigend erledigten sie die notwendigsten Einkäufe, sorgten für unsere Wäsche und räumten in unserer Wohnung auch mal das Durcheinander auf, flößten mir wie einem Kind Hustensirup ein und achteten darauf, dass ich ein Halstuch trug.

Und zwischen all den Menschen flatterte wie ein Vögelchen Omi hin und her, sie war allgegenwärtig. Sie sorgte dafür, dass wir uns mal schlafen legten, sie strich mir übers Haar, wenn ich weinend im Bett lag, sie deckte mich sorgsam zu, wenn ich endlich am Eindösen war. Woher bezog Omi ihre Kraft? Noch kein einziges Mal hatte ich sie in Tränen aufgelöst gesehen, immer hatte sie ein aufmunterndes Wort bereit, in jeder Situation richtetet sie uns auf.

»Nicht aufgeben!«, pflegte sie zu sagen, wenn Mama von Schluchzen geschüttelt wurde, Dad in eine Art Erstarrung fiel. »Er kommt wieder zurück!«

Am Morgen, kurz nachdem wir unter dem Tisch das verdurstete Meerschweinchen in seinem Käfig gefunden hatten, wurde Fabians Zimmer auf den Kopf gestellt. Die Spurensicherung der Polizei tauchte auf, jedes Buch, CDs, selbst Bilderrahmen, das Bett, der Nachttisch, der Schrank – alles wurde mit Puder bestäubt. Fabians sämtliche persönlichen Gegenstände wanderten durch behandschuhte Beamtenhände. Decken- und Kissenbezug nahmen sie gleich mit ins Labor.

Ich verstand nicht, worum es ging, bis mir ein Beamter erklärte, dass man Fingerabdrücke, Fasern, Haare brauche, falls ein Hinweis erfolgen sollte. Würde man zum Beispiel den Autofahrer finden, der Fabian vermutlich mitgenommen habe, könnte man anhand solcher Dinge beweisen, dass sich Fabian tatsächlich in dessen Auto aufgehalten hatte.

»Und falls eine Leiche gefunden wird, kann man dank dieser Gegenstände möglicherweise feststellen, ob es sich um deinen Bruder handelt«, fügte einer der Spurensicherer gedankenlos hinzu. Omi, die den entwürdigenden Zirkus in

Fabians Zimmer mitverfolgte, fuhr, wie von einer Tarantel gestochen, hoch.

»Wie können Sie es wagen!«, schrie sie mit überschlagender Stimme. »Vor meiner Enkelin auch noch! Sie Seelentrampel!« Auch die Polizeipsychologin schüttelte den Kopf. Das Gesicht des Spurenermittlers übergoss sich blutrot.

»Sorry«, gab er verlegen zu, »das tut mir echt Leid. Ich wollte es nicht so... Dein Bruder taucht bestimmt wieder auf«, fügte er mit einem Blick in meine Richtung nicht sehr überzeugend hinzu.

Viel Entsetzliches, Bedrückendes also an diesem Tag. Das Allerschlimmste spielte sich aber jeweils ab, wenn das Telefon klingelte. Mit einem Schlag erstarb dann jede Stimme, alle hielten in ihren Bewegungen inne, es wurde so still, dass man glaubte, das Schlagen all der Herzen wie eine Pferdeherde im Galopp zu vernehmen. Dann wankte das erste von uns Familienmitgliedern, das sich zu fassen vermochte, auf den Apparat zu und hob ab.

Meist waren es freundliche Leute, die uns anriefen und wissen wollten, wie der Stand der Dinge war. Sie wurden unhöflich kurz abgefertigt. Die Leitung musste für Wichtigeres offen bleiben. Dann und wann riefen auch Journalisten an, die um ein Interview baten. Bis jetzt hatten wir sie abgewimmelt. Mama und Dad befürchteten, sie könnten das Ganze zu einer Sensationsstory aufbauschen, die der Suche nach Fabian wenig dienlich wäre.

Gegen Abend wurden in der Diskussionsrunde aber doch das Pro und Kontra dieser Haltung abgewogen. Gerade seriöse Tageszeitungen konnten bei der Suche behilflich sein, man brauchte ja keine Sensationsblätter einzubeziehen.

Gustav, der sich nun so oft in unserer Wohnung aufhielt, als fühlte er sich zur Familie gehörig, legte sich richtig dafür ins Zeug.

»Ihr habt keine andere Wahl«, fand er. »Fabian ist seit drei Tagen verschwunden und weder hier in der Stadt noch in der Umgebung hat sich ein Hinweis gefunden – und es ist jeder Winkel abgesucht worden! Seine Spur verläuft sich um zehn nach zehn, als er sich mit einem unbekannten Autofahrer unterhalten hat. Da muss man wohl davon ausgehen, dass er mit diesem Mann, weshalb auch immer, weggefahren ist, vielleicht sogar sehr weit weg. Es ist deshalb wichtig, dass ihr Leute im ganzen Land erreicht, damit sie Augen und Ohren nach Fabian offen halten!«, fasste er die Fakten zusammen.

Trotz meines Elends sah ich den achtzehnjährigen Gustav mit neuer Hochachtung an. Er zeigte sich von einer mir unbekannten Seite. Was er sagte, wirkte jedoch wie ein Hammerschlag: Fabian war mit einem Unbekannten weggefahren! Obwohl dieser Unbekannte via Radio und Fernsehaufrufe und vorerst nur als Zeuge gesucht worden war, hatte sich niemand gemeldet. Die Vermutung lag deshalb nahe, dass er sich nicht melden *wollte*. Weshalb war Fabian in dieses Auto eingestiegen? Freiwillig oder unter Gewaltanwendung?

Wir stellten wohl alle dieselben Überlegungen an, denn Mama sagte plötzlich:

»Er muss den Fahrer gekannt haben. Nie wäre er nachts ins Auto eines Fremden gestiegen.«

Die beiden Polizeibeamten, die diesem Gespräch gefolgt waren, warfen einander einen kurzen Blick zu.

»Sind Sie sich absolut sicher, Frau Bachmann?«, fragte die Polizeipsychologin, die wir längst mit ihrem Vornamen, Elke, anreden durften.

»Hundertprozentig«, bestätigte auch Dad. Tommy nickte ebenfalls. Und ich murmelte: »Nein, das hätte er wohl tatsächlich nicht getan, seit wir klein waren, haben uns Mama und Dad das eingeschärft.«

»In diesem Fall gibt es eigentlich nur zwei Möglichkeiten«, sagte der Polizeibeamte namens Ulli nachdenklich. »Entweder wurde Fabian mit Gewalt in dieses unbekannte Auto gezerrt oder er ist bei einem Bekannten eingestiegen. Das heißt, wir müssen sofort anfangen, Ihren Bekanntenkreis samt Ihren allerengsten Freunden und Verwandten unter die Lupe zu nehmen. Können Sie uns von all diesen Personen eine Liste anfertigen, wenn's geht, gleich mit Adresse und Telefonnummer?«

Dad ließ den Kopf sinken. »Allen misstrauen?«, fragte er zurück. »Das Alibi unserer besten Freunde überprüfen? Das können wir doch nicht machen! Wir suchen die Bekannten heraus, die wir nicht allzu gut kennen, die zu unserem erweiterten Bekanntenkreis gehören.«

»Alle«, beharrte Ulli, »*alle* Adressen benötigen wir! Da gibt's kein Aussortieren nach Sympathie und Antipathie. Und ich kann Ihnen versichern, Ihre Freunde werden das verstehen und uns sogar behilflich sein. Da brauchen Sie sich keine Sorgen zu machen.« Ulli blickte müde in die Runde. »Ich erinnere mich nicht, ob ich es bereits erwähnt habe, aber wir sind natürlich auch nicht untätig geblieben, um den unbekannten Zuschauer ausfindig zu machen, der laut Herrn Degen die Jungs beim Fußballtraining beobachtet haben soll.«

»Und?«, fragte Mama hoffnungsvoll.

»Bis jetzt leider ohne Erfolg. Es sind jedoch etliche Beamte unterwegs, um die Personen zu befragen, die Herr Degen kennt. Vielleicht ergibt sich da ein Hinweis, oder es kann jemand den Unbekannten so gut beschreiben, dass unser Spezialist ein Phantombild anfertigen kann.«

Kurz nach zehn, ziemlich genau zweiundsiebzig endlose Stunden nach Fabians letztem Lebenszeichen, begannen wir gemeinsam, die gewünschte Personenliste zusammenzustellen.

Oktober 2002

Pia ist mal wieder am Boden zerstört und schwört, dass sie eher lesbisch werde, als sich noch einmal auf einen Mann einzulassen.

»Irgendetwas mache ich falsch!«, beklagt sie sich, als wir miteinander am See entlangschlendern. Wir haben uns in der Mittagspause ein Sandwich gekauft und wollen nun die föhnige Herbststimmung genießen, bevor wir am Nachmittag wieder arbeiten müssen.

»Nimm's nicht tragisch«, versuche ich, sie zu trösten. »Dieser Horst ist keine Träne wert, ich weiß nicht, was du an ihm gesehen hast!«

»Ich auch nicht mehr. Er wollte bestimmt nur mit mir ins Bett und dann goodbye... Die Männer drücken sich in Beziehungen vor jeglicher Verantwortung!«

Ich beiße in mein Sandwich und denke an David. »Verallgemeinern kannst du das nicht«, wende ich ein. »David übernimmt eine Menge Verantwortung!«

»Dann hast du wohl den einzigen noch lebenden Traummann erwischt«, gibt Pia patzig zurück.

»Na, na!« Ich lege den Arm um sie und schüttle sie an der Schulter. »Es werden bestimmt noch ein paar weitere männliche Prachtexemplare auf unserer Erde umherspazieren. Schau mal, dieser Große da vorne, wäre der nicht eine Sünde wert? Sieht doch Klasse aus!«

Pia geht in Startposition, Brust raus, Bauch rein. Nachdem wir den Fußgänger jedoch überholt und unauffällig gemustert haben, kehrt sie in die Ursprungsposition zurück, Brust rein, Bauch raus.

»Der kann mich mal, sieht aus wie eine wandelnde Wasserleiche. Stell dir den mal nackt vor!«

»Pia«, wage ich mich vorsichtig an das heikle Thema heran, »meinst du nicht, du machst es den Männern zu leicht? Die kriegen dich bereits am ersten Abend ins Bett! Lern doch erst mal jemanden besser kennen, mach es ein bisschen spannend… Man bekommt sonst einen völlig falschen Eindruck von dir!«

Ich schaue auf den vom Wind aufgewühlten See hinaus. Das Sonnenlicht funkelt auf den Spitzen der heranrollenden Wellen. Die Gischt spritzt schäumend an der Ufermauer hoch. Ich ziehe die verstummte Pia zu einer eben frei gewordenen Bank.

Den Kopf in den Nacken gelegt, blicke ich ins herbstfarbene Blätterdach des Kastanienbaums hoch, während Pia offensichtlich darüber grübelt, was ich eben gesagt habe.

»Kann schon sein«, seufzt sie schließlich abgrundtief. »Ich muss lernen, strategisch geschickter vorzugehen. Wart's mal ab, der nächste Anwärter wird vor mir auf die Knie sinken müssen, bevor er mich kriegt!«

Nichts mehr davon, dass sie als Lesbe weiterzuleben gedenkt!

»Kommst du am nächsten Samstag mal mit ins Stadion? ›Pulp‹ treten auf! Da kannst du dich so richtig in den Sound hängen und alles vergessen. Wenn Jarvis Cocker singt, wenn er fleht und flüstert – ehrlich, das geht unter die Haut... Hast du ›Sunrise‹ gehört oder ›Birds‹, ›In Your Garden‹... Spitze, wie die Band das Keyboard beherrscht...«

Pias Stimme verliert sich im Dröhnen, das plötzlich meine Ohren erfüllt, im Herzschlag, der wie eine Buschtrommel in meinem Brustkorb hämmert. Ich habe das Paar auf der benachbarten Bank entdeckt und kann den Blick nicht mehr von seinem Anblick losreißen. Kids eigentlich, kaum vierzehn Jahre alt, aber sie kriechen fast ineinander hinein, haben die Umwelt völlig vergessen. Das Mädchen ist zierlich, blond und blass, ihr Gesicht ist übersät von Sommersprossen, und selbst aus dieser Distanz glaube ich, die dichten weißblonden Wimpern und Brauenbogen zu sehen.

Den Jungen kann ich nur im Halbprofil sehen, das braune, krause, im Nacken zusammengebundene Haar verdeckt die eine Wange. Helle Haut, braune Augen, eine etwas zu lange Nase, ein breiter Mund... In meinem Innern beginnt sich etwas zusammenzuballen, ein Gefühl der Beklemmung nimmt mir den Atem: Auf der Bank da drüben sitzen Fabian und Yvonne und strahlen sich selbstvergessen in die Augen.

»... borstige Brauen und Wimpern wie ein rosa Schweinchen!«, glaube ich, Tommys spöttische Stimme zu hören. »Was du an dieser Yvonne bloß siehst!«

»Lass Fabian in Ruhe«, verteidigte ich ihn, »das ist wirklich seine Sache! Du bist ja nur eifersüchtig, weil dein jüngerer Bruder eine Freundin hat!«

»Hast du einen Knall? Auf seine dünne Yvonne soll ich eifersüchtig sein?«

Fabian ließ uns, ohne sich einzumischen, reden. In aller Ruhe packte er seinen Schulkram zusammen, und ich bemerkte, dass er aus der Tasche der Jeans, die für den Wäschekorb bereitlag, die kleine Muschel klaubte und einsteckte. Nachdem sich Tommy schimpfend verzogen hatte, fragte ich Fabian: »Was habt ihr vor? Geht ihr ins Kino?«

Fabian nickte. »Wir schauen uns ›The Net‹ an.«

»Du bist ein Jahr zu jung!«, neckte ich ihn. »Der Film ist erst ab vierzehn! Interessiert sich Yvonne überhaupt für dieses Thema? Da geht's nämlich um eine Computerfachfrau, die einer Hackerbande auf der Spur ist und ...«

»Mensch, müsst ihr mich eigentlich ständig belehren? Das hängt mir allmählich zum Hals raus! Schreib ich dir vor, welche Filme du dir ansehen sollst, und frag ich dich, ob Gustav dieses oder jenes interessiert? Lasst mich doch endlich in Frieden! Ehrlich, manchmal möchte ich am liebsten auf Nimmerwiedersehen verschwinden!«

»Ihr gebt auch euren Käse dazu, wenn es um Gustav und mich geht! Du bist der Erste, der Mama und Dad auf Dinge aufmerksam macht, die sie besser nicht wissen sollten! Erinnerst du dich, wie du ihnen neulich brühwarm erzählt hast, dass Gustav und ich ...«

Aber Fabian hörte mir nicht mehr zu. Ohne mich noch zu beachten, rannte er aus dem Zimmer, und kurz darauf fiel die Wohnungstür so laut ins Schloss, dass Dad auftauchte.

»Was ist denn nun schon wieder los?«, wollte er wissen und verzog das Gesicht zu einer gequälten Grimasse. »Manchmal würde ich am liebsten auf Nimmerwiedersehen verschwinden! Eure ewige Streiterei nervt dermaßen ...«

»Genau das hat Fabian vorher auch gesagt!«, gab ich zurück und ließ den verdutzten Dad stehen.

Wenige Wochen später erinnerten Dad und ich uns an diese

kleine Szene, und nichts wünschten wir uns sehnlicher, als dass Fabian tatsächlich abgehauen war. Einfach »nur« abgehauen. Bloß nichts Schlimmeres! Eine kurze Auszeit und dann würde er wieder auftauchen. Er hatte doch davon gesprochen! Hundertmal riefen wir uns den Wortwechsel ins Gedächtnis zurück. Tommy erzählte von ähnlichen Aussagen, Mama steuerte ebenfalls noch ein paar Erinnerungen bei, die mit etwas gutem Willen darauf schließen ließen, dass Fabian abgehauen war…

Bei allen späteren Nachforschungen nach einem Täter: Immer wieder durchbrach die Hoffnung, Fabian könnte »nur« abgehauen sein, unsere Angst. Sicher, seine Auszeit dauerte schon eine ganze Weile, aber betonten nicht alle, wie labil Jungs in diesem Alter waren, flüchteten nicht jedes Jahr tausende von Kids aus ihrem Elternhaus und kehrten dann irgendwann freiwillig wieder zurück?

Und nun sitzen Fabian und Yvonne auf der Bank neben der meinen! Gleich würde ich aufstehen, dem Jungen auf die Schulter tippen und ohne Vorwurf in der Stimme sagen: Hallo Fabian!

»…auch Spitze, die musst du dir unbedingt mal anhören… attraktiv, so was wie Klassikpop… Bond-Girls, Streichquartett – Sag mal, Sina, hörst du mir eigentlich zu? Was guckst du wie hypnotisiert den Kids zu? Lass ihnen doch ihre junge Liebe! Die werden noch früh genug auf den Erdboden knallen!«, dringt endlich Pias Stimme in mein Bewusstsein.

Wie erwachend schüttle ich den Kopf. Eine Fata Morgana. Fabian wäre jetzt neunzehn, kein vierzehnjähriger Junge mehr. Das Trugbild erlischt, mein Herzschlag normalisiert sich. Verlegen wende ich Pia den Kopf zu. Ich habe keine Ahnung, was sie mir alles erzählt hat.

»Du hattest wohl mal wieder eine deiner kleinen Absenzen, nicht wahr?«, stellt sie gutmütig fest. »Ging es um Fabian?«

»Das Paar auf der Bank neben uns...«, erkläre ich und deute mit dem Kopf in die entsprechende Richtung, »...genau wie die beiden sahen Fabian und Yvonne aus! Ich dachte wirklich einen Moment – aber das ist ja gar nicht möglich!« Ich versuche, über mich selber zu lachen, die Gesichtsmuskeln in die passende Form zu zwingen, aber es gelingt mir nicht. Vielmehr ist mir nach Weinen zumute. Verdammt, wird das nie mehr aufhören! Muss ich mich damit abfinden, dass Fabians Schatten mich lebenslang begleiten wird?

Kürzlich hat mich David gefragt, was ich mir am meisten wünsche. Wir saßen in seiner Wohnung, tranken Rotwein und schauten durch das Fenster, das bis zum Boden reicht, zu den Nachbarhäusern hinüber. Auch dort konnten wir Menschen sehen, die am Tisch saßen. Sie teilten sich mit uns den Himmel über den Dächern, atmeten die gleiche Luft, sorgten sich wie wir um Familienangehörige und kratzten Geld zusammen, um Rechnungen zu zahlen.

David und ich hatten vorher über Gott und die Welt philosophiert, und bestimmt erwartete er auf seine Frage eine entsprechende Antwort: dass niemand mehr hungern muss! Dass der Terrorismus besiegt wird. Dass es nie mehr Krieg geben wird – etwas in dieser Richtung. Aber ohne eine Sekunde nachzudenken, aus dem Bauch heraus, stieß ich hervor: »Dass man Fabians Leiche findet. Dass wir wissen dürfen: Er ist tot.«

Pia wirft einen Blick auf ihre Armbanduhr. »Wir sollten wohl langsam aufbrechen, unsere lieben Patienten warten auf uns. Und der allmächtige Boss! – Bist du eigentlich einmal bei einer Psychologin gewesen, Sina? Eine Therapie könnte dir vielleicht helfen, dein Trauma zu bewältigen!«

Das Paar von der Nebenbank steht auch auf. Mit ineinander verschlungenen Händen schlendern die beiden an uns vorbei. So hatte ich Fabian und Yvonne auch einmal beobachten können, als ich abends vom Einkaufen kam. Keine drei Schritte gingen sie vor mir her, Yvonnes rote Strickhandschuhe verflochten sich mit Fabians grauen. Ein Windstoß erfasste ihren Schal und wand sich um Fabians Hals, ich konnte das Gelächter der beiden hören.

»Wie ist diese Yvonne gewesen?«, will Pia wissen. »Hast du noch Kontakt mit ihr?«

Ich schüttle den Kopf. »Ungefähr ein Jahr nach Fabians Verschwinden ist sie mit ihrer Familie weggezogen. Ich habe nie mehr etwas von ihr gehört. Wir hatten sie wohl falsch eingeschätzt. Sie hat sich als viel belastbarer erwiesen, als sie wirkte. In den ersten Monaten haben wir sie sehr oft gesehen, sie hat sich aktiv an der Suche beteiligt, und während ihrer Ferien ist sie landauf, landab gereist und hat Plakate von Fabian an Mauern und Wände geklebt. Nach ihrem Wegzug haben sie und Mama noch lange korrespondiert. Ich werde Mama fragen, ob sie weiß, wo Yvonne wohnt, ich möchte sie ganz gern mal wiedersehen!«

»Tu das«, rät mir Pia. »Ich glaube, du solltest dich immer wieder mit allem auseinander setzen, was damals geschah. Bestimmt war es für das arme Ding auch entsetzlich! Stell dir vor, du bist zum allerersten Mal verliebt und dein Freund verschwindet von einem Tag auf den anderen! Eine Katastrophe! Wie ist sie bloß damit zurechtgekommen?«

Wir bleiben stehen und schauen uns die Auslage in einem Schaufenster an. Eine Dekorateurin steckt gerade die weißen Puppen in neue Kleider. Sie zieht ihnen flauschige Jacken und Mäntel über, fast absurd an diesem föhnig warmen Tag. Eine zweite müht sich damit ab, über die steifen Puppenbeine geringelte Strickstrümpfe zu ziehen.

Pia und ich sind auf dem Weg zur Praxis.

»Weißt du was«, sagt sie plötzlich. »Du machst Fortschritte. Merkst du das auch? Man darf mit dir über deinen Bruder reden, kann dir Fragen über jene Zeit stellen. Noch vor ein paar Monaten hättest du mir das Wort abgeschnitten, wenn ich gewagt hätte, das Thema anzuschneiden.«

»Stimmt«, gebe ich verblüfft zu. »Na siehst du, es besteht noch Hoffnung!«

»Logo!«, erwidert Pia munter. »Wetten, du schaffst es?«

In diesem Moment bin ich selbst überzeugt, dass ich meine Gefühle in den Griff kriegen werde.

2. März 1996

Bin völlig kaputt. Warten! Wo steckt er? Opfer eines Verbrechers? Erster Schulversuch nach dem Tag X.

Tommy und ich wurden um halb sieben aus einem kurzen, unruhigen Schlaf gerissen, es war noch dunkle Nacht. Ich brauchte eine Weile, ehe ich verstand, was unsere Eltern verlangten: Sie hatten beschlossen, dass wir wieder zur Schule gehen sollten!

»Ich gehe nicht!«, protestierte ich und zog mir die Decke über den Kopf.

»Sina, einmal *müsst* ihr wieder zur Schule gehen! Ihr könnt doch jetzt nicht ständig zu Hause sitzen und warten! Euer Alltag muss weitergehen, ihr habt beide Prüfungen, und wenn ihr dem Unterricht zu lange fern bleibt, türmt sich der Schulstoff so hoch, dass ihr ihn nicht mehr bewältigen könnt.«

Tommy und ich trafen uns im Badezimmer. Stumm wuschen wir uns das Gesicht, putzten die Zähne und setzten uns ein wenig später benommen an den Küchentisch. Dad hatte Brot aufgeschnitten, es roch nach Kaffee. Tommy, der sonst wie ein Scheunendrescher aß, starrte nur vor sich hin. Während der vergangenen drei Tage war er fast ununterbrochen auf den Beinen gewesen, hatte Schülersuchtrupps zusammengestellt, unzählige Freunde und Bekannte von Fabian aufgesucht und versucht, aus ihnen einen winzigen Hinweis herauszukriegen, wo Fabian sich aufhalten könnte. Wenn er mit mir zusammen mal für eine Stunde das Telefon hüten musste, lief er rastlos hin und her. Zwischendurch fiel er in den Kleidern wie tot auf sein Bett und schlief.

»Ich glaube, ich habe immer noch Fieber«, sagte ich.

»Du hattest bereits gestern Abend keins mehr«, stellte Mama richtig, legte mir aber dennoch prüfend die Hand auf die Stirn. Ich schaute hoffnungsvoll zu ihr hoch und erschrak. Diese Frau, die sich da über mich beugte, wirkte zehn Jahre älter als noch vor ein paar Tagen. Über der Nase hatten sich die feinen Fältchen zu senkrechten Kerben vertieft und die verschwollenen Lider, die fahle Haut machten sie mir fremd. Nun schüttelte sie den Kopf, ihr Haar, zu Strähnen zusammengepappt, blieb starr wie ein Helm.

»Ich bringe nichts runter«, behauptete Tommy dumpf und schob seinen Teller zurück. Dad stand, mit dem Rücken zu uns, vor der Kaffeemaschine. Zischend ergoss sich die schwarze Brühe in seine Tasse. Ohne sich umzuwenden, sagte er: »Nun hört mal zu, ihr beiden. Wir müssen uns alle bemühen, unser gegenwärtiges Leben irgendwie zu ertragen. Alles, was im Moment getan werden kann, um Fabian zu finden, ist getan worden und wird weiterhin getan. Wo immer möglich, helfen wir mit. Das kann aber dauern. Wer weiß, wo Fabian steckt und wann er zurückkehren wird ...« Seine Stimme begann zu schwanken. Er räusperte sich: »Wir können nicht wochenlang hier sitzen und warten. Da machen wir uns gegenseitig verrückt! Ich werde auch nächstens wieder zur Arbeit müssen.«

Da fiel es mir plötzlich auf. Wir waren allein! Keine Nachbarinnen, keine Bekannten, keine Polizei! Zum ersten Mal befanden wir uns wieder allein in der Wohnung.

Ohne Fabian.

Das erste gemeinsame Frühstück ohne Fabian, wenn man das, was wir taten, überhaupt als Frühstück bezeichnen konnte.

»Wo ist Omi?«, fragte Tommy.

»Sie schläft noch, weckt sie bloß nicht! In den letzten Tagen hat sie Unwahrscheinliches geleistet.« Dad setzte sich zu uns an den Tisch. Mama begann, mit dem Lappen das Regal rund um die Kaffeemaschine zu putzen. Dabei stieß sie an Fabians Dose mit dem Schokoladenpulver. Mitten in der Bewegung hielt sie inne. Wir starrten alle die blaue Dose an. Tommy presste die Kiefer zusammen, dass wir es knirschen hörten. Ohne einen Laut auszustoßen, begann er zu weinen, es war grauenhaft, in diesem gespenstisch stillen Raum mit anzusehen, wie es ihn schüttelte. Mama schleuderte den Lappen in den Ausguss und rannte ins Bad, wir hörten, dass sie sich würgend übergab. Auch über Dads Gesicht begannen Tränen zu rollen. Er ergriff die Dose und stellte sie in den Schrank.

Ich halte es nicht aus!, dachte ich. Nichts wie weg! In der Schule ist es vielleicht doch besser als hier.

»Ich geh dann mal!«, rief ich in der Wohnungstür.

Da stürzte Mama aus der Badezimmer, riss mich in die Arme und begann, mich zu küssen. Und dazwischen schluchzte sie verzweifelt: »Ich hab mich von ihm nicht einmal verabschieden können, ich war ja noch im Geschäft, als er zum Training aufbrach! Ich habe ihn nicht mehr umarmen können und nun kann ich es vielleicht nie wieder!«

Ich löste mich aus ihrer Umklammerung. Unerträglich!

Der Schulweg. Die Straßenbahn. Dieselbe Straßenbahn, die Fabian hätte nehmen sollen. Wenn sie nicht abgefahren wäre, bevor er die Haltestelle erreicht hatte… Wenn er fünf Minuten eher aus dem Training gekommen wäre… Wenn er sich an diesem Abend nicht wohl gefühlt hätte und zu Hause geblieben wäre…

Umsteigen, an derselben Haltestelle, an der Fabian hätte einsteigen sollen.

Wenn ihn Daniel Seganti begleitet hätte… Wenn Herr Degen ihn an diesem Abend gleich im Auto mitgenommen hätte, wie er das manchmal tat, wenn er bei seiner Freundin übernachtete und in dieselbe Richtung fuhr… Wenn es an diesem Abend so stark geschneit hätte, dass kein Autofahrer sich auf die Straße wagte…

Aussteigen. Das Schulhaus betreten. In die verstörten Gesichter in meiner Klasse schauen und mit einem verneinenden Kopfschütteln ihre stumme Frage beantworten. Die unsicheren Blicke der Lehrer, die nicht wissen, wie sie mit mir umgehen sollen. Pause. Solidarität. Sie waren alle da, umringten mich, umarmten mich im Vorbeigehen, boten ihre Hilfe an.

Bis zur dritten Stunde hielt ich durch, dann war es aus. Vielleicht hatte man ihn unterdessen gefunden? Oder er war zurückgekehrt?

Angst und Hilflosigkeit klumpten sich zusammen und verwandelten sich plötzlich in maßlosen Zorn. Ich werde ihn halb tot schlagen, wenn er jetzt heimkommt!, dachte ich. Er soll nicht ungeschoren davonkommen!

Mitten im Unterricht stand ich auf und packte meine

Sachen zusammen. Herr Dr. Stoll fragte sogleich: »Soll dich jemand nach Hause begleiten, Sina?«

Ich bekam kein Wort heraus, sondern schüttelte bloß den Kopf und beeilte mich, an die frische Luft zu kommen.

Ich werde ihn doch nicht verprügeln!, dachte ich, als ich nach Hause stapfte. Ich werde ihn umarmen und küssen, wie ich heute Morgen von Mama umarmt und geküsst worden bin. Ich werde ihn nie mehr allein irgendwohin gehen lassen. Ich bin doch seine große Schwester!

Ich ging zu Fuß. Wie Fabian. Doch nun war heller Tag, und hätte ein Autofahrer neben mir angehalten, die Scheibe hinuntergekurbelt und nach dem Weg gefragt, ich hätte ihn angespuckt. Der Regen fiel so schnell und heftig, dass die Kanäle und Abwasserrohre die Wassermenge, die sich in Pfützen und Lachen staute, nicht mehr aufnehmen konnten. Trotzdem spannte ich den Schirm nicht auf.

Völlig durchnässt kam ich zu Hause an. Wieder Bahnhofsstimmung. Die Polizeipsychologin Elke war auch da, Omi stand in der Küche, zwei Nachbarinnen trugen einen Waschkorb an mir vorbei, ein Mann, den ich nicht kannte, saß mit Mama und Dad am Tisch. Ich hörte, dass sie gemeinsam die Liste durchgingen, die wir in der Nacht zuvor zusammengestellt hatten, die Liste aller Freunde und Bekannten, die uns eingefallen waren. Tommy hockte in seinem Zimmer. Ich fragte ihn nicht, ob er auch früher aus der Schule gekommen oder ob er gar nicht hingegangen war. Ich warf den Schulkram in mein Zimmer und setzte mich dann zu Mama und Dad. Sie schienen nicht zu merken, dass ich viel zu früh und klatschnass nach Hause gekommen war.

»Herr Degen bestimmt nicht!«, sagte Dad eben mit Nachdruck. »Es wäre kränkend, wenn Sie ihn …«

»Er wäre nicht der erste Turnlehrer, der sich mit minderjährigen Jungs beschäftigt«, bemerkte der Beamte nach einem kurzen Seitenblick auf mich. »Wir müssen ausnahmslos alle Alibis überprüfen! Erst wenn wir das gemacht haben, können wir davon ausgehen, dass Fabian mit einem Fremden wegfuhr. Möglicherweise war er einfach zur falschen Zeit am falschen Ort, wurde ganz zufällig gewählt.«

Wozu wurde er gewählt? Mama, Dad und ich schauten uns an. Zur falschen Zeit am falschen Ort.

Wenn fünf Minuten *vor* Fabian ein anderer Junge in diese Richtung gegangen wäre … Wenn der unbekannte Fahrer des Autos fünf Minuten später durch diese Straße gefahren wäre … Wenn … wenn …

Das Telefon klingelte, ein unangenehm schriller Ton. Ich schreckte zusammen und fuhr aus meinem Dämmerzustand auf. Stolpernd ging ich zum Apparat. Es war Ulli, der uns inzwischen wohl bekannte Polizeibeamte. Er werde in fünf Minuten bei uns sein, der unbekannte Mann, der sich von der Zuschauertribüne aus jeweils das Fußballtraining der Jungs angeschaut habe, begleite ihn. Dann ein Zischen und Surren, Ulli fuhr mit dem Streifenwagen wohl durch eine Unterführung und der Empfang war weg. Ich legte auf; feuchte Fingerabdrücke glänzten auf dem Schwarz. Mama und Dad hörten atemlos zu, als ich erzählte, wer in Kürze bei uns erscheinen werde. Dann sagte Mama:

»Aber wenn er sich freiwillig gemeldet hat … das würde er doch nicht, wenn er …«

Kurz darauf betraten Ulli und ein Fremder das Zimmer.

Der Fremde stellte sich als Gregor Weiß vor und entschuldigte sich, dass er sich erst jetzt melde, er sei jedoch erst heute Morgen aus dem Ausland zurückgekehrt und habe in der Zeitung gelesen, dass er als Zeuge gesucht werde. Ja, er habe das Training der Jungs tatsächlich mitverfolgt, es habe ihn sehr interessiert, von Berufs wegen beobachte er oft die Trainingsstunden der Junioren. Es stellte sich heraus, dass er im Landesfußballverband für den Nachwuchs verantwortlich war. »Ich bin immer auf der Suche nach jungen Talenten«, erklärte er. »Und Ihr Sohn war eins der größten Torhütertalente, das ich seit langem gesehen habe!«

War, sagte er. Ihr Sohn *war*…

Mama wollte wissen, weshalb er sich Herrn Degen nicht vorgestellt habe. Er bleibe immer anonym, halte sich im Hintergrund, erklärte Herr Weiß. Trainer wie Jungs würden sich viel ungezwungener und natürlicher verhalten, wenn sie nicht wüssten, in welcher Funktion er anwesend sei.

Tommy war nun ebenfalls aufgetaucht. Omi ließ sich in einen Stuhl sinken und strich sich mit zittrigen Händen eine graue Haarsträhne zurück. Sie übernimmt sich völlig, sie bräuchte auch einmal eine Pause.

»Komm, Omi«, sagte ich. »Jetzt kehren wir mal die Rollen um! Du legst dich hin und ich setze mich zu dir ans Bett.« Widerspruchslos ließ sich Omi in mein Zimmer führen und legte sich dort auf mein Bett.

»Wie war es in der Schule, Sina?«, fragte sie. Und ihr konnte ich erzählen, wie es mir in der Schule ergangen war, sie hörte voller Anteilnahme zu. Stumm drückte sie meine Hand. Dann wurde der Druck schwächer, sie schlief ein. Behutsam schob ich sie ein wenig zur Seite und legte mich neben sie. Mit meinem Körper dicht an ihrem, bis er warm wurde, schlang ich die Arme um sie und kuschelte mich wie früher als kleines Kind an sie.

November 2002

Ein frischer Herbstwind fegt durch die Straßen, er beschlägt die Fensterscheiben mit Dampf und überzieht die Blumenbeete an der Allee mit einem Teppich aus glitzernden Tautropfen. Der Herbst ist meine Lieblingsjahreszeit.

»Das passt zu dir«, findet David. Ich weiß, er denkt, die verblassenden Farben, die schwebenden Nebelschleier, das Grau, frühe Abende, lange Nächte, in denen man sich verbergen kann.

David zieht den Sommer vor. Er liebt knallbunte Farben. Je heißer es ist, desto wohler fühlt er sich. Er liebt das Licht der Sonne und die scharf abgegrenzten Schatten, er liebt die langen hellen Abende, die hingezogen in die Dämmerung übergehen.

Ich kann mir mein Leben ohne David nicht mehr vorstellen.

Wenige Monate nach Fabians Verschwinden hatten Gustav und ich uns endgültig getrennt und nach ihm hatte ich jahrelang keinen Freund mehr. Obwohl sich Gustav bei der Suche nach Fabian sehr hilfsbereit gezeigt hatte, war mein Vertrauen in ihn dahin. So schien es mir jedenfalls. Rückblickend glaube ich jedoch, dass ich diesen Vorwand für die endgültige Trennung dankbar ergriff. In Wirklichkeit ertrug ich nämlich Gustavs Nähe nicht mehr, ich ertrug letztlich niemandes Nähe. Und ich *wollte* mich auch gar nicht mehr verlieben.

All meine Energie brauchte ich, um alles abzuwehren, was mir unter die Haut zu gehen drohte. Selbst Freundinnen hielt ich auf Distanz. Nach etwa drei Jahren hatte ich dann zum ersten Mal wieder eine kurze Affäre. Ich brach die Beziehung aber ab, sobald tiefere Gefühle ins Spiel kamen.

Bis David meine sorgsam ummauerte Burg erstürmte.

Gestern fuhr er mit Joschi für eine Woche auf eine Fachmesse nach Berlin. Ich begleitete ihn zum Bahnhof, sah dem abfahrenden Zug lange nach und spürte das bekannte, beklemmende Nagen: Vorsicht! Verlust! Wird David wiederkommen? Doch welcher Triumph! Ich ertrug die Panikattacke viel besser als früher!

Einer Eingebung folgend, schaute ich auf dem Heimweg noch rasch bei Mama und Dad vorbei. Ein befreundetes Ehepaar war zu Besuch, deshalb blieb ich nicht lange bei ihnen. In der Tür erkundigte ich mich dann bei Mama nach Yvonnes Adresse. Sie blickte mich zuerst abwehrend, dann forschend an.

»Du lässt nicht locker, was!«, sagte sie mit einem Anflug von Lächeln. »Mute dir nur nicht zu viel zu, Sina!«

Mama hat seit zwei Jahren auch nichts mehr von Yvonne gehört und wusste deshalb nicht, ob sie immer noch unter derselben Adresse zu erreichen war.

»Ich versuch's einfach«, sagte ich leichthin.

Kaum war ich zu Hause, wählte ich Yvonnes Nummer. Sonntagabend, da war die Chance groß, dass sie zu Hause war. Sie hob selbst ab.

In meiner Erinnerung ist sie ein hoch aufgeschossenes, flachshaariges Geschöpf geblieben, das mit leiser Stimme spricht, jedoch mit unerwarteter Ausdauer ausführt, was es sich vorgenommen hat. So konnte ich die muntere Telefonstimme der jungen Frau nicht gleich der Yvonne von damals zuordnen. Nachdem ich mich aber vorgestellt hatte, rief diese Stimme sofort freudig aus: »Sina! Welche Überraschung!«

Danach folgte allerdings eine lange Pause. Erst dann, an der nun leisen, zögernden Sprechweise, erkannte ich Yvonne wieder. »Habt ihr etwas von Fabian gehört?«, fragte sie.

»Nein! Nichts!«, beeilte ich mich zu versichern. Dieselbe Hoffnung und dieselbe Angst durchfahren auch mich jedes Mal siedend heiß, wenn sich jemand von damals – Polizei, jemand vom Jugendamt oder eine der privaten Gemeinschaften von Eltern, die ihr Kind vermissen – telefonisch meldet.

Unser Gespräch kam nur stockend in Gang. Fünf Jahre haben wir einander nicht gesehen. Ob wir uns bei einer Begegnung noch erkennen würden? Zuerst ein bisschen beiläufiges Geplauder. Wie geht's, was machst du beruflich? Dann sprachen wir über gemeinsame Bekannte aus der damaligen Nachbarschaft. Erinnerst du dich noch an diese und jenen, Beate aus der Feldstraße hat bereits geheiratet, Angela hat sogar schon ein Kind, Doris ist Flugbegleiterin geworden.

Dann gab ich mir einen Ruck und sagte: »Yvonne, ich möchte dich gerne wieder einmal sehen. Ich weiß aber nicht, ob du dir das zumuten möchtest ...«

Sie unterbrach mein Gestammel: »Das ist eine gute Idee, Sina! Es ist merkwürdig, in letzter Zeit denke ich wieder oft an Fabian. Manchmal glaube ich, ihn auf der Straße zu erkennen, und der Schock haut mich fast um. Wann und wo sollen wir uns treffen? Ich könnte zu dir kommen, ich habe ein Auto.«

Die dünne, kindliche Yvonne fährt Auto!

Wir verabredeten uns für Donnerstagabend in der kommenden Woche in einer Pizzeria gleich in der Nähe eines Parkhauses.

»Ich freue mich!«, sagte Yvonne noch, bevor sie auflegte.

Ich weiß nicht, ob ich mich freuen soll. Ein bisschen Neugier, aber auch Unbehagen. Welche Gefühle wird sie in mir auslösen?

Aber ich will endlich aufhören, alles, was ich plane und dann ausführe, zuerst aus dem Blickwinkel möglicherweise belastender Erfahrungen zu beurteilen. Ich möchte so gerne einfach leben. Ich muss wieder lernen, ein Risiko einzugehen!

Das ging mir auch durch den Kopf, als Pia und ich neulich vor einer Schulklasse von Achtjährigen übers Zähneputzen sprachen. Unsere Praxis hat sich an einer Projektwoche über Karies und Zahnstellungskorrektur beteiligt – es machte uns unheimlich Spaß! Pia und ich vor quirligen Kids, die bewundernd zu uns hochschauten und ohne jegliche Hemmungen Zwischenfragen stellten, die so von Herzen und voller Lebenslust lachen konnten, ohne sich darum zu scheren, was in der Welt passiert, wie perspektivenlos einem manchmal alles erscheint. Ich fragte mich, wann und weshalb sich diese Unbekümmertheit verliert. Wäre ich ohne den tiefen Einschnitt durch Fabians Verschwinden so geblieben, munter an der Oberfläche des Lebens dahintreibend, ohne Schatten der Angst?

Gerade wieder das bekannte Zusammenfahren und Erschrecken, als das Telefon jäh in meinen Abendfrieden klingelte. Dabei war es David, und ich freute mich sehr, dass er anrief, um zu erzählen, wie es ihm geht. Und nie ruft er an, ohne sich ausführlich nach mir zu erkundigen.

Nun sitze ich in meinem Lieblingssessel am Fenster, er hat früher Omi gehört. Nach ihrem Tod habe ich ihn geschenkt bekommen. Manchmal umweht mich der Duft ihrer Lakritzbonbons und ihres Parfüms. Was hatten wir früher gelacht, dass Omi ausgerechnet »Obsession« so gerne mochte, als wolle sie sämtliche Männer verrückt machen!

Meine Augen suchen die Lücke zwischen den Wohnhäusern, die mir den Blick auf den See freigibt. Lichtpunkte zittern über den schwarzen Wasserspiegel. Das mit Lichtgirlanden geschmückte Tanzschiff legt ab, ich glaube, eine Melodie zu hören, schwingende Röcke von tanzenden Frauen zu sehen, ich rieche Schweiß und Lust. Früher habe ich leidenschaftlich gerne getanzt, während der Disconächte konnte ich mich völlig vergessen im Rhythmus der Musik, und ich tanzte gut! Tommy hat mir vor ein paar Jahren einmal ein Video gezeigt, das er heimlich aufgenommen hatte. Fassungslos starrte ich auf das junge Mädchen, das da selbstvergessen über den Bildschirm wirbelte. War das wirklich ich?

Als ich nach jenem entsetzlichen 27. Februar 1996 zum ersten Mal wieder zu tanzen versuchte, spürte ich bald selbst, wie ungelenk und verkrampft ich mich bewegte, und verließ frustriert wieder die Tanzfläche. Hat Fabians spurloses Verschwinden meine ganze Persönlichkeit verändert?

Vielleicht nicht verändert, aber vieles blockiert, würde David vermutlich sagen.

In meiner Familie ist keiner mehr wie zuvor.

Mamas monatelange hektische Suche nach Fabian verpuffte damals scheinbar von einem Tag auf den andern. Eine Woche zuvor war sie noch voller Energie und Tatendrang und schöpfte sämtliche Möglichkeiten aus, Fabian zu finden. Sie gab jeder Zeitung und Zeitschrift, jedem Radio- und Fernsehsender Interviews, ohne länger darauf zu achten, ob Artikel oder Sendungen sensationslüstern aufgebauscht wurden. Sie engagierte sich in privaten Suchdiensten, die betroffene Eltern aufgebaut hatten. Sie tat alles nur Menschenmögliche, damit Fabian nicht in Vergessenheit geriet. Wenn wir von der zuständigen Polizeidienststelle länger als eine Woche nichts hörten, ging sie hin und versicherte sich, ob auch weiterhin nach Fabian gesucht wurde.

Mama organisierte sogar einen Elternabend in unserer Stadt. Ich saß im Publikum und beobachtete die Frau, die meine Mutter war. Eine Frau, die mir ungeheuer stark erschien, so stark, dass Dad, Tommy und ich neben ihr schwach wirkten. Offen erzählte sie vor dem versammelten Publikum von unserm Verlust, kehrte ihre innersten Gefühle nach außen, was mir geradezu peinlich war.

Zum Schluss richtete sie einen eindrucksvollen Appell an alle Eltern: »Das darf sich nie wiederholen! So etwas darf nirgendwo noch einmal geschehen. Ich habe deshalb ein paar Tipps für Eltern zusammengestellt, die hoffentlich mithelfen werden, dass niemals mehr ein Kind verschwindet.«

Sie begann aufzuzählen: Eltern sollen sich für ihr Kind interessieren, stets wissen, wo es sich aufhält, mit wem es zusammen ist, was es erlebt. Schon kleinen Kindern müsse man ihre Umgebung vertraut machen, ihnen »gute« und

»schlechte« Plätze zeigen und mit ihnen üben: telefonieren, Hilfe holen, den Notruf wählen und ihnen auch stets einen Notgroschen mitgeben. Mit Kindern müsse man innerhalb der Familie spielen, wie sie sich verhalten sollen, wenn sie von Fremden angesprochen werden oder wenn sie jemand in ein Auto ziehen will. Wert auf Offenheit und Pünktlichkeit zu legen, zum Kind ein Vertrauensverhältnis aufzubauen sei ein Muss. Mit Kids solle man altersgemäß über Missbrauch, Gefahren, Sexualität sprechen und Selbstverteidigungskurse seien auch für Jungs angebracht...

Ach, ich weiß nicht mehr, was Mama alles noch erwähnte. Und in mir stieg eine gewisse Bitterkeit hoch. Das klang ja alles einleuchtend und zutreffend, doch was wusste Mama eigentlich noch von Tommys und meinem Leben? Nie fragte sie, mit wem wir zusammen waren, ihr ganzes Interesse hatte sich auf Fabian konzentriert, und der einzige Elterntipp, den sie letztlich uns gegenüber selbst beherzigte, war das Wertlegen auf Pünktlichkeit.

Die Anwesenden hörten gebannt zu, manche machten sich sogar Notizen. Meine Sitznachbarin, die mich nicht beachtet hatte, obwohl die Fotos unserer ganzen Familie unzählige Male in Zeitungen und auch im Fernsehen gezeigt worden waren, flüsterte, von Mamas Persönlichkeit zutiefst beeindruckt, ihrer Nachbarin zu, man könne fast nicht glauben, was diese Frau am eigenen Leib durchgemacht habe.

Sie alle konnten nicht wissen, unter welchen Umständen Mamas Liste zustande gekommen war, wie viele Selbstvorwürfe, Selbstzweifel sie da bereits durchlitten, wie viele Stunden sie mit Dad selbstquälerisch das gemeinsame Versagen als Eltern zergliedert, welche Ausbrüche der Verzweiflung sie bereits hinter sich hatte. Diese Flucht nach vorn in die Öffentlichkeit, das spürte ich damals, war ein letzter verzweifelter Schrei.

Kurz nach jenem Abend stand Mama am Morgen nicht mehr wie gewohnt auf.

Dad war bereits zur Arbeit gegangen, Tommy und ich saßen allein am Frühstückstisch. Obwohl das seit Monaten nicht mehr vorgekommen war, beschlossen wir, Mama schlafen zu lassen.

Vielleicht war es ein gutes Zeichen, dass sich unser Familienleben trotz allem wieder langsam zu normalisieren begann. Tommy schmierte jedenfalls wie früher Butter und Marmelade auf sein Brot und biss genüsslich hinein, ich löffelte meinen Jogurtbecher aus, und Fabians Dose mit dem Schokopulver stand immer noch im Schrank, damit wir nicht schon am frühen Morgen von schmerzhaften Erinnerungen gequält wurden. Längst besuchten wir wieder regelmäßig den Unterricht, Tommy hatte seine früheren Leistungen sogar noch steigern können. Nur hatten unsere Eltern das bis jetzt noch nicht zur Kenntnis genommen, sie waren zu sehr mit Fabian beschäftigt.

Als wir Fabian zum letzten Mal sahen, war er ungefähr ein Meter sechzig groß, drahtig und schlank. Inzwischen hatte er Riesenausmaße angenommen, er füllte die Wohnung bis zur Decke aus, er geisterte in unsern Köpfen, er war allgegenwärtig. Obwohl unsichtbar, schien er unser Alltagsleben verschluckt zu haben. Wenn wir zusammen am Esstisch saßen, bestimmte er unser Gespräch. Mama erzählte, was sie alles unternommen hatte, um ihn aufzufinden, sie malte sich zum hundertsten Mal Möglichkeiten aus, wie er verschwunden sein und wo er sich allenfalls aufhalten könnte. Dad, um einiges stiller als Mama, hörte aufmerksam zu, immer wieder glommen in seinen Augen Hoffnungsfunken. Auf seinen beruflichen Aufstieg hatte er verzichtet, weil er selber spürte, dass ihm die notwendige Konzentration und der Einsatzwille fehlten. Doch ob sich in seinem Arbeitsbereich sonst irgendwelche Veränderungen ergeben hatten, danach fragte ihn keiner. Mama ihrerseits hatte, um für die Suche mehr Zeit zu gewinnen, wieder einen Geschäftsführer eingestellt, der jedoch, wie zuvor sie, gegen die harte Konkurrenz ankämpfen musste. Nur war Mama dies inzwischen mehr oder weniger gleichgültig. Was bedeuteten rote Zahlen im Vergleich zu Fabians Verschwinden!

Ich mochte die stille Frühstückszeit zu zweit mit Tommy. Zuweilen hatte ich es richtig satt, nur noch als Schwester von Fabian wahrgenommen zu werden, schämte mich aber gleichzeitig, dass ich so empfand.

Als Tommy und ich dann mittags heimkamen, stand Mama zwar am Herd, es war ihr jedoch anzusehen, dass sie noch nicht lange auf den Beinen war. Sie murmelte etwas von Kopfschmerzen – auch das erinnerte fast wohltuend an die Mama von früher. Seit Fabians Verschwinden hatte sie nie mehr über Kopfschmerzen geklagt, das wurde mir in diesem Moment bewusst. Vermutlich hatte sie gar keine Zeit mehr, sich mit sich zu befassen.

Während des Essens blieb sie still und verschlossen, auf Tommys Versuche, sie für seine Erlebnisse im Unterricht zu interessieren, ging sie kaum ein.

»Ach so? Was du nicht sagst! Echt?«– Mit solchen Bemerkungen täuschte sie Aufmerksamkeit vor, stellte jedoch keine weiteren Fragen. Unser Gespräch erstarb deshalb bald, es wurde beklemmend ruhig, Fabian saß mal wieder unsichtbar mit uns am Tisch und verlangte, dass wir ihn wahrnahmen.

Wir schickten Mama wieder ins Bett und räumten die Küche gemeinsam auf, mein Bruder Tommy und ich.

»Es wird schon wieder!«, sagte ich einmal und strubbelte ihm übers Haar, das er sich stoppelkurz hatte schneiden lassen. Nun sah er Fabian nicht mehr so ähnlich.

Tommy zuckte nur mutlos mit den Schultern und verzog sich bald in sein Zimmer.

Es »wurde nicht wieder«. Mama zog sich mehr und mehr in sich zurück. Sie hörte auch auf, Interviews zu geben. Wenn das Telefon klingelte, erstarrte sie ruckartig, aber sie schickte jemanden von uns, um das Gespräch entgegenzunehmen. Stundenlang saß sie in der durch die geschlossenen Rollläden verdunkelten Wohnung und starrte vor sich hin. Unsere hilfsbereiten Nachbarinnen traten erneut in Einsatz. Sie brachten Eintopfgerichte, die wir nur noch aufzuwärmen brauchten. Sie erledigten auch mal die notwendigsten Einkäufe, kümmerten sich um die sich türmenden Wäscheberge. Dad, Tommy und ich versuchten, den Haushalt gemeinsam zu bewältigen. Dennoch legten sich über unsere zuvor blitzblanken Möbel Staubschichten.

Kurz vor dem ersten Weihnachtsfest, das wir ohne Fabian hätten feiern sollen, brachte Dad Mama in eine Klinik, wo sie fast zwei Monate lang blieb.

Genug Erinnerungen! Ich reibe mir die Augen, knipse die Lampe an und versuche bewusst, mich zu entspannen, ruhig und regelmäßig zu atmen.

Ich lebe jetzt, in dieser Sekunde, ich habe nicht nur eine Vergangenheit, ich habe auch eine Gegenwart.

Und ich will eine Zukunft haben!

13. März 1996

Noch immer nichts! Gehe trotzdem wieder zur Schule. Scheußliche Stimmung!

Viel Angst um Fabian. Omi ist wieder in ihre Wohnung zurückgekehrt.

Tage grauenvoller Gleichförmigkeit waren inzwischen vorbeigegangen. Draußen kamen die ersten warmen Frühlingstage, völlig unpassend zur Stimmung in unseren vier Wänden. Die hektische Suche der ersten Zeit war vorbei, was man tun konnte, war längst getan. Das Einzige, was uns vorerst noch blieb, war, Suchplakate von Fabian aufzuhängen. In jeder freien Minute waren wir unterwegs, schickten ganze Packen an Bekannte in anderen Städten, belieferten einen befreundeten Piloten, der versprach, die Aufrufe auch in anderen europäischen und internationalen Flughäfen zu verteilen. Glücklicherweise hatte sich ein Sponsor gefunden, der den kostspieligen Druck der enormen Auflage übernahm.

Von Fabian weiterhin keine Spur. Ich wusste nicht, wie viele Beamte auf seinen Fall inzwischen angesetzt worden waren, es dürften weit über hundert gewesen sein.

Tommy und ich gingen nun regelmäßig zur Schule und zehn Tage nach Fabians Verschwinden begann auch Dad wieder zu arbeiten. Omi war für eine Weile in ihre eigene Wohnung zurückgekehrt.

»Du musst jetzt stark bleiben, Sina«, bat sie mich, als sie in mein Zimmer kam, um sich von mir zu verabschieden, »stark und tapfer!« Die zierliche Omi, sie war wohl selbst die Tapferste von uns. Doch die vergangenen Tage hatten auch bei ihr Spuren hinterlassen. Ich stellte es fest, als sie sich über mich beugte und ihr Gesicht in den Lichtkegel meiner Schreibtischlampe kam. Sie war ganz dünn, sie, die uns immer zum Essen nötigte, hatte offenbar selbst kaum mehr etwas zu sich genommen. Die Haut spannte sich nun fest und ohne sichtbare Muskulatur über den Schädel, die Lippen waren eingefallen, der Mund wie ein Strich. Sie zitterte, als sie mir die Teetasse reichte.

»Bleib doch noch ein bisschen bei uns, Omi!«, bettelte ich, obwohl ich spürte, dass sie an ihrer Grenze angelangt war. »Ich ertrag's nicht mehr hier! Oder lass mich mit dir kommen!«

»Du kennst doch meine kleine Einzimmerwohnung, Sina!«, versuchte Omi lächelnd abzuwehren. »Wir würden einander auf die Füße treten! Trink jetzt einen Schluck Tee! Es ist Johanniskraut, das hellt die Seele auf. Bitte achte darauf, dass ihr alle vier von diesem Tee trinkt!« Alle *vier*! Unsere Familie bestand nicht mehr aus fünf Personen.

Omi mit ihrem Tee... »Gegen jedes Leiden ist ein Kraut gewachsen«, pflegte sie zu sagen. In diesen düsteren Tagen war es das Johanniskraut, das sie gleich literweise aufbrühte, die ganze Wohnung roch schon danach.

»Ich halte es nicht aus, Omi!«, stieß ich hervor. »Ich ertrage das alles nicht mehr! Und ich habe so furchtbare Angst um Fabian! Warum musste das *uns* passieren, warum nicht anderen? Was meinst du, Omi, wo sich Fabian aufhält?«

Omi setzte sich neben mich und schloss die Augen. Flatternde Lider wie Seidenpapier. Augenhöhlen wie blaue Krater. In aufsteigender Panik fasste ich ihre Hand. Sie durfte nicht sterben, nicht jetzt! Nicht auch noch Omi verlieren müssen!

»Wo Fabian ist... Wenn ich das wüsste! Ich bin so ahnungslos wie ihr!« Sie wandte mir den Kopf zu und musterte mich. »Vielleicht lebt er nicht mehr, Sina. Wir müssen diese entsetzliche Möglichkeit in Betracht ziehen.«

»Hast du das Dad und Mama gesagt?«, fragte ich leise. Omi schüttelte den Kopf. »Nur dir!«, erwiderte sie.

»Es wäre fast leichter zu wissen, er ist tot, als denken zu müssen, er wird irgendwo festgehalten und gequält«, seufzte ich. Ich legte den Arm um sie und schmiegte mich an ihren zarten Körper. »Wann sehe ich dich wieder, Omi?«, wollte ich wissen.

Omi versprach, nach ein paar ruhigen Tagen wieder zu uns zurückzukehren. Sie rechnet also nicht damit, dass Fabian bald wieder auftauchen wird, schoss es mir durch den Kopf.

»Ihr schafft das!«, beschwor sie mich. »Haltet zusammen, stützt euch gegenseitig!«

Dad kam mit Omis Köfferchen in der Hand herein.

»Bist du so weit?«, fragte er. »Wir können fahren! Ich habe direkt vor der Haustür geparkt.«

Bevor Omi mein Zimmer verließ, rief ich ihr zu: »Darf ich dich anrufen?«

»Jederzeit, Tag und Nacht, Sina!«, sagte sie.

Dann war sie weg. Ich hörte, wie Dad den Motor anließ, dann rollte das Auto davon. Obwohl ich wusste, dass Omi nur auf der anderen Seite der Stadt wohnte, empfand ich diesen ersten Abschied seit Fabians Verschwinden als tiefen Schmerz.

Ich ging also wieder zur Schule, verließ den Unterricht allerdings oft vor dem eigentlichen Schulschluss, aber keiner der Lehrer hatte etwas dagegen einzuwenden. Als Schwester von Fabian genoss ich einen Sonderstatus. Nelly nahm mich unter ihre Fittiche und schirmte mich vor zu viel Neugier ab. Auch Gustav kümmerte sich um mich. Pascal sah ich nur von weitem, er wagte nicht, mich anzusprechen, sein Anblick erinnerte mich vage an die Disconight, die inzwischen stattgefunden hatte. Tanzen und Lachen erschienen mir nun ebenso unwirklich wie Szenen aus einem Science-Fiction-Film.

Der Rummel in unserer Wohnung legte sich. Nach wie vor traf jedoch täglich eine Flut von teilnahmsvollen Briefen bei uns ein. So viele Menschen dachten und fieberten mit uns, Wildfremde zündeten in Kirchen Kerzen an, Unzählige boten uns Hilfe an.

Auch jetzt noch erkundigten sich ab und zu Nachbarinnen, wie sie uns behilflich sein konnten. Sie brachten auch mal eine selbst gebackene Torte, eine ofenfrische Pizza, eine Schüssel mit dampfender Suppe. Ich wunderte mich, dass wir allmählich wieder Hunger und Durst hatten, dass trotz allem, was geschehen war, unsere Verdauung funktionierte, dass wir nachts schlafen konnten.

Ulli und Elke von der Polizei tauchten nur noch selten auf, um uns über den Stand der Ermittlungen zu orientieren. Es gab kaum mehr Neuigkeiten, die sie hätten erzählen können. Wenn Elke kam, sorgte sie sich vor allem um unser seelisches

Befinden. »Für die Seele gibt's leider keine Heftpflaster und keinen Verbandstoff, auch keine heilende Salbe, aber vielleicht hilft es euch, wenn ihr reden und eure Ängste und Befürchtungen aussprechen könnt?«

Aufmerksam hörte sie Dad und Mama zu, stellte Zwischenfragen, versuchte auch immer wieder, Tommy und mich einzubeziehen, aber wir zwei bekamen kein Wort heraus. Es reichte uns völlig, Dad und Mama in so ungewohnter Verfassung erleben zu müssen. Ihr Schluchzen, ihre verzweifelten Ausrufe, ihre endlos sich im Kreis drehenden Gespräche, ihre Fassungslosigkeit mit anzusehen, empfanden wir als schier unerträglich. Tommys und meine Existenz nahmen sie nur noch so weit wahr, als wir vielleicht etwas dazu beitragen konnten, Fabian zurückzubringen.

»Erinnert euch, ihr *müsst* euch erinnern, jede Kleinigkeit kann wichtig sein! Hat Fabian mal etwas von jemandem erzählt, den er kennen gelernt hat? Der ihm eigenartig vorgekommen ist? Der ihm etwas versprochen hat? Der ihn beeindruckt hat …?«

Immer wieder hämmerten sie uns ihre Fragen ein. Immer wieder wurde auch Yvonne damit bombardiert.

»Habt ihr ihn mit einem Unbekannten reden sehen? Wie sah er aus? Was hatte er an? Habt ihr beobachtet, dass Fabian von einem Fremden angesprochen wurde? Vielleicht mal nach einem Fußballspiel? Strichen Fremde ums Schulhaus? Wovon hat Fabian geträumt? Hatte er unerfüllte Wünsche …?«

Dad zerfiel vor unsern Augen, er wirkte ungepflegt, schlurfte in alten Kleidern durch die Wohnung. Auf die Schultern seines Pullovers rieselten Schuppen. Bemerkte Mama das nicht?

Erst bevor er zum ersten Mal wieder ins Büro fuhr, hielt er sich endlich einmal für länger als nur für den Klobesuch im Badezimmer auf. Ich hörte die Dusche rauschen, den Rasierer surren und wie Dad sich Rasierwasser auf die Haut tupfte. Als er in den Flur trat, sah er halbwegs wieder wie unser Daddy aus. Er hatte sich beim Rasieren wohl geschnitten, etwas Blut klebte wie winzige Korallen an seinen Wangen. Ich hätte sie gerne mit einem Papiertaschentuch weggetupft, aber der Mann, der, ohne mich zu sehen, an mir vorbeischritt, hatte etwas Unnahbares an sich. Ich wagte auch nicht, ihn zu umarmen.

Inmitten meiner Familie fühlte ich mich einsam. Die Angst wurde so entsetzlich groß, dass sie mich einschnürte, mir den Atem nahm.

Etwas Unfassbares war geschehen, etwas, was sich nicht mehr kontrollieren ließ.

November 2002

David ist wieder hier, vor ein paar Tagen kam er aus Berlin zurück. Ich habe ihn am Bahnhof abgeholt und freute mich, als hätte ich ihn monatelang vermisst.

»Stopp! Stopp!«, rief er lachend und lockerte meine Arme, mit denen ich ihn fast erdrückte. »Sina! Bring mich nicht gleich um!«

Aber er strahlte über das ganze Gesicht. Ich kann selten so spontan sein, David wird nicht mit stürmischen Umarmungen verwöhnt.

»Muss Liebe schön sein!«, spöttelte Joschi. Er verabschiedete sich bald und David und ich spazierten durch die kalte Novembernacht zu seiner Wohnung.

»Möchtest du noch ein Glas Prosecco trinken, in einer Bar?«, erkundigte sich David, aber ich schüttelte den Kopf. Ich hatte nur einen Wunsch: So schnell wie möglich die Wohnungstür hinter uns zu schließen, mit David allein zu sein. Seine Haut so dicht an meiner spüren, dass ich nicht mehr unterscheiden konnte, welche seine und welche meine war. Seinen Atem mit meinem auszutauschen, seinen Schweiß mit meinem zu vermischen. Nähe. Ich staunte über mich.

Inzwischen hat sich der Alltag wieder eingependelt, David arbeitet in seinem Büro und ich in der Praxis, »grüble in Zähnen und Gebissen«, wie Tommy sich auszudrücken pflegt.

Gestern Abend habe ich mich wie verabredet mit Yvonne in der Pizzeria getroffen. Ich fühlte mich so nervös und zappelig, dass David anbot, mich zu begleiten und mir während der ersten halben Stunde zur Seite zu stehen, doch ich lehnte ab. Ich muss, ich *will* mich der Vergangenheit stellen und die sich daraus ergebenden Konsequenzen ertragen lernen. Seit ich mich so intensiv mit Fabians Verschwinden auseinander setze, erlebe ich neben tiefstem Schwarz auch Momente voller Lebensfreude und Glück. Das ist neu!

Obwohl Yvonne sich stark verändert hat, erkannte ich sie sogleich an ihrem hellblonden Haar und dem hellen, sommersprossigen Teint. Einen schmerzhaften Moment lang wünschte ich mir, Fabian könnte diese junge Frau, die an einem kleinen Ecktisch auf mich wartete, selbst sehen. Vielleicht hatte mein Bruder ja bereits damals gespürt, dass Yvonne sich zu etwas ganz Besonderem entwickeln würde? Sie ist zwar nicht hübsch im gängigen Sinn des Wortes, aber sie strahlt etwas aus, dem man sich nicht entziehen kann. Ihre einst fast weißen Wimpern und Brauen (»Schweineborsten!« spottete Tommy damals) hat sie etwas gefärbt, sie betonen ihre bernsteinfarbenen Augen. Sie ist immer noch sehr schlank, fast zu schlank, aber vielleicht bin ich ja nur neidisch, weil ich mit meinem Gewicht ein wenig zu kämpfen habe.

Nach der Begrüßung musterten wir einander verstohlen. Ich fragte mich, wie ich auf sie wohl wirkte. Als Yvonne wegzog, war ich siebzehn, und nach Fabians Verschwinden hatte ich im Gegensatz zu den übrigen Familienmitgliedern nicht abgenommen, sondern etliche Kilo zugelegt. Yvonne dürfte mich recht mollig in Erinnerung behalten haben. Wenn ich Fotos aus jener Zeit ansehe, kommt es mir auch vor, als trüge ich eine Maske, so stark war ich geschminkt. Es sah nicht schlecht aus, aber durch all die aufgetragenen Farbschichten schimmerte vom Menschen Sina kaum mehr etwas durch. Nun schminke ich mich fast gar nicht mehr, vor gut zwei Jahren habe ich damit aufgehört.

Yvonne und ich vertieften uns zuerst einmal in die Speisekarte. Ich bestellte auch gleich eine Flasche Wein, obwohl Yvonne protestierte, sie sei mit dem Auto unterwegs. Doch ich hatte schlicht Angst, ganz ohne Alkohol nicht über die Runden zu kommen.

»Stört es dich, wenn ich rauche?«, fragte Yvonne und zündete sich auf mein Nein hin eine Zigarette an. Langsam zog sie den Rauch in die Lungen, ich hatte den Verdacht, dass bei ihr das Rauchen dieselbe Funktion hatte wie bei mir der Wein!

Nachdem wir jede eine Pizza bestellt hatten, begann ich, über möglichst unverfängliche Dinge zu plaudern wie jeweils mit den Patienten, wenn sie, vor Angst zitternd, auf dem Behandlungsstuhl sitzen. Yvonne sah mich über den Tisch hinweg an, ergriff dann plötzlich meine Hand und lächelte: »Sina, du brauchst dich nicht zu fürchten, es geht uns doch beiden genau gleich! Lass uns nicht Konversation machen, als wären wir einander fremd!«

Ich starrte sie überrascht an. Yvonne ist fast drei Jahre jünger als ich, aber sie strahlt eine Reife aus, als wäre sie um Jahre älter. Sie war es auch, die ohne Umschweife das Thema Fabian ansteuerte und erzählte, dass sie sich damals fast umgebracht habe, so sehr habe sie gelitten. »Ich war doch erst vierzehn, niemand nahm mich ernst, weißt du, Sina! Die dachten alle, zwischen Fabian und mir habe bloß eine kindliche Schwärmerei bestanden!«

»Was war es denn?«, wagte ich zu fragen.

»Liebe!«, antwortete sie schlicht. Und als ich sie ansah, begriff ich, dass sie die Wahrheit sagte.

»Seit damals habe ich niemanden mehr so gern gehabt«, fuhr sie nachdenklich fort. »Manchmal glaubte ich, alles nicht mehr ertragen zu können. Es gab ja nicht einmal eine Beerdigung, ein Grab, an dem ich hätte weinen können!«

»Es gibt noch immer keines«, sagte ich leise.

Als unsere Pizza serviert wurde, steckten wir bereits mitten im Gespräch. Die Worte flogen zwischen uns hin und her, ohne dass wir noch darüber nachdachten, ehe wir sie aussprachen. Wie in einem Puzzle fügten sich bruchstückhafte Erinnerungen zusammen. Manchmal sprachen wir gleichzeitig, brachen in Gelächter aus, weil jede der andern den Vortritt lassen wollte.

»Du zuerst!«

»Nein du!«

Der dreizehnjährige Fabian wurde in unserer Erinnerung wieder lebendig.

Yvonne, die den Kamm durch sein dickes, störrisches Haar ziehen wollte. Ich, die ihn mit seiner Schwärmerei für Yvonne aufzog. Yvonne, die sich von ihm in Mathematik helfen ließ, die zuvor *ich* meinem Bruder erklärt hatte! Yvonne, die im Tor Hechtsprünge üben sollte. Der erste scheue Kuss, Zukunftspläne.

»Zukunftspläne?«, hakte ich nach.

Sie nickte. »Klar doch, natürlich nicht heiraten oder so was. Wir überlegten vielleicht, ob wir gemeinsam ausgehen, später mal ein WM-Fußballspiel besuchen könnten. Oder mit dem Fahrrad in den Schwarzwald radeln und dort picknicken… Fabian sprudelte nur so über vor Ideen, was wir alles unternehmen könnten.«

Wir sahen einander an und dachten vermutlich beide dasselbe: Daraus wurde dann nichts.

»Was meinst du, was geschehen ist?«, fragte ich endlich. Der Pizzateig in meinem Mund wurde klumpig, als Yvonne ohne Zögern antwortete: »Er wurde umgebracht. Entführt, missbraucht, umgebracht, verscharrt.«

Die Bilder, die aufstiegen, waren unerträglich, sie schmerzten körperlich. Ich zwang mich, die Augen zu schließen, dann wieder zu öffnen und etwas anderes, etwas Reales zu fixieren, und schaute zur flackernden Feuerstelle hinüber. Die Flammen warfen einen tanzenden Schein an die rußgeschwärzte Wand, und aus dem Geflacker löste sich Fabians angstverzerrtes Gesicht, ein Mund, der zu einem Schrei geöffnet war, Augen, in denen sich der Blick eines Wahnsinnigen spiegelte.

Ich griff mit zitternder Hand nach meinem Weinglas und stürzte den Inhalt in einem Zug hinunter.

»Weshalb bist du dir da so sicher?«, fragte ich. Meine Stimme klang kratzig.

»Ich bin mir keineswegs sicher! Ich wünschte, ich wäre es… Aber ich denke, es gibt keine andere Möglichkeit. Dass Fabian aus eigenem Willen mitten in der Nacht abgehauen sein könnte, wie ihr zuerst vermutet habt, habe ich keine Sekunde lang geglaubt. Jenem Autofahrer, mit dem er von zwei Zeugen zum letzten Mal gesehen wurde und der sich ja nie gemeldet hat, ist es irgendwie gelungen, Fabian ins Auto zu locken. Er hat ihn mitgenommen. Und weshalb nimmt ein Mann einen Jungen mit? Hätte Fabian überlebt, wäre er zurückgekommen oder von jemandem gefunden worden. Nein, Sina, er ist fast sicher umgebracht worden und danach wurde seine Leiche beseitigt.«

»Wenn man ihn entführt hätte… nach Südamerika… es gibt doch Leute, die Kinder für die Prostitution verkaufen…«

Yvonne starrte auf ihre fast unberührte Pizza hinunter. »Es ist erträglicher, denken zu können, Fabian sei ermordet worden«, sagte sie dann.

Es war ein anstrengender, aber guter Abend, den wir zusammen verbrachten, Yvonne und ich. Wir haben einander nicht geschont.

Als ich spätnachts die Tür zu meinem Apartment aufschloss, war David dort. Er wartete auf mich.

»Ich dachte, du brauchst mich vielleicht?« Unsicher blickte er mir entgegen, zu oft hatte ich ihn schon mit meinem Wunsch nach Alleinsein vor den Kopf gestoßen. Auch jetzt war ich nicht sicher, ob mir seine Gegenwart erwünscht war. So ging ich erst mal in die kleine Küche und goss mir ein Glas Orangensaft ein.

»Bleib ruhig hier!«, forderte ich David schließlich auf, als ich aus den Augenwinkeln bemerkte, wie er enttäuscht seinen Kram zusammenzupacken begann.

»Was glaubst *du* eigentlich, was damals mit Fabian geschah?« Ich hatte David diese Frage noch nie gestellt. Er ließ seine Tasche wieder zu Boden gleiten und sah mich an. »Ich glaube, dass er längst tot ist, Sina«, erwiderte er leise. »Ich nehme an, er wurde umgebracht. Ich wünschte für euch, dass ihr endlich sicher wissen dürftet, dass er tot ist!«

Wir gingen stumm zu Bett, mein Körper fühlte sich völlig verkrampft und eisig kalt an. Nach einer Weile begann David, mich sanft zu massieren, und während er näher rückte, flüsterte er: »Reiß dich doch nicht so zusammen, Sina! Lass dich mal gehen und heule!«, da flossen endlich die Tränen.

Ich weinte so lange, dass mein Kopfkissen ganz nass wurde.

Nachdem ich mich beruhigt hatte, sagte David wie zu einem Kind: »So ist's gut, jetzt fühlst du dich bestimmt besser, ja?« Er zog die Decke hoch, stopfte sie auf beiden Seiten unter und strich mir die Haare aus dem feuchten Gesicht.

Als ich heute Morgen in den Spiegel guckte, traf mich fast der Schlag. Ich sah aus, als hätte mich ein Lastwagen überrollt. Ich stellte mich unter die Dusche und ließ kaltes Wasser über Kopf und Körper prasseln, anschließend presste ich einen kalten Lappen auf meine verschwollenen Augen. Bevor ich zur Arbeit ging, legte ich mir notgedrungen doch mal wieder eine Schicht Make-up auf.

»Scheußlich!«, lautete Davids Kommentar, der in der Badezimmertür stand und nachsichtig mit ansah, wie sich die lädierte Sina in eine Frau verwandelte, der man wenigstens nicht gleich auf den ersten Blick ansah, dass sie stundenlang geheult hatte.

»Lieber David, das verstehst du nun mal nicht«, sagte ich und drückte ihm zur Strafe mit den geschminkten Lippen einen dicken Kuss auf seinen hellblauen Pullover.

Heute Abend bin ich allein, David muss einem Kunden

ein neues Projekt vorstellen. Ich fühle mich gut. Gut! Vielleicht stimmt es, dass Tränen heilen?

Ich sitze wieder in Omis Stuhl und schaue aus dem Fenster. Es ist dunkle Nacht, die Stadt wird ruhig, Lichtauge um Lichtauge erlischt.

24. März 1996

Brief von Fabian?! Hoffnung… Katastrophenstimmung!!! Gehe wie ein Roboter zur Schule. Gustav nervt mich, ertrage ihn nicht, ertrage niemanden!

Gustav ging bei uns ein und aus, als gehörte er zu unserer Familie. Er benahm sich, als wäre er höchstpersönlich für mein Wohlergehen verantwortlich. Bestimmt meinte er es gut, aber wenn ich ihn wie den Bernhardiner Barry mit dem Fässchen um den Hals auf der Matte stehen sah, hätte ich die Tür am liebsten wieder zugeschlagen.

»Hab dich nicht so! Gustav hat sich an Suchtrupps beteiligt, hängt Plakate auf… Er hat an alle Jugendzeitschriften Suchaufrufe geschickt. Wir brauchen jeden Helfer, Sina. Vergraule mir Gustav nicht!«, bat mich Mama.

Klar doch, was *ich* empfand, zählte längst nicht mehr. Was ich Mama zu dem Zeitpunkt nicht erzählen wollte, war, dass Gustav im Gegensatz zu ihr nicht nur an Fabian, sondern auch an mich dachte. Unter dem Vorwand, mich trösten zu wollen, ließ er sich keine Gelegenheit entgehen, mich rasch in die Arme zu ziehen, zu streicheln und zu küssen. Und genau das ertrug ich nicht mehr.

Mein Körper war am 27. Februar in Winterstarre gefallen. Gustavs Berührungen lösten nur noch Abwehr und Überdruss aus. Unvorstellbar, dass ich vor gut fünf Wochen noch fast durchdrehte, weil ich zufällig mitbekommen hatte, dass er Ines küsste! Nicht mehr nachvollziehbar, dass ich Pascal für die Disconight zugesagt hatte, nur um Gustav eins auszuwischen. Denn auch Pascal, der sich inzwischen schüchtern genähert hatte, wollte ich nicht mehr sehen. Ich ging zur Schule, okay, das reichte. Nelly ertrug ich knapp, auch noch ein, zwei andere, aber damit hatte es sich. Wenn die Lehrer mich besorgt musterten, wandte ich den Kopf ab. Wenn jemand mich ansprach, tat ich, als hörte ich es nicht.

Mir drehte sich fast der Magen um, als mir eine Zeitung in die Hände fiel, die einen Bericht über unsere Familie abgedruckt hatte. Gleich auf der ersten Seite brachten sie ein Foto: Familie Bachmann strahlt in die Kamera, Fabian war noch mit dabei. Ich erinnerte mich, dass Omi vor nicht langer Zeit den Schnappschuss gemacht hatte. Auf Fabians Kopf wies ein Pfeil. »Wird seit dem 27. Februar vermisst!« stand da und daneben in dicken Lettern: »Wer hat Fabian Bachmann gesehen?«

Ich stürmte nach Hause und brüllte schon in der Tür:

»Wer hat dem ›Tagblatt‹ unser Familienfoto gegeben?«

Dad antwortete, es sei Mama gewesen. »Wir haben beschlossen, an die Öffentlichkeit zu gehen, Sina, das wusstest du doch! Und da gehört nun einmal dazu, dass wir den Zeitungen Fotos zur Verfügung stellen und Interviews geben.«

»Ohne mich!«, tobte ich. »Aus mir kriegt keiner was raus!«

»Du musst da durch, Sina!«, verlangte Mama. »Wir wollen alle Mittel ausschöpfen, um Fabian zu finden. Je mehr Menschen von seinem Verschwinden wissen, desto mehr Augen suchen ihn!«

Ich weiß nicht, was mit mir los war. Ich drehte durch.

»Fabian ist tot!«, schrie ich. »Kapiert das doch endlich. TOT!«

Das Wort dröhnte im Zimmer, über uns, vor uns, hinter uns. Unser Schreck war so groß, dass eine fühlbare Leere entstand. Mamas Gesicht sah aus, als würde es auseinander brechen, jeder Gesichtszug in eine andere Richtung.

Tommys Kopf kippte jäh nach vorn, als hätte er einen Hieb auf den Nacken bekommen. Dad spreizte langsam alle zehn Finger und streckte dann im Zeitlupentempo die Hände in einer geisterhaften Pantomime von sich, als wolle er etwas abwehren.

Und in diese Stille hinein klingelte das Telefon. Zuerst rührte sich niemand. Dann rannten wir alle gleichzeitig auf den Apparat zu. Es war aber nur Ulli, der uns mitteilte, dass es nichts Neues zu berichten gab. Als Dad wieder auflegte, sagte Tommy ganz leise, fast flüsternd: »Ich halte es nicht mehr aus!« Mama begann zu weinen, Dad warf einen Blick in die Runde, dann machte er rechtsum kehrt, griff nach seinem Jackett und hetzte aus der Wohnung, als wäre der Teufel hinter ihm her.

Ich ging in mein Zimmer und warf mich aufs Bett.

Fabian war nun seit mehr als drei Wochen verschwunden. Wenn er nicht in allernächster Zeit wieder auftauchte, waren wir alle reif für die Klappsmühle.

Ich hörte, wie Mama von einer Nachbarin getröstet wurde, jemand anders machte sich in der Küche zu schaffen. Bald zog der Geruch einer Gemüsesuppe durch die Wohnung. Er löste Brechreiz in mir aus. Fabian mochte Gemüsesuppe auch nicht. »Das esse ich erst, wenn ich keine Zähne mehr habe«, sagte er jeweils, wenn Mama die Schüssel auf den Tisch stellte. Zu allem, was wir in letzter Zeit aßen, fielen mir seine Sprüche ein, und schon war mir der Appetit vergangen. Stattdessen hatte ich angefangen, Unmengen von Süßigkeiten in mich hineinzustopfen. Ganze Schokoladetafeln verschwanden in meinem Magen. Im Einkaufszentrum hatte ich Großpackungen Fertigpudding gekauft, sie rutschten mühelos die trockene Kehle hinunter. Normalerweise hätte mich Mama, die sehr auf gesunde Kost achtete, zurechtgewiesen. Jetzt sagte sie nichts dazu.

Ich stand auf, schnappte mir im Flur das Telefon und ging damit in mein Zimmer. Dann tippte ich Omis Nummer ein.

»Omi«, sagte ich, als sie sich meldete. »Komm wieder zu uns. Wir drehen durch!«

»Erzähl erst einmal, Sina! Was ist passiert?«

Ich schilderte die vorherige Szene, wiederholte, was ich gesagt hatte und lauschte dem Wort »tot« nach, das auch Omi zum Verstummen gebracht hatte. Nach einer langen Pause versprach sie: »Ich werde morgen kommen, Sina.« Zögernd fuhr sie fort: »Es ist zurzeit ein bisschen schwierig mit deiner Mutter. Wir zwei ... du hast es vermutlich bemerkt. Es gibt Spannungen zwischen uns. Aber das ist zwischen Schwiegermutter und Schwiegertochter ja nicht ungewöhnlich. Nur, in dieser Situation, da sind alle überreizt – es ist nicht einfach, Sina!«

Es ist nicht einfach! Bei Gott, Omi, wie Recht du hast: Es ist nicht einfach!, dachte ich, als ich die Verbindung unterbrach. Ich stellte mich vor meinen Spiegel, voller Verwunderung, dass ich mich dort erblickte, wo ich mich doch gar nicht mehr richtig spürte. Was für ein altmodisches Spiegelbild, ich im goldgerahmten Spiegel! Wie oft hatte Fabian darüber gelacht, weil ich an solch altem Kram hing.

Fabian. Seine Augen starrten mir aus dem Spiegel entgegen, sein leicht aufgeworfener, breiter Mund war zugepresst. Fabian und ich sahen einander sehr ähnlich.

»Fabian«, redete ich auf mein Spiegelbild ein, »bitte komm jetzt subito zurück. Du bist zwar ein Riesenarsch, aber wir werden dir verzeihen, wenn du nur endlich mit diesem Scheiß aufhörst!«

Gleichzeitig in meinem Kopf das Echo: Fabian ist tot! Fabian ist tot!

Als ich tags darauf aus der Schule kam, saß Omi im Wohnzimmer. Im Vorbeigehen bemerkte ich, dass Mama und Ulli in Fabians Zimmer waren und in seiner Schreibtischschublade wühlten.

Ich umarmte Omi und wisperte: »Was machen sie in Fabians Zimmer? Der hasst es, wenn man in seinen persönlichen Dingen schnüffelt. Wenn er das wüsste – Mensch Omi, er würde toben!«

»Er weiß es aber nicht«, sagte Omi trocken. Mit müden Augen musterte sie mich. »Es ist eine Tragödie, das Ganze«, fügte sie hinzu und fuhr sich über die Stirn. »Wo wird uns das alles noch hinführen!« Sie warf einen Blick in die Richtung von Fabians Zimmer. »Sie suchen nach Schriftproben von Fabian. Oder hast du einen Brief von ihm? Eine Notiz, die er erst kürzlich geschrieben hat?«

»Weshalb suchen sie Schriftproben?«, fragte ich aufgeregt.

»Deine Mama und Daddy haben einen anonymen Brief erhalten«, erklärte Omi. »Aber es steht noch nicht fest, ob sich da jemand bloß einen unsäglich dummen Scherz geleistet hat, oder ob Fabian ihn tatsächlich geschrieben hat.«

Ich hielt es auf meinem Stuhl nicht länger aus.

»Mensch Omi, das ist ein Durchbruch!«, stieß ich hervor. »Was steht denn in dem Brief?« Aber ich wollte nicht auf ihre Erklärung warten und stürzte gleich in Fabians Zimmer.

»Gebt mir den Brief!«, verlangte ich. »Ich erkenne Fabians Schrift sofort!«

Mama drehte sich wie eine Schlafwandlerin nach mir um. Dann blickte sie Ulli fragend an. Er reichte mir schließlich einen Briefumschlag.

»Sei bitte vorsichtig! Ich muss ihn anschließend auf die Dienststelle mitnehmen. Halte das Blatt Papier ganz außen, da, am Rand!«

Er wies auf einen Kleber in Fingerform. Das Blatt zitterte in meiner Hand. Mein Blut kochte vor lauter Nervosität förmlich, ich glaubte zu sehen, wie es rote Blasen warf.

Dann wurde mir noch heißer.

»Papa, Mama!«, stand da. »Es geht mir gut. Ich bin abgehauen und lebe jetzt weit weg von euch. Sucht mich nicht länger und macht euch keine Sorgen! Euer Fabian.«

Den Brief noch in der Hand, ließ ich mich auf Fabians Bett sinken. Die Schrift verschwamm mir vor den Augen.

Fabian lebte! Es musste doch möglich sein, den Weg dieses Briefes zurückzuverfolgen, in Kriminalfilmen konnten sie es auch!

»Hältst du es für Fabians Schrift?«, fragte mich Mama mit belegter Stimme. Ich versuchte, mich zu beruhigen. Unter meinem konzentrierten Blick kehrten die Buchstaben an Ort und Stelle zurück und ordneten sich zu Worten. Fabian hatte noch keine sehr ausgeprägte Schrift. Tausende von Schülern seines Alters schrieben ähnlich. Aber diese Großbuchstaben – schrieb sie Fabian nicht genauso rund, weit über die Zeile hinaus? Und die zerdehnten Kleinbuchstaben, nirgendwo eine Spitze, ein Knick …

»Es könnte sein!«, sagte ich endlich. »Ich bin allerdings nicht sicher. Aber Yvonne hat von Fabian bestimmt Briefe erhalten. Ich werde sie gleich anrufen, damit sie uns welche bringt!«

»Natürlich!«, rief Mama aus. »Yvonne! Die Kinder haben sich doch ständig irgendwelche Zettelchen zugesteckt!«

Die Kinder!, dachte ich, als ich Yvonnes Nummer wählte, und erinnerte mich an die verstohlenen Küsse, die die »Kinder« im düsteren Hausflur ausgetauscht hatten.

Nur wenige Minuten später klingelte Yvonne an der Tür und brachte ein paar Briefumschläge. Inzwischen waren auch Tommy und Dad nach Hause gekommen und Omi beugte sich in angespannter Haltung über den Esstisch und verglich die auf rosa Papier geschriebenen Worte mit denen auf dem offensichtlich aus einem Heft gerissenen Blatt Papier.

Tommy sagte als Erster: »Das ist nicht Fabians Schrift!« Yvonne schloss sich seiner Meinung fast sogleich an. »Nie!«, bestätigte sie. »Da merkt man gleich, dass jemand versucht hat, Fabians Schrift nachzuahmen.«

»Oder es hat ihn jemand ge … gezwungen, diesen Text zu schreiben, und die Schrift ist deswegen ein bisschen … verkrampft.«

Das kam natürlich von Mama, die die aufkeimende Hoffnung nicht gleich wieder begraben wollte. Auch Dad meinte: »So sicher lässt sich das von uns Laien nicht beurteilen! Habt ihr keine Schriftexperten auf eurer Dienststelle?«, wandte er sich an Ulli.

»Doch, wir arbeiten oft mit Grafologen zusammen«, bestätigte Ulli. »Ich werde diesen Brief natürlich umgehend weiterleiten. Dann wird man bald eindeutig sagen können, ob er tatsächlich von Fabian stammt – oder von einem dummen Lausejungen.«

»Wer sollte sich einen solchen Scherz leisten«, meinte Omi entrüstet. »Das käme doch keiner Menschenseele in den Sinn! Nein, dieser Brief *muss* von Fabian stammen. Er *muss*, verstehen Sie, junger Mann!« Ihre Löckchen wackelten, so heftig sprach sie.

»Fabian nennt Sie doch auch nicht Papa!«, wandte sich Yvonne plötzlich an Dad.

Wir starrten auf das entsprechende Wort. Auch mir war es in der ersten Aufregung entgangen. Natürlich, wir hatten doch einen Daddy, einen Dad – niemals hatten wir unsern Vater Papa genannt!

»Der Brief könnte vom Täter stammen«, überlegte Tommy laut in das entstandene, enttäuschte Schweigen hinein. »Vielleicht kriegt er durch die Medien mit, wie sehr wir uns sorgen, und möchte uns beruhigen, oder er will verhindern, dass wir unsere Suche fortsetzen und …«

»Nein! Nein!«, unterbrach ihn Mama, bevor er den Satz beenden konnte. »Schweig, Tommy!« Sie presste die Hände vor das Gesicht, ihre Schultern hoben und senkten sich ruckartig mit jedem Atemzug. »Sich vorzustellen, da sitzt ein Mensch in unserer Nähe, der sich im Fernsehen in aller Ruhe die Vermisstenmeldungen ansieht und in den Zeitungen unsere Aufrufe liest, der täglich an Plakatsäulen vorbeigeht, auf denen Fabians Foto klebt... Nein, um Himmels willen, nein! Solche Menschen gibt's doch gar nicht!« Durch die Finger klang ihre Stimme, als würde sie aus einer tiefen Höhle schreien.

Dad versuchte, ihre Hände zu lösen, Omi schob hastig einen Stuhl heran. Ulli guckte ratlos zur Decke.

»Leider gibt es solche Menschen«, sagte er dann. »Doch selbst wenn der Brief nicht von Fabian stammt – er kann uns ein Stück weiterhelfen! Wir werden alles unternehmen, um herauszufinden, wer ihn aufgegeben hat. Er kann uns auf Fabians Spur führen!«

Tommy öffnete den Mund, als wollte er etwas sagen, doch ein Blick zu mir ließ ihn seine Worte verschlucken. Ich wusste nur allzu gut, was er hatte aussprechen wollen. Dieser Brief mochte uns vielleicht auf Fabians Spur führen, doch er würde uns mit größter Wahrscheinlichkeit zu einem *toten* Fabian führen. Da hatte uns jemand wohl tatsächlich beruhigen wollen und Fabians Schrift gefälscht, aber nur weil Fabian nicht mehr *selber* schreiben konnte. Während Dad und Mama erneut Hoffnung schöpften und Ulli fast flehend ansahen, schien Omi ebenso erschreckende Überlegungen angestellt zu haben wie Tommy und ich.

»Hör mal, Melanie, und du auch, Max. Wir geben Ulli den Brief jetzt mit, damit ihn die Beamten mit allen zur Verfügung stehenden Mitteln untersuchen können. Aber knüpft nicht zu viel Hoffnung daran!«

»Misch dich nicht ein!«, schnappte Mama. »Es geht um *unseren* Sohn, vergiss das nicht!«

»Sie liebt ihn doch auch«, wandte Dad beruhigend ein. »Sie meint es doch gut!«

»Fabian ist immerhin mein Enkel«, bestätigte Omi mit sehr gepresster Stimme.

Ulli schob den Brief in eine saubere Plastikhülle und verabschiedete sich. Als er ging, stand eine Freundin von Mama in der Tür, die von dem ominösen Brief offenbar bereits gehört hatte und nun wissen wollte, wie es sich damit verhielt. Und bald war unsere Wohnung überfüllt von Neugierigen und jeder schürte das Hoffnungsfeuer zusätzlich.

Tommy, Yvonne, Omi und ich verzogen uns in Fabians Zimmer, den einzigen Raum, in den uns niemand zu folgen wagte. Es war ein eigenartiges Gefühl, sich inmitten seiner Dinge aufzuhalten, auf seinem Bett zu sitzen, all seine Sachen anzusehen. Mama hatte, nachdem die Beamten das Zimmer auf den Kopf gestellt hatten, alles wieder sorgfältig an seinen Platz gestellt. Das Bett war frisch bezogen, sie lüftete auch jeden Tag. Trotzdem schienen mir die unbenutzten Möbel und der Teppich bereits unangenehm zu riechen. Mit leisem Schaudern ließ ich den Blick umherschweifen, er verweilte zuerst auf Yvonnes zarter Gestalt am Fenster, wanderte weiter zu Tommys gesenktem Wuschelkopf und blieb schließlich bei Omi hängen, die steif auf der Kante ihres Stuhls saß und unsäglich erschöpft wirkte.

»Ich pack's nicht länger, Sina!«, sagte sie, als sie meinen Blick auffing. »Sei mir nicht böse, aber ich gehe wieder nach Haus.«

»Ich begleite dich!«, sagte ich spontan.

Nebeneinander spazierten wir zur Straßenbahnhaltestelle. Blicke folgten uns, Köpfe wandten sich nach uns um. Manche sprachen uns an: »Habt ihr noch nichts gehört?«

»Sie sind alle so lieb und nehmen Anteil«, seufzte Omi, als

wir in der Straßenbahn saßen. »Sogar ich bekomme täglich unzählige rührende Briefe. Sie beten und bitten für uns, sie wollen uns trösten. Ein Stück weit hilft das sicher. Aber ich schaffe es einfach nicht mehr, Sina! Ich schaffe es einfach nicht mehr, mit diesem Grauen fertig zu werden!«

Ich griff nach ihrer Hand, kein Gramm Fett, die Finger fühlten sich an wie Vogelknöchelchen. Wenn ich zu fest zudrücken würde, könnten sie zersplittern.

Behutsam und zärtlich zugleich glitt ich mit einem Finger über Omis Hand und erinnerte mich fast gleichzeitig daran, dass Fabian auf dieselbe Weise sein Meerschweinchen gestreichelt hatte. Ein Gefühl, als sei ich mit steinhartem Zement voll gegossen, erfüllte mich.

Dezember 2002

Vor einem Jahr hasste ich diese Jahreszeit noch. Dezember! Professionell verbreitete Weihnachtsstimmung. Kein Geschäft ohne Flitterglanz und weihnachtliche Hintergrundmusik, die die Kundschaft in Kaufrausch versetzen sollte. Selbst unsere sterilen, unpersönlichen Praxisräume mussten wir auf Wunsch unseres Chefs mit Lametta dekorieren. Doch dieses Jahr macht mir die Adventszeit weniger zu schaffen, obwohl ich erst neulich wieder einmal zutiefst aufgewühlt worden bin.

Etwa zweihundert Kilometer von hier entfernt, wird ein zehnjähriges Mädchen vermisst. Pia hatte mich eines Morgens, als wir in der Praxis zu einer kurzen Kaffeepause zusammensaßen, darauf angesprochen.

»Hast du gestern Abend die Tagesschau gesehen?«, fragte sie beiläufig und starrte so konzentriert in ihre Tasse, dass ich alarmiert den Kopf von der Zeitschrift hob, in der ich gerade ein tolles Kleid entdeckt hatte. »Warum? Ist etwas passiert?«, fragte ich – und schon setzte das unangenehme Kribbeln in den Fingerspitzen ein, das sich innerhalb von Sekunden auf den ganzen Körper ausdehnen kann.

Es ist eigenartig, wir werden fast täglich mit erschreckenden Geschehnissen bombardiert, kein Tag vergeht ohne Hiobsbotschaft. Terror, Krieg, Amokläufer, Entlassungen, Arbeitslosigkeit, Hungersnöte … Man müsste eigentlich den

Kopf unter dem Kissen vergraben, so viel Elend gibt es auf der Welt.

Und doch, sobald jemand in diesem Tonfall spricht wie Pia heute, denke ich weder an einen entsetzlichen Verkehrsunfall noch an Bomben, die irgendwo fallen. Ich denke sofort an Fabian. Sein Verschwinden stellt für mich die Verkörperung alles Schrecklichen dar.

Ob man irgendwo die Leiche eines Unbekannten gefunden hat? Kaum, das hätten mir Dad und Mama wohl längst mitgeteilt.

Pia spannte mich nicht länger auf die Folter. Beruhigend legte sie ihre Hand auf meine: »Nicht aufregen, Darling!« Dann räusperte sie sich und erzählte von dem vermissten Kind.

Noch immer reißen solche Nachrichten Wunden auf. Im Nu sind die Albträume wieder da, ich fühle mich wie inmitten der betroffenen Familie, spüre die grauenvolle Angst hochsteigen, mich wie die Arme einer Hydra umschlingen, mir den Atem rauben, ich sehe gequälte übernächtigte Gesichter, höre Stimmengemurmel, das Telefon schrillen …

»Sie ist verschwunden, ähnlich wie dein Bruder«, fuhr Pia fort. Sie wählte ihre Worte sorgfältig und ließ mich nicht aus den Augen.

»Wie?«

»Sie war mit ihren Eltern und zwei Geschwistern auf dem Weihnachtsmarkt und wollte eine Tüte Lebkuchen kaufen gehen. Die Eltern schlenderten vielleicht fünfzig Meter weiter, sie hatten ausgemacht, dass sie beim Karussell auf sie warten würden. Nach zehn Minuten wurde die Mutter unruhig und ging zum Stand mit den Süßigkeiten zurück. Dort hat das Mädchen jedoch nie jemand gesehen. Jemand erzählte, ein kleines Mädchen mit einer roten Strickmütze habe sich mit einem Mann unterhalten und sei mit ihm Richtung Riesenrad gegangen. Von dem Moment an fehlt von dem Kind jede Spur.«

Auf dem Nachhauseweg kaufte ich die Tageszeitung. Auf der zweiten Seite war ein Foto des vermissten Kindes und ein Artikel dazu abgedruckt. Ich konnte mich nicht zurückhalten, bis ich zu Hause war. Unter einer Straßenlaterne las ich den Artikel, ich zitterte am ganzen Körper wie in Eis und Schnee. Es verhielt sich genau so, wie Pia erzählt hatte. Das Mädchen war vor drei Tagen spurlos verschwunden, von einer Minute auf die andere aus dem Kreis seiner Familie gerissen. Sie hatte sich wie Fabian zur falschen Zeit am falschen Ort aufgehalten. Die erste Erregung klang ab, und es wurde ganz still in mir, aber es war eine ungute Stille, die mich nun erfüllte, es war eine Stille der Not, die eine Decke auf meine Seele legte und mich ganz empfindungslos machte. Wie ein Roboter setzte ich den Heimweg fort, ging durch die Haustür, stieg in den Fahrstuhl und fuhr zu meinem Apartment hoch. Erst als ich die Türe hinter mir geschlossen und die Sicherheitskette vorgelegt hatte, erwachte ich wieder aus dieser Betäubung.

Allein sein, jetzt nur mit niemandem sprechen müssen, auch nicht mit David! Ich riss Mantel und Schal vom Körper und ließ beides achtlos auf den Boden fallen, kauerte mich in Omis Sessel, schlang die Arme um die hochgezogenen Beine und ließ den Kopf darauf sinken. Wie oft hatte ich damals in dieser Haltung verharrt, manchmal stundenlang!

Den Körper zu einem Ball rollen und umfangen, mich abschirmen vom Rest der Welt.

»Es geht jetzt um Fabian und nicht um dich, Sina!«, hatte mich Mama einmal unbeherrscht angeschrien, als sie mich in dieser Stellung im Zimmer vorfand. »Denk mal daran, was *er* vielleicht durchmachen muss! Du ziehst dich in Selbstmitleid zurück und lässt bequem die andern nach ihm suchen.«

Später hatte sie sich für ihre ungerechte Heftigkeit zwar entschuldigt, aber das Gefühl, sie halte mich im Grunde genommen eben doch für sehr egoistisch, bekam ich nicht mehr ganz aus mir heraus. Ich war die von Selbstmitleid erfüllte Tochter, die völlig vergaß, worum es eigentlich ging. Und es ging um Fabian, immer nur um Fabian.

In der Nachbarwohnung drehte jemand das Radio an, das Weihnachtsoratorium von Händel erklang, ich erkannte es gleich, weil David es auch sehr gerne hört. Ich versuchte, meine Glieder zu lockern und mich auf die Musik zu konzentrieren, aber ich schaffte es nicht. Die Zeitung lag vor mir auf dem Boden, ein kleines Mädchen mit einer roten Strickmütze lächelte mich an. Es hat Eltern, zwei Geschwister, eine fünfköpfige Familie schrumpft nun zu einer vierköpfigen, die damit wie mit einer schwersten Behinderung leben muss. Amputiert, seelenamputiert.

Etwa drei Jahre nach Fabians Verschwinden wurde, nicht weit von unserer Stadt entfernt, ein anderer Junge vermisst, ein kleiner Junge allerdings, keine sechs Jahre alt. Wir hatten damals unseren Alltag mehr schlecht als recht in den Griff bekommen, ich steckte mitten in der Ausbildung zur Zahnarztassistentin, Tommy hatte sich zu einem ausgezeichneten Gymnasiasten entwickelt. Mama war in jener Zeit allerdings in Verkaufsverhandlungen mit einem Großmarkt verwickelt. Ihr Papier- und Schreibwarengeschäft ließ sich nicht länger über Wasser halten. Dass es sie schmerzte, das Familienunternehmen in fremde Hände legen zu müssen, war nachvollziehbar, doch ich bemerkte mit einer gewissen Erleichterung, dass sie dadurch wenigstens ein wenig von Fabian abgelenkt wurde.

Sein Name wurde nicht mehr täglich erwähnt, die Tür zu seinem Zimmer blieb geschlossen, seinen einstigen Platz am Esstisch hatten wir geschickt entschärft, indem wir unsere eigenen Stammplätze veränderten. Alle drei, vier Wochen erkundigten sich Beamte von der Polizeidienststelle nach uns, und Mama blieb in Kontakt mit verschiedenen Organisationen, die sich unermüdlich um vermisste Kinder kümmerten. Sie selbst saß sehr oft vor dem Computer und surfte im Internet. Fabians Fotografie war nun auch online abrufbar, aber nachdem mir Mama die entsprechende Seite einmal gezeigt hatte, hütete ich mich, sie ein zweites Mal aufzurufen. Ich ertrug es nicht, ich wollte ihn nicht sehen, er sollte so in meiner Erinnerung bleiben, wie ich ihn zuletzt gesehen hatte.

Wir hofften damals alle, wir würden es schaffen. Dass es nie mehr so werden würde wie vorher, mussten wir akzeptieren, dass wir alle auf irgendeine Weise geschädigt bleiben würden, ebenfalls. Aber es war endlich erträglich geworden, keineswegs gut, nein, das nicht, es war lediglich gerade so auszuhalten.

Und dann, durch das Verschwinden des kleinen Jungen in einer nahen Stadt, brach alles mit unerwarteter Vehemenz noch einmal auf. Der glühende Schmerz, die Angst, die innere Ruhelosigkeit. Fabians geschlossene Zimmertür – ich konnte sie nicht mehr ansehen, hinter ihr lauerte etwas, was mich aufzufressen drohte.

Nach dem Bekanntwerden der Vermisstenanzeige reagierte Mama zuerst mit einer unnatürlich hektischen Betriebsamkeit. Sie nahm Kontakt mit den Eltern des vermissten Kindes auf, stürmte wieder fast täglich unsere Polizeidienststelle. Es war ja immerhin möglich, dass derselbe Täter zugeschlagen hatte, dass man ihn diesmal erwischte und sich im Zuge jener Ermittlungen auch erfahren ließ, was damals mit Fabian geschah.

Im Gegensatz zu Mama fiel Dad in eine Art Versteinerung, er sah aus wie eingeschlafen, und wenn man ihn ansprach, reagierte er kaum. Tommy setzte sich mehr und mehr von zu Hause ab, er übernachtete häufig bei seinem Freund, teilte uns dies zuvor aber stets mit. Das war uns für immer und ewig eingeimpft worden: sich nie verspäten und wenn doch, dann gleich anrufen, immer mitteilen, wo man sich aufhielt.

Inzwischen hatten wir beide ein Handy erhalten, Dad und Mama bezahlten unsere Rechnungen, ohne zu murren, verlangten jedoch, dass wir es immer bei uns hatten, und zwar betriebsbereit! Drei Wochen nachdem er verschwunden war, wurde der vermisste Junge von einem Spaziergänger im Wald unter einem Blätterhaufen gefunden. Er war sexuell missbraucht und dann erdrosselt worden.

Es war die Polizeipsychologin Elke, die uns diese Nachricht überbrachte. Obwohl sie inzwischen einer andern Dienststelle zugeteilt worden war, stand sie immer noch mit uns in Verbindung. Es nahm sie selbst mit, ihr Gesicht wirkte angespannt, als sie uns erzählte, was geschehen war.

So entsetzlich die Nachricht war, wir reagierten kaum. Ich erinnere mich, dass Dad Elke sogar noch einen Espresso brachte und Mama Gebäck dazustellte.

Nachdem Elke gegangen war, blieben wir sitzen und verharrten schweigend in derselben Haltung, die wir nach Elkes Aufbruch eingenommen hatten.

Doch in der Nacht hörte ich aus dem Zimmer meiner Eltern raues Schluchzen und anderntags stand Mama nicht auf und Dad ging nicht zur Arbeit. Tommy, blass und übernächtigt, packte gleich seine Zahnbürste ein und meldete sich für die kommende Nacht ab.

Ich weiß noch, dass Dad, der hinter der Zeitung saß, langsam die Lesebrille zur Seite legte und zu ihm sagte: »Wie kannst du uns in dieser Situation allein lassen! Jetzt müssen wir doch zusammenrücken, wir vier!«

Tommy stand bereits in der Tür, aber er drehte sich noch einmal um. »Weißt du was, Dad«, stieß er hervor, »ich wünschte oft, *ich* wäre an Fabians Stelle! Was ihm auch zugestoßen sein mag, er hatte es besser als wir Zurückgebliebenen!«

Dann ging er. Und er kam drei Tage lang nicht nach Hause zurück. Was er an Kleidern benötigte, holte er tagsüber, wenn die Wohnung leer war.

Danach überschlugen sich die Ereignisse. Mama verkaufte ihr Geschäft, meine Eltern beschlossen, die Wohnung, die wir einst mit Fabian geteilt hatten, zu verlassen und in einem andern Stadtviertel einen Neuanfang zu wagen.

»Das bedingt, dass wir dieses Kapitel abschließen!«, verkündete Mama. »Wir wollen nicht mehr über Fabian sprechen und ständig in der Vergangenheit wühlen. Wir werden versuchen, in der Gegenwart und für die Zukunft zu leben.«

Mama ist eine Frau der Tat. Was sie beschlossen hat, wird auch ausgeführt. Vier Monate später war die Wohnung meiner Kindheit verkauft und geräumt. Ich hatte inzwischen mein kleines Apartment bezogen und der Rest der Familie zog in einem Kraftakt sondergleichen in eine schöne Neubauwohnung: Fliederweg 12.

Ich habe Mama nie gefragt, wo sie Fabians Möbel, Kleider, Bücher, all die vielen ihm lieben Dinge, die sie drei Jahre lang für ihn aufbewahrt hatte, hingebracht hat.

Jene Monate rief ich mir in Erinnerung, während ich das Bild des kleinen Mädchens in seiner roten Strickmütze betrachtete und mich das Oratorium von Händel umfing. Und ganz langsam wurde ich von einem inneren Frieden erfüllt, der Schmerz flachte ab. Ich brachte es fertig, die verkrampften Glieder zu lösen und zu strecken, aufzustehen und die Vorhänge zurückzuschieben. Im Haus gegenüber leuchteten bereits die bläulichen Fernsehaugen, und als ich das Fenster öffnete und mich hinausbeugte, roch ich den Schnee in der scharfkalten Luft. Auch über unsere Straße waren Lichtgirlanden gespannt, ich hörte Kinder jauchzen und dachte an die Weihnachtsvorfreude, die auch wir als Kinder einst empfanden.

Als mein Telefon klingelte, flog mir nur kurz ein Eishauch über den Nacken. Ich schloss die Fensterflügel, hob ab und sog Davids vertraute Stimme tief in mich hinein.

In zwei Wochen ist Heiligabend. Seit Fabians Verschwinden haben wir keinen Christbaum mehr geschmückt, sondern uns nur zu einem besonders leckeren Essen versammelt und uns verkrampft bemüht, nicht an Fabian zu denken, geschweige denn von ihm zu sprechen.

Dieses Jahr wird es anders sein, das spüre ich, wir haben uns verändert. Ich weiß noch nicht, wohin uns diese Veränderung führen wird, doch zum ersten Mal wage ich, darauf zu vertrauen, dass sie zumindest mich auf einen guten Weg lenken wird.

28. März 1996

Alle am Ende der Nervenkraft! Todmüde. Dad verkracht sich mit Beamten!

Als ich von der Schule nach Hause kam, hörte ich, kaum dass ich aus dem Fahrstuhl trat, Dads aufgebrachte Stimme.

»Ihr tut ja nichts! Für euch ist das bloß ein ganz normaler Fall im Polizeialltag!«

Das Wohnzimmer war wieder einmal voller mir zum Teil fremder Leute. Ulli und Elke standen vor dem Bücherregal, außer ihnen waren zusätzlich noch zwei weitere Polizeibeamte anwesend. Ich trat näher. War etwas geschehen? Hatte man eine Spur von Fabian gefunden? Worüber ärgerte sich Dad so maßlos?

Elke versuchte vergeblich, Dad zu beruhigen, der wie ein gefangenes Tier im Zimmer hin und her rannte. Mama stand am Fenster und schaute auf die Straße hinunter, ihr Gesichtsausdruck war nicht zu erkennen, aber ihre Körperhaltung sprach Bände. Vor diesem Ausguck verbrachte sie viele Stunden, von dort konnte sie bis zur nächsten Kreuzung sehen. Hoffte sie, dass einer der Jungs, die sie von weitem durch die Straße rennen sah, sich beim Näherkommen als Fabian entpuppte?

»Wir tun, was wir tun können«, versicherte ein Beamter eben. »Die ganze Such- und Fahndungsmaschinerie läuft auf

Hochtouren, insgesamt sind fast zweihundert Beamte an der Suche beteiligt. Ein verschwundenes Kind ist auch für uns nie ein Normalfall, Herr Bachmann, das können Sie mir glauben. Viele von uns sind ja selbst Vater oder Mutter, Tante oder Onkel. Ein solcher Fall geht uns allen an die Nieren, er wird nie zur Routine. Unsere Suche wird erst abgeschlossen sein, wenn Ihr Sohn gefunden ist, selbst wenn sie sich über Jahre erstrecken sollte!«

»Jahre!«, stieß Mama vom Fenster her aus.

»Und, was habt ihr bis jetzt erreicht?« Dads Stimme überschlug sich. »Nichts! Nichts und noch einmal nichts! Verdammt, ein Kind kann sich doch nicht in Luft auflösen!«

Betretene Stille trat ein. Elke gelang es endlich, Dad am Arm zu packen. Sie versuchte, ihn zu einem Stuhl zu führen, doch er schüttelte ihre Hand ab wie ein lästiges Insekt.

»Reden wir mal Klartext! Was haben wir denn bis jetzt? Einen Autofahrer, den niemand beschreiben kann. Zwei Zeugen, die Fabian gesehen haben wollen. Und damit hat es sich auch schon. Ach so, doch, da gibt's noch ein paar weitere Resultate! In unserem Freundeskreis sind etliche recht verärgert, weil man ihr Alibi akribisch genau unter die Lupe genommen hat, als ob sie der Tat verdächtigt würden. Fragen Sie bloß mal Herrn Degen! Ihn hat man fast als Turnlehrer rausgeworfen, weil er tatverdächtig erschien! Wunderbar, nicht? Der *wahre* Täter dürfte sich aber die Hände reiben. Und was ist mit diesem Brief, den Fabian geschrieben haben soll? Haben Sie den Absender inzwischen gefunden? Nein, haben Sie nicht! Wir treten auf der Stelle!«

»Dad, da können doch die Beamten auch nichts dafür!« Tommys Stimme klang flehend. Dad blieb abrupt stehen und musterte seinen Sohn, als würde er ihn zum ersten Mal sehen.

»Du!«, stieß er dann heraus. »Was willst *du* schon wissen!« Verachtung schwang aus seinen Worten. Tommy zog die Schultern ein, er errötete vor Verlegenheit. Elke setzte sich sogleich neben ihn und guckte ihn beschwichtigend an.

»Du musst deine Eltern begreifen, die sind mit den Nerven durch den Wind«, hatte mir eben an diesem Morgen auch Nelly begreiflich zu machen versucht. »Was sie zurzeit alles rauslassen, Mensch, Sina, das darfst du nicht auf die Goldwaage legen!«

Deshalb biss ich auch jetzt die Zähne zusammen, schwieg und hörte nicht mehr hin, wie die Beamten Dad zu besänftigen versuchten.

Seit einem Monat wurde Fabian nun vermisst, aber mir kam es vor wie ein Jahr. Und wie es weiterhin zugehen würde, wenn Fabian noch länger wegblieb, mochte ich mir schon gar nicht vorstellen.

Einer der Beamten, der sich bis jetzt ruhig verhalten hatte, bat uns an den Tisch, um uns über die neuesten Suchmöglichkeiten zu informieren. Schwer wie ein Sack ließ sich Dad auf einen Stuhl fallen, das Holz knarrte unter seinem Gewicht. Mama riss sich zögernd von ihrem Fensterposten los.

Dann wurden wir über internationale Datenbanken aufgeklärt. Darüber, dass sich zu vermissten Kindern nun im Internet Fotos und Informationen abrufen ließen.

Keiner von uns hatte zuvor gewusst, dass es zu diesem Thema Webseiten gab.

Mama hatte sich bis zu diesem Zeitpunkt nicht fürs Internet interessiert. Sie benutzte den PC, um Geschäftsbriefe abzufassen und die komplizierte Buchhaltung abzuwickeln. Wenn Fabian, Tommy und ich begeistert über die Möglichkeiten diskutierten, die das Internet erschließt, pflegte sie demonstrativ zu gähnen. Auch Dad behielt lange seine Vorbehalte. »Ihr *lebt* doch«, sagte er manchmal kopfschüttelnd. »Ich begreife nicht, weshalb ich mit jemandem ›chatten‹ soll, wenn ich mit ihm *reden* kann! Und dann das unpersönliche Mailen? Ich freue mich über einen Brief mehr, er wirkt doch viel persönlicher als dieser ganze Online-Kram!«

Immerhin ließ er sich eher als Mama davon überzeugen, welch faszinierende Welt ein PC zu öffnen vermag.

Nun hörten wir konzentriert zu, was der Beamte uns erklärte. Mama holte in der Küche einen Schreibblock und machte sich Notizen, um später die entsprechenden Seiten im Netz problemlos zu finden, und schrieb sich auch die Adressen von Vereinigungen auf. Wir erfuhren, dass Organisationen, die via Internet die Suche nach Vermissten aufnehmen, eine Kopie der Vermisstenanzeige bei der Polizei verlangen, um sicher zu sein, dass sie keinem geschmacklosen Scherz auf den Leim gehen. Erst dann nehmen sie das Foto in ihre Webseite auf und geben es auch an ihre Partnerorganisationen weiter.

»Wir müssen uns hier in der Wohnung gleich einen Internetanschluss einrichten lassen!«, entschied Mama. »Am besten kaufen wir uns auch gleich einen Laptop, den wir überallhin mitnehmen und in Betrieb setzen können.«

Als die Beamten gegangen waren, erfüllte uns ein winziger Hoffnungsstrahl. Vielleicht gelang es ja, Fabian mithilfe der modernsten Technik aufzufinden? Mama fühlte sich nun weniger allein gelassen und nahm sich vor, sobald wie möglich mit entsprechenden Hilfsorganisationen Kontakt aufzunehmen.

»Wie bisher kann es auf keinen Fall weitergehen«, stellte sie fest und warf Dad einen langen Blick zu.

»Und wenn das alles sinnlos ist, wenn er längst tot ist?«, wandte Dad, vor Erschöpfung grau im Gesicht, ein. Das tägliche, stündliche Wechselbad: Er lebt – er ist tot. Er lebt – er ist tot.

Abends tauchte Herr Degen auf, dessen Alibi bis ins winzigste Detail überprüft worden war. Er sah fragend in die Runde, wir schüttelten nur stumm den Kopf und Herr Degen stieß einen tiefen Seufzer aus.

»Ich schwöre Ihnen, ich habe keine Ahnung, was mit Fabian geschah!«, versicherte er zum tausendsten Mal.

»Das wissen wir doch«, murmelte Mama. »Es tut uns schrecklich Leid, dass Sie wegen uns Schwierigkeiten bekommen haben!«

Herr Degen machte eine wegwerfende Handbewegung. »Ich habe mir überlegt, was wir vielleicht selbst noch unternehmen könnten«, sagte er dann. »Wir könnten uns verdeckt in homosexuellen Kreisen umhören, die kennen vielleicht welche, die sich auf kleine Jungs ... spezialisiert haben, Pädophile ...«

»Ich denke, da hat man bei der Polizei bereits sämtliche Quellen ausgeschöpft und auch das Alibi etlicher bekannter Pädophiler überprüft«, wandte Dad ein.

»Wenn wir Tommy in solche Kreise einschleusen könnten, gewissermaßen als Lockvogel ...«

Herr Degen war sichtlich unangenehm, was er vorschlug, und Mama unterbrach ihn auch gleich heftig: »Nie, das schlagen Sie sich bitte gleich wieder aus dem Kopf! Nie wird ein Kind von uns oder irgendein anderes als Lockvogel dienen! Das Risiko ist zu groß!«

Sie schwieg eine Weile und fuhr dann mit derselben energischen Stimme fort: »Wer sagt denn überhaupt, dass Fabian einem Sexualtäter zum Opfer gefallen ist! Da gibt's noch andere Möglichkeiten!«

Welche? – Die Frage blieb unausgesprochen in der Luft hängen.

»Fabian wurde nicht umgebracht, vermutlich ist er eben doch abgehauen und traut sich nun nicht mehr nach Hause!«, sagte Mama.

Fabian lebt, Fabian ist tot, Fabian lebt.

»Oder er wurde verschleppt und wird gefangen gehalten«, fügte Dad hinzu. Fabian lebt, Fabian ist tot, Fabian lebt.

»Was meinst du, werden wir irgendwann mal wieder über etwas anderes reden können als über Fabian?«, fragte mich Tommy, als wir uns später im Badezimmer trafen. »Dass wir mal wieder so etwas wie ein normales Leben führen werden?«

Ich putzte mir die Zähne, als müssten sie für eine Zahnpastareklame herhalten.

»Wie soll ich das wissen?«, nuschelte ich aus schaumigem Mund. Unsere Blicke begegneten sich im Spiegel, und mir fiel auf, dass aus unseren Augen dieselbe schwarze Verzweiflung schrie.

Dezember 2002

Heute bin ich schweißnass aufgewacht, konnte mich aber nur noch an wirre Traumfetzen erinnern: weißer Schnee, Blut, Spuren eines Stiefelpaars, die von Schneewehen bald wieder zugedeckt wurden.

Wie immer, wenn ich schlecht geträumt habe, stellte ich mich erst einmal unter die Dusche und ließ das heiße Wasser über meine Haut laufen, schäumte Duschgel auf und spülte mit kaltem Wasser nach. Danach ist das klamme Gefühl meist wie weggeblasen.

Als ich den Rollladen hochkurbelte, sah ich, dass es in der Nacht in den Frost hineingeregnet hatte, die ganze Welt schien wie hinter transparentem Eis verglast. Unten bewegten sich die Menschen mit winzigen, vorsichtigen Schrittchen, die Autos rollten im Zeitlupentempo vorbei.

Da wir heute in der Praxis lediglich Büroarbeit zu erledigen hatten – unser Chef war auf einer Tagung und es wurden keine Patienten behandelt –, brauchte ich mich nicht sonderlich zu beeilen. In aller Ruhe zog ich mich an und schob ein paar Scheiben Brot in den Toaster. Auch das ist noch ungewohnt: dass ich kleine Dinge genießen und mich daran freuen kann.

Hin und wieder ertappe ich mich dann allerdings dabei, dass ich angespannt horche, ob sich nicht etwa ein Unheil zusammenbraut.

»Der Wachhund ist mal wieder in den Startlöchern!«, neckt mich David, wenn er es bemerkt. Er findet, dass man nicht einem äußeren Frieden, sondern unbedingt seinem inneren Seelenfrieden trauen soll. »Wenn sie da ist, diese wunderbare Gelassenheit, dann nimm sie an, Sina! Frag dich nicht dauernd, warum du dich gerade jetzt gut fühlst, genieß es einfach! Was sich in der großen Politik tut, was für Entscheidungen dort getroffen werden, können wir nicht ändern und nur beeinflussen, wenn wir mitmachen. Den Weltfrieden haben wir als Einzelne nicht in der Hand. Aber unseren inneren Frieden, den können wir ein wenig lenken!«

David ist fast dreißig, er hat mir aber nicht nur deswegen einiges an Lebenserfahrung und Reife voraus. Als er achtzehn war, sind seine Eltern bei einem Verkehrsunfall ums Leben gekommen. Ihr Tod hat ihn und seine Schwester – die seit Jahren in Schweden lebt – früh zur Selbstständigkeit gezwungen.

David fuhr überallhin, bereiste die ganze Welt. Nach seiner Ausbildung nahm er einen ersten Job in Australien an. Während mein Leben fast ausschließlich um Fabian kreiste, hat sich seines in einer weiträumigen Spirale zuerst fort- und dann wieder zum Ausgangspunkt zurückbewegt. Wenn er von seinen Erlebnissen erzählt, ist es mir, als würde er ein Bilderbuch aufschlagen und die Seiten vor meinen Augen umblättern. Meine enge Welt wird dann weit, geheimnisvoll und groß. Wie ein Kind sitze ich atemlos da und lasse mich entführen.

Als Dad mich damals nach meiner Diplomabschlussfeier fragte, ob ich nicht Lust auf eine große Reise oder einen Auslandsaufenthalt hätte, schreckte ich zusammen. Nie hätte ich gewagt, die mir vertraute Umgebung zu verlassen. Mein kleines Apartment war mir inzwischen zur Insel geworden, von seinem Zentrum aus bewegte ich mich sternförmig nach allen Seiten, stets mit Vorsicht und nur so weit, dass der Ausgangspunkt jederzeit in Reichweite blieb.

Da war die Praxis, wo ich arbeitete. Es gibt verschiedene Möglichkeiten, sie zu erreichen. Mit der Straßenbahn, mit dem Bus oder zu Fuß. Dort befindet sich der Supermarkt, hier die Apotheke, dort drüben das Postamt. Wie in einer Puppenstube ordnete ich zuerst die Möbel, dann wie in einem Spielzeugdorf die Häuser um mich herum. Was vertraut wurde, beruhigte mich, was fremd war, beunruhigte mich.

Wenn ich jetzt darüber nachdenke, wird mir bewusst, dass ich als Kind und als junges Mädchen anders war, ganz anders. Mit sechzehn war ich frech und neugierig, wild entschlossen, mich ins Leben zu stürzen, in Glück wie in Schmerz. Ich riskierte Streit, stellte mich Auseinandersetzungen, verliebte mich immer wieder neu. Ich tanzte bis zur Selbstvergessenheit, lag dann und wann mit verheulten Augen auf dem Bett und zog mir romantischen Sound rein. Spontan schlenderte ich mit Freundinnen zum Bahnhof, bestieg kurz entschlossen die nächste Bahn und ließ mich überraschen, wo sie mich hinbringen würde. Ich jammerte den Eltern die Ohren voll, weil ich gerne mal ohne sie Urlaub gemacht hätte, konnte aber auch gemeinsame Ferientage genießen.

Als Mädchen war Sina ganz anders gewesen.

Das Mädchen Sina freute sich zum Beispiel auf Weihnachten – bei der erwachsenen Sina löst dieses Fest nur noch tiefes Unbehagen aus.

Was soll ich Dad und Mama dieses Jahr bloß schenken? Wenn ich mich früher nach Mamas Wünschen erkundigte, fielen ihr gleich mehrere ein. Ihr Lieblingsparfum, ein blauer Schal, eine passende Teekanne, ein Fotoalbum. Wenn ich sie jetzt frage, besinnt sie sich lange, dann antwortet sie: »Eigentlich nichts.« Wir brauchen es beide nicht auszusprechen, was es in ihr denkt – ob sie will oder nicht: Ich wünsche mir, dass Fabian gesund zurückkehrt. Oder: Endlich die Gewissheit zu erhalten, dass er gestorben ist.

Nach der Arbeit spazierten Pia und ich heute Abend durch die Stadt und versuchten, uns von den Auslagen inspirieren zu lassen.

Pia ist noch immer solo. »Ich bleibe Single!«, behauptete sie, fügte jedoch nach einer Pause hinzu: »Es sei denn, es klappt mit Nick! Schließlich ist es dir auch gelungen, einen Patienten zu schnappen!«

Nick Steffen kam als Notfall in die Praxis, mit seiner rot geschwollenen Wange sah er aus wie Frankenstein. Da noch zwei weitere Patienten im Wartezimmer saßen und wir mit dem Zeitplan in Verzug waren, wollte ich den bedauernswerten Mann in die Praxis eine Etage höher schicken, doch da nahm sich Pia seiner an.

Wie ein Möbelstück schob sie mich zur Seite und fragte: »Haben Sie Zeit, können Sie noch eine Stunde warten?« Der Gequälte nickte und setzte sich zu den anderen ins Wartezimmer, wo Pia von diesem Moment an auffällig viel zu tun hatte. Sie goss die Pflanzen, ordnete die Zeitschriften, leerte den Papierkorb und servierte schließlich den geduldig Wartenden sogar eine Tasse Tee. Mir dämmerte nach und nach, wem ihre Aufmerksamkeit galt.

»Was um Himmels willen siehst du an diesem Steffen? Ich dachte, du willst kein männliches Wesen mehr in deine Nähe lassen«, kicherte ich, als sie geschäftig an mir vorbeiflitzte. Sie knuffte mich warnend in die Seite und deutete mit ihren Kulleraugen zum Wartezimmer hin.

»Der ist doch eine Wucht!«, wisperte sie.

»Du meinst das geschwollene Monster?«, spottete ich.

»Du siehst mal wieder nur Äußerlichkeiten!«, beklagte sie sich. »Warte erst mal ab, bis seine Schwellung zurückgegangen ist!«

Eine Woche später wurde Nick Steffen zu einem weiteren Termin aufgeboten, und tatsächlich, ich erkannte ihn kaum wieder. Pia warf mir einen triumphierenden Blick zu. Von da an begann sie, ihre Waffen gezielt einzusetzen. Da Nick Steffen eine Wurzelbehandlung brauchte, bekam Pia öfter Gelegenheit, ihn mit ihrem Scharm zu umnebeln. Kein anderer Patient wurde so freundlich behandelt wie er, keiner erfuhr so viel teilnehmendes Interesse. Sie hatte bald heraus, dass er ein Computerfreak war, worauf sie ihn beiläufig wissen ließ, dass sie sich mit Softwareproblemen herumschlage – worauf Nick prompt als Retter in der Not einsprang. Pias Fachwissen erweiterte sich im Eilzugtempo. Kaum hatte sie spitz, dass Nick auch ein rührender Hundeliebhaber war, schwärmte sie ihm vor, dass sie ihre schönsten Stunden damit verbringe, mit dem Hund einer Freundin spazieren zu gehen.

Und Nick Steffen biss an. Er verabredete sich mit ihr zu einem ausgedehnten Hundespaziergang. Als Pia mir ihr neuestes Kleid vorführte, das sie zu diesem Spaziergang zu tragen gedachte, war ich überzeugt, dass Nick Steffen sämtliche Hunde dieser Welt vergessen würde.

»Geh bloß nicht gleich ins Bett mit ihm!«, warnte ich sie. Sie ging aber doch ...

Die erträumte Fortsetzung dieser ersten heißen Nacht blieb dann aus. Sie sahen sich zwar hin und wieder, aber Nick verhielt sich kumpelhaft und keineswegs verliebt. Weder Pias Kurven noch ihr Softwarewissen oder ihre plötzliche Hundeliebe brachten sie weiter.

»An deiner Stelle würde ich für Nick kein Weihnachtsgeschenk kaufen«, riet ich ihr deshalb, als ich bemerkte, wie sie den Blick verträumt auf einem seidenen Männerschlafanzug ruhen ließ. »Schon gar kein so intimes!«

Sie stieß einen deprimierten Seufzer aus. »Ich krieg das wohl nie auf die Reihe! Wie hast denn *du* David erobert?«

»Bei uns war es eher umgekehrt: Er hat *mich* rumgekriegt!«, lachte ich.

Wir bummelten weiter durch die Geschäfte, ließen da und dort prüfend etwas durch die Hände gleiten und konnten uns doch zu keinem Kauf entschließen. Mit müden Füßen schleppten wir uns schließlich in das türkische Kaffeehaus in der Nähe und erwischten einen kleinen Ecktisch.

Ich bückte mich, um unter dem Tisch die Schnürsenkel an meinen Stiefeln zu lösen. Dabei fiel mein Blick zufällig auf das Beinpaar unter dem Nebentisch. Turnschuhe mit Leuchtmarken an den Sohlen, schwarze Kordjeans, dann eine Hand, die nach der Hosentasche griff, wobei die Armbanduhr in mein Blickfeld kam, ein rotes, grob geflochtenes Band, ein großes Zifferblatt, das das ganze Handgelenk bedeckte.

Mein Herz begann zu rasen. Durch das Dröhnen in den Ohren drangen zerfetzt die Stimmen der übrigen Gäste. Am Nebentisch saß Fabian.

Ich wagte nicht, mich wieder aufrecht hinzusetzen. Verkrampft beschäftigte ich mich mit meinen Stiefeln, bis ich Pia belustigt sagen hörte: »Hey, tauchst du auch mal wieder aus deiner Versenkung auf?«

Fabians Turnschuhe. Fabians Jeans. Fabians Uhr. In hunderten von Vermisstenanzeigen erwähnt, im Fernsehen gezeigt. Und nun, keine zwei Meter von mir entfernt, sah ich diese Gegenstände. Ich beobachtete, wie die Hand ein Taschentuch hervorzog, eine behaarte Männerhand, so sehnig, wie Fabians Torhüterhand bereits mit dreizehn war.

Pia tippte mir ungeduldig auf den Rücken. »Sina, jetzt komm mal wieder hoch! Der Kellner wartet auf deine Bestellung.«

Ich hob den Kopf, vorerst noch ohne den jungen Mann am Nebentisch anzusehen, und bestellte mir einen türkischen Kaffee.

»Was ist mit dir?«, wunderte sich Pia. »Du bist knallrot im Gesicht!«

Da erst wagte ich, meine Augen schweifen zu lassen. Der Mann hatte mir den Rücken zugedreht, dichtes, zottiges Haar fiel ihm bis auf die Schultern. Das Kaffeehaus begann zu schwanken, und mir war, als würde ich umhergewirbelt.

Man kann innerhalb von Sekunden eine ganze Menge denken. Ich überlegte bereits, dass ich Mama anrufen musste, tastete in der Tasche nach meinem Handy und fragte mich, wie ich mich Fabian gegenüber bemerkbar machen sollte. Wie spricht man seinen Bruder an, der sich sechs Jahre lang verborgen gehalten hat?

Da drehte der Beobachtete unerwartet den Kopf, als würde

er meinen intensiven Blick spüren. Reglos schauten wir einander in die Augen. Dann zwinkerte er mir, meinen Blick völlig missverstehend, viel sagend zu.

Es war nicht Fabian, mit allem guten Willen ließ sich hinter diesem Gesicht nicht Fabian erkennen, auch wenn man in Betracht zog, dass er sich im Verlauf von sechs Jahren tüchtig verändert haben musste.

Meine Finger, die das Handy bereits umklammerten, öffneten sich, es rutschte auf den Boden. Pia hob es kopfschüttelnd auf. »Also, weißt du«, tadelte sie mich. »Manchmal hast du schon einen Knall! Was ist denn jetzt schon wieder los mit dir?«

Ich stürzte den Kaffee in einem Zug hinunter und bestellte mir gleich noch ein zweites Tässchen davon.

»Muss der Blutdruck sein«, murmelte ich. »Um mich herum dreht sich alles.«

Ich brachte es nicht übers Herz, ihr zu gestehen, dass ich – zum wie vielten Mal? – überzeugt gewesen war, Fabian zu entdecken.

Der Mann am Nebentisch wandte sich mir immer wieder mit einem doofen Grinsen zu und versuchte, den vermeintlichen Flirt fortzusetzen.

»Lass uns aufbrechen!«, schlug ich Pia deshalb bald vor. »Ich muss nach Hause. Vielleicht taucht heute Abend ja David noch auf!«

»Du Glückliche!« Pia verdrehte neidisch die Augen. »Hat dein Märchenprinz wirklich keinen Bruder oder wenigstens einen Cousin?«

»Man könnte meinen, du leidest unter Torschlusspanik, Pia! Schlag dir doch die Männer mal für ein paar Monate aus dem Kopf! Wenn du so verkrampft suchst, findest du ohnehin keinen!«

Pia stimmte mir zu und versprach hoch und heilig, meinen weisen Ratschlag zu beherzigen. Bevor sie sich verabschiedete, fügte sie aber doch mit einem Lächeln hinzu: »Aber erst von morgen an. Heute Abend werde ich Nick anrufen!«

Noch immer aufgewühlt, machte ich mich auf den Heimweg.

Hörte das denn nie auf? Ich zog die seidige Luft, den wütenden Schneewind durch die Nase und war froh um die Abkühlung. Schließlich öffnete ich auch noch die obersten Mantelknöpfe. Mir war noch immer heiß unter den Kleidern, mein Herz stolperte hin und wieder über seinen eigenen Schlag. Auf einer Brücke machte ich Halt und lehnte mich über das Geländer. Unter mir wellten sich Kreise in den glatten See. Die Luft roch würzig. Möwenschwärme kreisten, einer der Vögel löste sich aus dem Schwarm und flog wie ein Tiefflieger über mich hinweg, sein Flügelschlag summte in meinen Ohren. Ich langte in meine Manteltaschen. Meist stecke ich ein Stück altes Brot mit ein. Auch diesmal fand ich ein paar Brocken und warf sie mit aller Kraft in die Luft. Unversehens stand ich mitten im flatternden, kreischenden Schwarm, die letzten Krümel wurden mir fast aus der Hand gerissen. Dann sammelten sich die Vögel wieder und flogen davon.

Die Lichter in den Häusern spiegelten sich im Wasser, der Glanz der Weihnachtsgirlanden und Sterne vervielfachte sich. Ich glaubte, Fabian zu sehen, der seine kindliche Weihnachtseuphorie auch mit zwölf, dreizehn Jahren nicht abgelegt hatte, so cool und lässig er sich sonst gab. Vor Weihnachten war sein Zimmer tabu, nur er durfte rein. Durch die Wände hörten wir Papier rascheln und das Schnipseln seiner Schere, manchmal schimpfte er auch ärgerlich vor sich hin. Wie viele Meter Klebeband er verbrauchte, wusste wohl nicht einmal er selbst. Mama meinte manchmal trocken, Fabian sei der beste Kunde ihres Papier- und Schreibwarengeschäfts, so viel Geschenkpapier, bunte Bänder und Klebeband benötige sonst niemand.

Und dann ... unsere letzte gemeinsame Weihnachtsfeier ... wie oft haben wir sie uns später in Erinnerung gerufen! Wie durch ein Kaleidoskop sah ich in rascher Abfolge Erinnerungsbilder. Unser letztes bewusstes Zusammensein als vollständige Familie. Zwei Monate später dann der brutale Riss.

»Hätte ich doch damals gewusst, dass ...«, »Hätte ich durchgesetzt, dass er eine Trainingspause einlegt, bis seine Schulleistungen sich verbessern ...«, »Hätte ich ihm wenigstens noch die CD geschenkt, die er sich so sehnlichst wünschte ...«, »Hätten wir ihm doch noch ein Keyboard geschenkt ...«, »Hätten wir doch noch einmal alle Verwandten und Freunde eingeladen ...«

Unser letztes gemeinsames Weihnachtsfest verlief jedoch wie immer: Mama kam nach dem Hochbetrieb in ihrem Geschäft spät nach Hause und fühlte sich nervös und todmüde. Dad wirkte von seiner traditionellen Geschäftsfeier wie jedes Jahr etwas angesäuselt, was wiederum Mama ärgerte, weil sie gehofft hatte, er bereite das Abendessen zu. Tommy, Fabian und ich schmückten den Weihnachtsbaum und waren uns ebenfalls wie jedes Jahr nicht einig, wie er auszusehen hatte. Ich wollte einen Baum mit kitschigen Schleifen und viel Lametta, ganz in Rosa, Tommy einen schlichten, klassischen Baum mit bunten Kugeln und Bienenwachskerzen, während sich Fabian vehement dafür einsetzte, den Baum in sämtlichen nur möglichen Farben zu dekorieren und die Zweige mit künstlichem Schnee zu übersprühen. Die Stimmung war also keineswegs feierlich, und als wir endlich am Tisch saßen, fühlten wir uns alle reichlich geschafft. Es erwies sich dann noch, dass der Braten zu lange im Ofen geblieben und das Fleisch entsprechend trocken und zäh war...

Erst vor dem Weihnachtsbaum kam dann die richtige Stimmung auf, und wie jedes Mal schworen wir uns, dass wir das nächste Weihnachtsfest ganz anders angehen würden.

Nicht in unseren entsetzlichsten Albträumen hätten wir gedacht, wie anders es das nächste Mal werden würde.

Kinderjauchzen brachte mich in die Gegenwart zurück. Ich schlenderte zur Straßenbahnhaltestelle und fuhr nach Hause.

David kommt nicht mehr, er hat vorhin angerufen.

»Bist du okay?«, fragte er, wohl durch den gedämpften Klang meiner Stimme alarmiert.

»Ja doch«, beruhigte ich ihn, »es geht mir gut, mach dir mal keine Sorgen!«

Aber mein Herz ist schwer von Heimweh. Ich wünsche mir die Macht, etwas zurückzuholen, was einmal war und nicht mehr ist. Ich sehne mich danach, noch einmal, nur ein einziges Mal, meinen Bruder umarmen zu dürfen, seinen Körper an meinem zu spüren, ihn lachen zu hören, ich sei zu dick. Ich wünschte, ich könnte seinen Geruch noch einmal einatmen, ich weiß noch, er roch immer ein bisschen nach Pfefferminzkaugummi und einem Gemisch aus Schweiß, Massagecreme und Haarwaschmittel.

Hätte ich ihm doch wenigstens noch gesagt, wie lieb ich ihn habe!

12. April 1996

Sie haben eine Leiche!! Dad und Mama mussten sie identifizieren, es war nicht Fabian! Weiß nicht, soll ich froh oder enttäuscht sein ... Mit Gustav endgültig Schluss gemacht.

Morgens bereits vor sieben Uhr klingelte das Telefon. Wir trafen uns gleichzeitig im Flur, Mama und Dad noch in ihren Schlafanzügen, Tommy bereits in Unterhose und Hemd. Ich war aus dem Badezimmer gerannt und hielt das Badetuch um mich geschlungen. Das Licht im Flur flackerte aus irgendeinem Grund, was die geisterhafte Stimmung zusätzlich vertiefte. Wir starrten einander wie gelähmt an.

Mit zitternder Hand hob Mama ab und meldete sich. Danach schwieg sie, schwieg, schwieg – aber ihr Gesicht veränderte sich. Nein, es wurde nicht blass, es wurde zuerst rot, fast violett, dann zog sich die Farbe langsam wieder aus dem Gesicht zum Hals zurück.

»Ungefähr achtzig Kilometer von hier entfernt, ist eine verkohlte Leiche gefunden worden«, sagte sie schließlich mit einer Stimme, als sei sie aus Glas, das bei der geringsten Berührung zerbersten könnte. »Wir sollen sie uns ansehen, sie haben sie hierher in die Gerichtsmedizin überführt. Ein paar ... Körperteile sind noch intakt ...«

Schweigen. Im oberen Stockwerk kreischten fröhlich die beiden Kleinen der Nachbarsfamilie. Irgendwo wurde eine

Tür geöffnet, Musik drang ins Treppenhaus und verstummte wieder, nachdem die Tür ins Schloss gefallen war. Unvorstellbar, dass anderswo gelebt wurde.

Dad kehrte wortlos ins Schlafzimmer zurück, Mama drängte an mir vorbei ins Bad, Tommy und ich blickten einander verunsichert an.

»Gehst du in die Schule?«, fragte er. Ich schüttelte den Kopf.

»Dann bleibe ich auch hier!«

Unsere Eltern verließen die Wohnung, ohne uns noch zur Kenntnis zu nehmen. Sie liefen einfach an uns vorbei. Sie sprachen auch nicht miteinander.

Tommy und ich setzten uns an den Tisch. Ich stand noch einmal auf, holte eine Kerze und zündete sie an.

Mama hatte ein paar Tage zuvor in einer Zimmerecke ein Tischchen aufgestellt. Sie schmückte es mit einem Blumenstrauß, einigen Kerzenständern und legte auch ein paar Dinge von Fabian dazu: seinen Fußball, ein Paar seiner Torhüterhandschuhe und weitere Kleinigkeiten aus seinem Zimmer. Das Buch über die Karibik und ein Foto von Fabian vermittelten bei oberflächlichem Betrachten den Eindruck, als hätte sie einen Geburtstagstisch vorbereitet und nur vergessen, die Torte hinzustellen.

Für mich hatte sie jedoch einen Altar aufgebaut. Wenn Mama beim Eindunkeln die Kerzen anzündete, sich davor setzte und so konzentriert Fabians Foto anstarrte, als wollte sie ihn hypnotisieren und seine Rückkehr mit magischen Kräften erzwingen, fröstelte es mich.

»Denkst du, es ist Fabian?«, durchbrach Tommy die Stille. Ich zuckte die Schultern. »Weiß nicht!«, murmelte ich.

»Ich wünschte, er wäre es!«, stieß Tommy zwischen den Zähnen hervor. »Oh Gott, wie sehr ich wünschte, er wäre es!«

»Wie kannst du nur«, sagte ich ohne Überzeugungskraft. »Wir müssen hoffen, dass er gesund zurückkehrt, Tommy, nicht dass er tot ist!«

Tommy gab keine Antwort. Nach einer Weile stand er auf und ging in den Flur. Wenig später hörte ich, dass er Omi anrief und ihr erzählte, wohin Dad und Mama bestellt worden waren.

»Omi kommt her«, sagte er, während er sich wieder an den Tisch setzte.

Ich versuchte, die Bilder aus dem Kopf zu bekommen: Mama und Dad in einem kalt gefliesten Raum hinter einer Bahre, auf der sich ein von einem weißen Tuch bedeckter Körper abzeichnet. Jemand hebt das Tuch, ein schauerliches Bild, die Überreste einer verkohlten Leiche. Mama und Dad suchen nach Merkmalen ihres Sohnes …

Fabian hatte im Nacken ein großes Muttermal, vielleicht war es noch sichtbar. Er hatte sich im Training einen Eckzahn herausgeschlagen und ein Implantat eingesetzt bekommen. Er hatte einen winzigen goldenen Ohrknopf getragen. Er hatte die Fingernägel seiner linken Hand bis auf die Kuppe abgenagt.

Vielleicht war es die Leiche einer Frau oder eines Mädchens? Vielleicht fanden sie das heraus?

Bis Omi erschien, war mir so übel, dass ich das Frühstück, das Tommy zubereitet hatte, nicht herunterbrachte. Leichengeruch schien sich im Zimmer zu sammeln.

»Haben sie noch nicht angerufen?«, fragte Omi. Wir schüttelten stumm den Kopf.

War es ein gutes oder ein schlechtes Zeichen, wenn Mama und Dad sich nicht meldeten? Und war es gut, wenn es sich beim Leichnam um Fabian handelte, oder nicht? Omi versuchte, uns zum Essen zu bewegen. Sie selbst beschränkte sich aber auch auf eine Tasse Tee. Die Zeit verging und die Zeit blieb stehen. Einmal klingelte das Telefon, doch als ich abhob, war es nur Gustav, der wissen wollte, weshalb ich nicht zur Schule gekommen war, wir hätten uns doch in der großen Pause verabredet. Mordgedanken. Weshalb war nicht Gustav verschwunden, sondern Fabian?

Ich hängte ein, ohne ihm zu antworten.

Und dann kamen Dad und Mama nach Hause. Dad half Mama aus dem Mantel, er stützte sie beim Gehen, geleitete sie wie eine Schwerkranke zum Lehnstuhl. Über Mamas Kopf hinweg gab er uns Zeichen, die wir nicht deuten konnten. Bedeutete dieser Augenaufschlag nun, ja, er war es, oder nein, er war es nicht?

Endlich sagte Mama: »Es ist nicht Fabian! Es ist – war – aber auch ein Junge, ungefähr im selben Alter. Nach den ersten Untersuchungen hat der Pathologe vermutet, er sei noch nicht lange tot. Mein Gott, seine armen Eltern!«

Die Geschwister erwähnte sie nicht.

Tommy wandte mir den Kopf zu. Er dachte, die Glücklichen! Ich wusste es einfach.

»Wie habt ihr … seid ihr sicher?«, fragte ich. Dad erzählte: »Man hat seine Füße noch erkennen können, sie waren viel größer als die von Fabian und er hatte auch keine durchstochenen Ohrläppchen. Sein Gebiss – nein, er ist es nicht! Der Vergleich mit den Röntgenaufnahmen von Fabians Zahnarzt hat es vollends bewiesen.«

Omi schlug sich die Hände vors Gesicht: »Wer ist er denn? Wo um Himmels willen wird denn *noch* ein Junge vermisst?«

»Das wird man nun abklären«, erklärte Mama, deren Lebensgeister allmählich wieder zu erwachen schienen. »Vermisstenanzeigen werden ja nun alle im Computer gespeichert, allein in Deutschland sollen in diesem Jahr 37 000 Kinder als vermisst gemeldet worden sein. Die Beamtin hat uns jedoch erklärt, dass viele Eltern ihr Kind gar nicht erst melden, weil etliche bloß mal für ein paar Tage auf Kurve gehen. Es soll Kinder geben, die machen das öfter, bei ihnen wollen die Eltern natürlich nicht jedes Mal eine Großfahndung auslösen!«

Mama erhob sich und goss sich Tee ein. »Wir wollen mal alle dankbar sein, dass es sich nicht um Fabian gehandelt hat!«, sagte sie schon fast wieder munter. Dann ging sie zum Tischchen hinüber, rückte Fabians Foto in die Mitte und zündete ringsum alle Kerzen an.

»Er lebt!«, behauptete sie. »Eine Mutter spürt, wenn ihr Kind stirbt! Ich habe aber nie etwas Derartiges gespürt.«

Omi senkte den Kopf, Dad presste die Kiefer zusammen, Tommy stand auf und setzte sich in sein Zimmer ab und ich schluckte krampfhaft die aufsteigenden Tränen hinunter. Ich wagte nicht zu fragen: *Wer* hat den fremden Jungen verbrannt? Könnte er nicht vom selben Täter verbrannt worden sein, der Fabian entführt hat? Nach der ersten Erleichterung würden sich Mama und Dad bald dieselben quälenden Fragen stellen und die Polizei ging dieser Möglichkeit bestimmt bereits nach. Zwei Opfer, aber vielleicht ein und derselbe Täter?

Am Abend tauchte Gustav auf.

»Wie geht's, wie stehts?«, fragte er. Er hatte sich mir gegenüber diese pseudo-fröhliche Stimme zugelegt, gewissermaßen »alles ist halb so schlimm, alles kommt ins Lot«. Ich konnte sie schon gar nicht mehr hören, und am allerwenigsten an diesem Tag, an dem man Fabian wieder einmal nicht gefunden hatte.

Ich sagte Gustav deshalb mitten ins Gesicht, dass ich ihn nicht mehr sehen wolle. Dass ich mich von ihm trennen wolle und er mich bitte nicht mehr anrufen oder aufsuchen soll. Völlig entgeistert starrte er mich an, aber vermutlich dachte er, ich sei zurzeit einfach nicht ganz zurechnungsfähig und er müsse mich bloß mal für eine Weile in Ruhe lassen, bis ich wieder »normal« würde. Also ging er, ohne was zu sagen, ein schiefes Lächeln im Gesicht, sein »Es-wird-schon-wieder-Lächeln«.

Mir war schleierhaft, wie wir, unsere Familie, weiterleben sollten – ohne Fabian.

Januar 2003

Vor kurzem hat mich Dad an einem Vormittag in der Praxis angerufen und sich erkundigt, ob er mich an meinem freien Nachmittag in meinem Apartment besuchen dürfe, Mama und er seien zum Einkaufen in der Stadt. Ich habe mich sehr darüber gefreut.

»Dann kommt doch alle beide!«, schlug ich vor. Mama hatte jedoch vor, eine Bekannte im Krankenhaus zu besuchen. Um vier wollten sich meine Eltern dann in der Stadt wieder treffen.

»Hast du wirklich nichts anderes vor, Sina?«, fragte Dad mehrmals. »Ich möchte nicht, dass du deine Pläne meinetwegen änderst! Oder ist es dir lieber, wenn wir uns in einem Café verabreden?«

Eigentlich hatte ich geplant, zu Hause wieder einmal gründlich sauber zu machen, aber das ließ sich auch nach Dads Besuch noch in die Tat umsetzen. Seine seltene Spontaneität wollte ich auf keinen Fall abblocken. Auf dem Heimweg von der Praxis kaufte ich in der Bäckerei an der Ecke frisches Gebäck. Als Dad dann bei mir zu Hause ebenfalls eine Packung auf den Tisch stellte, brachen wir in Gelächter aus.

»Die pack nur gleich wieder ein«, bat ich. »Du bist heute mein Gast! Mama wird sich über die Süßigkeiten ebenfalls freuen. Ihr schadet es ohnehin nicht, wenn sie wieder etwas Gewicht zulegt, sie ist entsetzlich dünn, seit…«

Seit Fabian verschwunden ist... Schon schwebte sein Schatten wieder durch den Raum.

Dad schüttelte lächelnd den Kopf: »Guck erst mal rein, bevor du meine Süßigkeiten zurückweist, Sina!«

Neugierig hob ich den Deckel. Mama hatte Plätzchen gebacken! Die Tränen wollten mir in die Augen steigen. Zum letzten Mal hatte Mama vor sechs Jahren gebacken, danach gab es höchstens noch gekauftes Gebäck.

»Danke!«, murmelte ich. »Du hast Recht, diese Plätzchen möchte ich selber essen! Du hast ja bestimmt bereits welche abgekriegt.«

Ich holte einen schönen Teller und legte die Plätzchen darauf. Und wieder lief ein Film vor meinen Augen ab. Wir Kinder mit klebrigen Händen, Fabian mit seinem von Schokolade verschmierten Mund, Tommys zum Heulen verzogenes Gesicht, weil das Eiweiß in der Schüssel trotz heftigem Rühren nicht steif werden wollte. Ich glaubte, unter den Füßen den auf dem Boden zerstreuten Zucker knirschen zu hören...

»Mama hat zum ersten Mal wieder Plätzchen gebacken...«

»...seit Fabian fort ist«, vollendete Dad meinen angefangenen Satz. »Weißt du, Sina, während der letzten Monate ist mir einiges durch den Kopf gegangen. Vor allem ist mir klar geworden, dass es uns allen wirklich nicht besser geht, wenn wir Fabian totschweigen, da hat David Recht.

Vermutlich habt ihr es gespürt: Unsere Ehe war in einer tiefen Krise. Nachdem Mama und ich unsere ganze Energie bei der vergeblichen Suche nach Fabian verpufft hatten, breitete sich eine lähmende Leere zwischen uns aus. Wir hatten uns plötzlich nichts mehr zu sagen. Zuvor hatte sich ja alles nur noch um Fabian gedreht. Während ich mich in die Arbeit stürzte, folgte für Mama aber gleich der nächste Schlag. Sie konnte ihr Schreibwarengeschäft nicht mehr halten.

Nur in einem totalen Neuanfang in einer anderen Wohnung haben wir noch eine letzte Chance gesehen. Wir haben uns schließlich wieder zusammengerauft, aber von einem echten Neuanfang konnte noch immer nicht die Rede sein. Obwohl wir krampfhaft vermieden haben, über Fabian zu sprechen, hat er uns auch in die neue Wohnung begleitet, und das Furchtbare ließ sich durch Verschweigen nicht ungeschehen machen.«

»Und jetzt?«, fragte ich bange. »Fängt alles wieder von vorne an? Fangt ihr jetzt wieder an, nach Fabian zu suchen? Quält ihr euch wieder, weil sich nichts tut?«

Ich stand auf und ging in die Küche, um die Kaffeekanne zu holen. Das Herz lag mir schwer in der Brust. Wie sollte ich es ertragen, wenn Mama und Dad alles noch einmal aufrollten, die Zeitungen seinen Fall wieder aufgriffen, neugierige Journalisten anriefen und mich mit Fragen bestürmten?

Ich schaffe es nicht noch einmal, dachte ich, während ich Dads Tasse voll goss.

»Du hast mich missverstanden, Sina«, nahm Dad den Gesprächsfaden wieder auf. »Was ich zu sagen versuche, lässt sich offensichtlich schlecht erklären. Sieh, Mama und ich haben für Fabian die Tür wieder geöffnet, wir lassen ihn ein- und ausgehen, mehr nicht. Manchmal begleitet er uns ein paar Stunden, dann zieht er sich wieder zurück. Über dreizehn Jahre lang haben wir mit Fabian zusammengelebt und es waren wunderbare Jahre. Nun verschließen wir uns der Erinnerung an jene Zeit nicht mehr, nur weil sie oft fast unerträglich schmerzt und den Verlust so schrecklich deutlich macht. Stell dir vor, Sina, Mama und ich haben mit einer Gesprächstherapie begonnen! Sie tut uns gut, das spüren wir bereits jetzt, nach nur fünf Sitzungen.«

Ich bekam den Mund fast nicht mehr zu. Das waren allerdings bessere Neuigkeiten, als ich in meinen kühnsten Träumen zu hoffen gewagt hatte!

Aus Angst, ich könnte Dad nicht richtig verstanden haben oder ich würde gleich aus einem Traum gerissen werden, wagte ich kaum aufzusehen.

Aber Dad meinte es offensichtlich ernst. »Ich muss noch etwas loswerden, Sina«, sagte er und griff nach einem Schokoplätzchen. »Es lässt mir keine Ruhe. Mama und mir ist neulich bewusst geworden, dass wir Tommy und dich sehr allein gelassen haben. Wir waren zu sehr mit uns und unserem Verlust beschäftigt und haben zu wenig darüber nachgedacht, dass auch *ihr* einen Verlust erlitten habt und unsere Zuwendung gebraucht hättet.«

David hat einmal etwas Ähnliches gesagt, aber ich habe ihm heftig widersprochen. »Das stimmt doch nicht!«, hatte ich empört ausgerufen. »Dad und Mama waren immer für uns da! Die haben geradezu verbissen darauf geachtet, wo wir uns aufgehalten haben und wann wir zurückgekommen sind. Einen richtigen Tick hatten sie! Wir haben sofort jeder ein Handy bekommen und es ist zu unserem ständigen Begleiter geworden. Kein Tag ist vergangen, ohne dass Mama kontrolliert hat, ob es auch tatsächlich funktioniert. Du siehst das völlig falsch, David! Unsere Eltern hatten uns keineswegs vergessen. Ganz im Gegenteil: Wir waren die am besten behüteten Kinder der ganzen Stadt!«

»Ich rede aber nicht von Behüten und Kontrollieren«, versuchte mir David verständlich zu machen. »Ich rede von Anteilnahme, von Liebe und Zärtlichkeit. Oder ist mir da etwas entgangen? Ich habe jedenfalls noch nicht erlebt, dass ihr euch innig umarmt habt und dass dein Dad oder deine Mama sich mal nach *deinem* Seelenzustand erkundigt haben... nach deiner Arbeit, deiner Wohnungseinrichtung, deinen Urlaubsplänen, das ja, aber nach *dir*, Sina? Quatsch, das kannst du mir nicht einreden, das nehme ich dir ganz einfach nicht ab! Das war ein viel zu heißes Eisen. Wenn sie erfahren hätten, wie sehr Tommy und du leiden, hätte das ihre eigene kaum verheilte Wunde aufgerissen, das konnten sie nicht riskieren!«

Wir gerieten uns damals in die Haare, David und ich. Ich ertrug es nicht, wenn er unsere Situation so sachlich und distanziert analysierte. Was wusste er schon, was ließ sich aus seinen wenigen Begegnungen mit meinen Eltern schließen!

Doch als ich nun Dad beobachtete, der verwirrt den Blick gesenkt hielt und mit fahrigen Fingern die Bügelfalte an seiner Hose glatt strich, fiel es mir wie Schuppen von den Augen: David hatte damals ins Schwarze getoffen! Dads Schuldgefühle waren berechtigt, und sie erfüllten mich, wenn ich ehrlich sein wollte, sogar mit ein wenig Genugtuung!

Sicher, unsere Eltern hatten nach Fabians Verschwinden weiterhin bestens für uns gesorgt. Wenn wir krank waren, pflegten sie uns. Wenn wir Geburtstag hatten, wurde er gefeiert, ein Schulerfolg gelobt. Doch in unserer Beziehung war ein tiefer Bruch entstanden, auch da gab es nun ein Davor und ein Danach.

Fabians Verschwinden hatte alles verändert. Die Sina, die mit ihrem Daddy über ihren Liebeskummer sprechen konnte, ihn im Vorbeigehen rasch kitzelte, Mama einen ungestümen Kuss auf die Wange drückte oder sich heftig mit ihr stritt, diese Sina gab es »danach« nicht mehr. Die Mutter, die sich abends noch kurz zu mir aufs Bett setzte, hatte sich über Nacht in eine Frau verwandelt, die keinerlei weitere Belastung mehr ertrug. Der Vater, der seinen Arm um mich legte und sich erkundigte, was mich bedrücke, hatte sich gleichzeitig mit Fabian aus dem Staub gemacht.

Omi hat sich um unser Seelenheil gekümmert, an Omi habe ich mich noch zu kuscheln gewagt, ihr habe ich erzählt, was mich bewegt, wovor ich mich fürchte, was mich quält. Bei ihr durfte ich den Tränen freien Lauf lassen, Mama und Dad galt es zu schonen, sie waren »die schwer geprüften Eltern«. Nach Omis Tod fühlte ich mich lange Zeit sehr allein gelassen – eigentlich so lange, bis David auftauchte.

Während ich mit halbem Ohr Dads Gedankengang folgte, gingen mir die vielen Zeitungsartikel über unsere Familie durch den Kopf. In allen war von den schwer geprüften Eltern die Rede, sämtliche Möglichkeiten, was mit Fabian hatte geschehen sein können, wurden eingehend erörtert. Oft gab es auch ein Foto von Tommy und mir. »Die Geschwister des verschwundenen Fabian« stand dann daneben. Kein Adjektiv, das auf unsere, der Geschwister Betroffenheit hätte schließen lassen.

Ich setzte mich zu Dad aufs Sofa und lehnte mich an ihn.

»Lass es gut sein, Dad«, versuchte ich, ihn zu beschwichtigen. »Sechs Jahre sind eine lange Zeit, aber vor uns liegen hoffentlich noch viele weitere Jahre. Wir wollen einfach nur versuchen, mitfühlend miteinander umzugehen, einander zu sagen, was wir brauchen oder was uns kränkt. Du hast heute einen guten Anfang gemacht!« Ich kam mir fast ein bisschen weise vor.

Dad nickte bestätigend. »Stimmt, wir müssen besser aufeinander eingehen!«, bekräftigte er. »Aber jetzt versuch endlich mal eins von Mamas Plätzchen!«

Wir brachen gleichzeitig in Lachen aus, der brüske Themawechsel war so typisch für ihn. Früher hatten wir ihn jeweils geneckt, er markiere mal wieder den Big Boss.

Nachdem Dad gegangen war, verspürte ich nicht mehr die geringste Lust, mich in die Putzerei zu stürzen. Ich setzte mich in Omis Stuhl und schnupperte am Bezug. Ach Omi, dachte ich, weshalb bist du schon gestorben! Andere Großmütter schaffen es doch auch, achtzig und älter zu werden!

Aber andere Großmütter verlieren auch nicht ihren Enkel auf diese entsetzliche Weise …

Sie war immer kleiner geworden, unsere Omi. Eines Tages, vielleicht zwei Jahre nach Fabians Verschwinden, fiel mir plötzlich auf, dass nicht mehr sie mich in die Arme nahm und tröstete, sondern ich sie in meine Arme bettete. Zerbrechlich zart war sie geworden, wir hatten es in unserer Qual kaum wahrgenommen. Omi war immer da, wenn sie gebraucht wurde, auch wenn Mama oft nicht sehr liebevoll mit ihr umging. Sie packte im Haushalt mit an, sie schlief nachts wenn nötig auf dem Wohnzimmersofa, besorgte die Einkäufe, hütete das Telefon und beantwortete teilnehmende Briefe. Sie freute sich mit Tommy über seine guten Noten, sie hörte sich meinen Ärger über Gustav und später über andere junge Männer an.

Sie ließ es aber nicht bei meinen Schimpftiraden bewenden, sondern erkundigte sich nach den Gründen, ließ sich erklären, was ich empfand, weshalb ich die Nähe von Menschen nur noch schwer ertrug. Sie strich Tommy und mir übers Haar, sie drückte uns an sich, bevor sie sich verabschiedete, sie gab uns hin und wieder einen liebevollen Kuss.

Ich hatte sie für unsterblich gehalten. Es war ein Schock, feststellen zu müssen, wie schwach, wie zittrig sie geworden war. Sie wurde nicht krank, zumindest ließ sich keine Krankheit feststellen. Omi starb vor unseren Augen langsam dahin, offenbar ohne körperliche Schmerzen, ohne Auflehnung und ohne Kampf.

Dad und Mama wollten es jedoch nicht wahrhaben, ihre hektische Suche stand damals auf einem Höhepunkt. Mama war längst mit dem Computer verwachsen, ihre Online-Korrespondenz mit anderen betroffenen Eltern spann sich mittlerweile über Kontinente. Sämtliche Netzadressen von Institutionen, die sich um Vermisste kümmerten, und die dazugehörigen Links waren ihr geläufig. Im Internet gab es mittlerweile Suchmöglichkeiten, die auch mich begeisterten, gleichzeitig aber frösteln ließen. Hinter jedem Foto, das wir anklickten, verbarg sich eine vergleichbare Tragödie, wie wir sie am eigenen Leib erfahren hatten. Foto um Foto glitt an uns vorbei, Mädchen und Jungs, Jugendliche – eine nicht enden wollende Bildergalerie. Auch Gedenkseiten für Kinder, die Opfer von Gewaltverbrechen geworden waren, konnte man aufrufen. Ein Unternehmen hatte die Suche nach vermissten Kindern mit einer neuen Gesichtserkennungssoftware geradezu revolutioniert. Eine Beamtin hatte uns erzählt, dass an die tausend Hochleistungsrechner das Internet mit einer Kapazität von fünfzig Millionen Bildern pro Tag nach vermissten Kindern durchforsten konnten.

Das alles war Mama näher als Omis Gesundheitszustand. Sie realisierte ohnehin kaum, was um sie herum geschah, und sie nahm sich nicht die Zeit, sich um Omi zu kümmern. Dad, den Tommy auf Omis Zustand aufmerksam machte, wehrte ebenfalls ab: Er habe, weiß Gott, beruflich wie privat schon genug um die Ohren. Omi sei weit zäher, als sie aussehe.

»War sie nicht erst vor kurzem bei ihrer Ärztin? Hat sie eine Krankheit gefunden? Na also! Omi schafft das schon!«

Omi schaffte es nicht. Eines Morgens läutete das Telefon. Der gewohnte kalte Schreck, wenn es klingelte, immer dieselben hastigen Blickwechsel: Wer hebt ab?

Diesmal war Omis Nachbarin dran. Sie entschuldigte sich zuerst, dass sie uns noch zusätzliche traurige Nachrichten überbringen müsse. Omi sei, vermutlich während der vergangenen Nacht, für immer eingeschlafen.

Tommy verzog sich sogleich in sein Zimmer, Mama seufzte tief auf: »Das hat uns gerade noch gefehlt!« Dad wirkte tief betroffen.

Als David mich einmal in Omis Sessel gekuschelt sah, meinte er: »Du hebst dir deine Großmutter in diesem Sessel auf. Ihr Geist steckt noch drin!«

Der Geist einer Toten lässt sich so viel besser und schmerzloser bewahren als der Geist eines spurlos Verschwundenen.

Dad hatte bei seinem Besuch erwähnt, dass wir alle vergeblich versucht hätten, Fabian totzuschweigen.

Hatte es nicht geklappt, weil wir insgeheim fürchteten, einen *Lebenden* totzuschweigen? Und versuchen wir jetzt, einen vermutlich längst Toten wieder zum Leben zu erwecken?

Ich fühle mich um die Wahrheit betrogen und der Betrug an der Wahrheit erscheint mir schlimmer als jeder andere Betrug.

1. Juni 1996

Tommys Bänderriss heilt allmählich. Totalabsturz in der Schule, Gespräch mit dem Direktor. Er kann mich mal!!!

Meine Zensuren näherten sich unaufhaltsam einem neuen Tiefstand. »Wie die Aktienkurse«, fand Nelly und versuchte, mir ein Lächeln abzugewinnen. Sie hatte mir anhand einer Grafik drastisch demonstriert, in welchem Sturzflug sich meine Leistungskurve seit zwei Monaten befand.

»Mach dir nichts daraus, das ist in deiner Situation verständlich!«, tröstete sie mich.

Klar doch, seit Fabians Verschwinden genoss ich einen Sonderstatus. Kein Lehrer erwartete von mir noch, dass ich für die Schule schuftete, keiner wagte, mich im mündlichen Unterricht aufzurufen. Seltsam war nur, dass es bei Tommy gerade umgekehrt lief. Seine Leistungskurve wies seit ein paar Wochen steigende Tendenz auf.

Tommys neuestes Strebertum wurde allerdings jäh gebremst. Er zog sich im Sportunterricht einen Bänderriss zu. Zuerst sprach der Arzt sogar von einer Operation, kam dann aber wieder davon ab. Reichlich lädiert humpelte Tommy nun mit einem Gipsbein umher. Da er den Fuß sechs Wochen lang nicht belasten durfte, war er auf Krücken angewiesen – nur war sein Schulweg mit Krücken unmöglich zu bewältigen.

Früher hätten sich daraus keine Probleme ergeben, Mama und Dad hätten sich selbstverständlich mit Fahren abgelöst und ihn jeweils vor dem Schulhaus abgesetzt. Doch nun war alles anders. Mama erklärte, sie habe dafür einfach keine Zeit – und dann noch mehrmals täglich! Sie saß am Telefon, huschte zwischendurch in ihr Geschäft, raste auf die Polizeidienststelle, sprach mit Reportern, kleisterte immer wieder neue Fotoplakate von Fabian auf Litfaßsäulen ... mehr lag nicht drin.

Nein, Mama durfte man nicht zumuten, sich auch noch um Tommy zu kümmern. Blieb Dad. Der wollte eigentlich auch nicht, doch nach langem Hin und Her bot er seinem Sohn an, ihn morgens zur Schule zu fahren. Für die meisten Nachmittagsfahrten fand sich eine hilfsbereite Nachbarin, aber es konnte dennoch vorkommen, dass niemand Zeit fand, und Tommy zu Hause bleiben musste. Diesen unfreiwilligen Hausarrest empfand er als viel schlimmer als seine Verletzung und die mit ihr verbundenen Beschwerden.

»Ich halte es hier nicht aus, Sina!«, stöhnte er abends einmal in meinem Zimmer. »Da drehst du durch! Diese Hektik, Tränen, Wut, dumpfes Schweigen, echt, ich krepiere, wenn ich nicht in die Schule kann!«

Mein Bruder, der morgens früher kaum aus den Federn zu kriegen war, der sich ganz gern ab und zu krank stellte ...

Nun saß er stundenlang hinter Büchern und paukte verbissen. Im Gegensatz zu mir konnte *er* sich konzentrieren. Ich aber schaffte es nicht mehr, meine Gedanken zu fassen, sie glitten mir wie Fische immer wieder davon.

Bevor wir vor der großen Sommerpause unser Zeugnis bekommen sollten, bestellte mich der Direktor zu sich. Der arme

Dr. Diff! Er druckste verlegen um den heißen Brei herum, betonte mehrmals, dass er mit meiner ganzen Familie tief empfinde und sich vorstellen könne, dass für uns zurzeit ganz andere Dinge von Bedeutung seien als gute Zensuren. Trotzdem sehe er sich gezwungen ... seit zwei Monaten kein Genügend mehr erreicht ... und vielleicht doch versuchen sollte, meinen Alltag wieder allmählich in den Griff zu bekommen, mich mit Arbeit vom Schmerz abzulenken, statt zu grübeln ...

Ich nickte zu allem, kam mir vor wie eine der Puppen, die in Spielwarengeschäften zur Freude der Kinder mit dem Kopf wackeln können.

Während des Abendessens, das wir nun immer am kleinen Küchentisch einnahmen – es fiel dort weniger auf, dass Fabian fehlte, am großen Wohnzimmertisch zu essen, schafften wir noch nicht –, erzählte ich von diesem Gespräch. Oder vielmehr: *wollte* ich davon erzählen. Es hörte nämlich keiner so richtig zu. Dad hing mehr, als er saß, abwesend in seinem Stuhl, und Mama litt seit Tagen unter einem nervösen Tick, ihr Augenlid zuckte ständig, deshalb strich sie sich immer wieder mechanisch über das Gesicht. Wohl bemerkte sie zerstreut: »Du musst dich zusammenreißen, Sina. Das hätte gerade noch gefehlt, dass du sitzen bleibst!«

Aber dann wandte sie sich auch schon wieder an Dad und bat ihn, die heute eingetroffenen Briefe zu lesen. In einem werde eine interessante These aufgegriffen. Die Absenderin behaupte, vor allem in Tschechien sei Kinderprostitution verbreitet, sie weite sich ständig aus. Es sei dort allgemein bekannt, dass Kinder über die Grenze verschleppt würden. Mama überlegte laut, wie man es anstellen könnte, die Suche nach Fabian auch auf Tschechien auszudehnen.

Tommy wandte mit seltsam verzerrter Miene ein: »Fabian ist doch nicht nach Tschechien verschleppt worden, Mama! Mensch – Fabian als Opfer der Pornoszene – das *darf* ja wohl nicht wahr sein!«

Dad hatte schon den ganzen Abend viel getrunken. Wenn er sich ganz schlimm fühlte, goss er sich, sobald er aus dem Büro kam, den ersten Whisky ein und ging dann beim Essen zu schwerem Rotwein über. Klar, dass unter den gegebenen Umständen seine Beförderung auf die lange Bank geschoben wurde, Dad hatte selbst auf den anspruchsvollen Posten verzichtet.

Mit der peinlichen Sorgfalt eines Betrunkenen sagte er nun: »Wir müssen alle Möglichkeiten in Erwägung ziehen, Tommy!«, und verstummte dann wieder. Mama stieß einen genervten Seufzer aus. Demonstrativ rückte sie die Weinflasche außerhalb von Dads Reichweite.

Ich beteiligte mich nicht an diesem holprigen Gespräch. Zwar schämte ich mich, aber es hing mir mittlerweile zum Hals heraus, dass es seit Fabians Verschwinden bei uns kein anderes Thema mehr gab. Seit über drei Monaten beherrschte Fabian all unsere Gedanken und Gespräche, und es war nicht abzusehen, wann sich das ändern würde. Was, wenn er nicht mehr auftauchte?

Weshalb dominierte Fabian seit seinem Verschwinden unser ganzes Leben, wo er doch früher ein ganz normales Familienmitglied war?

Ich fühlte mich wie durch den Wind geschossen. Das Leben ertrug ich nur, wenn es mir gelang, mich wenigstens gedanklich mit einer Hülle zu umgeben, in der ich für andere unerreichbar blieb. Schmerz, Angst, Wut, Verzweiflung, Eifersucht, Enttäuschung – alles prallte dann an mir ab. Mit Ausnahme von Omi konnte ich mit niemandem reden. In unserer Familie sprachen wir nicht mehr *mit*einander, sondern nur noch *über* jemanden, nämlich Fabian.

Dabei schlitterte Mamas Schreib- und Papierwarengeschäft immer mehr Richtung Konkurs, ich kam in der Schule nicht mehr mit, Tommy quälte sich mit Schmerzen herum – wir nahmen das alles jedoch nur noch am Rande zur Kenntnis, unfähig, zu reagieren, Anteil zu nehmen.

Irgendwo hatte ich einmal gelesen, dass eine tiefe Erschütterung Familien im gemeinsamen Leid zusammenschmelzen lasse. Uns hatte sie getrennt.

Februar 2003

»Dich muss man heute rütteln statt küssen, sonst kriegt man dich nicht wach!«, neckte mich David heute Morgen und riss mir unbarmherzig die Decke weg. Ich versuchte, sie wieder hochzuziehen. »Lass mich!«, bat ich. »Ich habe Kopfschmerzen und konnte lange nicht einschlafen!«

»Du wirst gleich keine Kopfschmerzen mehr haben, wenn du aus dem Fenster schaust!«, prophezeite David.

Schimpfend rappelte ich mich hoch. »Da muss aber schon etwas ganz Besonderes geschehen sein, damit du für dein brutales Vorgehen entschuldigt bist!«, sagte ich.

David zog den bodenlangen Vorhang zur Seite.

»Trari! Trara!«, trompetete er dazu. Die wintergraue Welt war über Nacht in das von mir so ersehnte Weiß getaucht worden!

Auf dem Dach des Nachbarhauses türmte sich der Schnee und die Kamine trugen weiße Mützen. Der Baum, der bis zu Davids Wohnung hochragt, ließ seine Äste unter der schweren Schneefracht tief hängen. Auf dem Fensterbrett hockten kleine Vögel mit aufgeplusterten Federn. Und immer noch fiel der Schnee in Flocken groß wie Wattebausche.

Ich bin wie ein Kind: Der erste Schnee des Jahres versetzt mich in größtes Entzücken. Auch heute Morgen tanzten mir gleich wieder Schnappschüsse aus meiner Kindheit vor den Augen: Rodeln in stiebendem Schnee, Schlittschuhkufen, die Rillen ins Eis ritzten, klamme Hände, Füße, die sich in den Skischuhen zu Eisklumpen verwandelten, überfüllte Gondelbahnen, Skipisten, die wie von Goldstaub überzuckert glitzerten, Dad mit rot verbrannter Nase, Mama, die sich mit Sonnencreme einschmierte, Tommys blitzende Augen…

Und Fabian war damals noch mit dabei.

Ich kann es denken! Endlich kann ich denken: Fabian war bei uns, doch nun ist er fort. Ich kann es denken, ohne dass mich der Schmerz überwältigt!

Nach dem Sonntagsfrühstück stürmten David und ich in dicken Anoraks ins Freie und starteten draußen unter viel Gelächter gleich eine Schneeballschlacht. Die Autos glitten lautlos, wie auf Kufen, an uns vorbei, die Scheibenwischer schaufelten den fallenden Schnee rhythmisch zu schmalen seitlichen Schmutzrillen. In den Vorgärten bauten die Kinder die ersten Schneemänner. Kein einziges mürrisches Gesicht, als wir später am See entlangschritten…

Bis Februar mussten wir in diesem Jahr auf den ersten Schnee warten!

Februar, schon wieder Anfang Februar! David und ich sannen über den Lauf der Zeit nach, während wir Hand in Hand den Heimweg durch die Stadt unter die Füße nahmen. »Allmählich lerne ich, in der Gegenwart zu leben«, stellte ich zufrieden fest. »Die Zukunft macht mir nicht mehr so viel Angst und Unbehagen wie früher!«

David nickte. »Wunderbar, ich bin so froh, Sina«, sagte er. »Die Vergangenheit ist vorbei, die Zukunft noch nicht da – die Gegenwart, das Jetzt, da sind wir daheim, das ist unser Zuhause.« Er drückte meine Hand. »Dieser Augenblick wird nie wiederkehren, wenn wir ihn verpassen, verpassen wir das Leben!«, fuhr er fort.

Ich blickte ihn von der Seite an und musste lachen. David sah aus wie der Weihnachtsmann persönlich, seine Bartstoppeln und Brauen setzten Schnee an, der Haarwusch, der unter der Mütze hervorquoll, war bereits weiß. Mein Herz begann, unter den Rippen wie ein Gummiball zu hüpfen. Ich liebe ihn! Das Wissen floss mir heiß durch die Adern.

Als ich am Abend in mein Apartment zurückkehrte, nahm ich Fabians Foto aus der Samtschatulle, das letzte Foto, das wir von ihm besitzen. Es war auf unzähligen Plakatsäulen abgebildet, es hing in Bahnhöfen und Flugplätzen, in Autobahnraststätten und Jugendtreffs. Und es ist noch immer im Internet abrufbar.

Ich will mich an dieses Foto halten, ich will Fabian so vor mir sehen, wie er damals war. Wie oft habe ich mir den allerletzten Augenblick, in dem ich ihn bewusst sah, in Erinnerung gerufen? Fabian stand in der Küche und löffelte vor dem Training noch rasch einen Becher Jogurt.

Ob er danach noch etwas gegessen hat oder ob dies seine letzte Mahlzeit war? Ich werde es wohl nie erfahren.

»Na, Schwesterchen«, grinste er damals. »Hast du dich inzwischen entschieden, wen du zur Disconight mitschleppst? Tommy hat erzählt, dir liegen gleich zwei Männer zu Füßen!«

»Halt die Klappe«, flachste ich. »Aus dir spricht der blanke Neid, weil du nur eine Verehrerin hast!«

»Dafür die Richtige!«, gab er schlagfertig zurück. Er stopfte den leeren Becher in den Müll und schlenderte in seiner manchmal aufreizenden Art so nah an mir vorbei, dass er mich mit der Schulter anrempelte. Im Flur packte er seine Trainingstasche und nahm die Winterjacke vom Haken. »Dann mach's mal gut!« Lässig hob er die Hand, hängte sich die Tasche um, doch bevor er die Wohnungstür hinter sich schloss, drehte er sich noch einmal um und zwinkerte mir versöhnlich zu.

Dann war er weg, weg für immer. Warum hatte ich keinen sechsten Sinn und hielt ihn zurück? Warum legte ich nicht rasch die Arme um ihn und drückte ihn?

Dass wir nicht von ihm Abschied nehmen konnten, war für uns alle vielleicht die schmerzlichste Tatsache, die wir zu akzeptieren hatten. Er blieb einfach verschwunden, und wir konnten ihm nicht mehr sagen, wie lieb wir ihn hatten.

Lange schaute ich Fabians Foto an, zum ersten Mal ohne Herzklopfen und ohne dieses unbeschreibliche, unerträgliche Gefühl. Ich strich mit der Hand über die glatte Fläche, versuchte, mich an die Berührung seiner Haut und seiner Haare zu erinnern, an den Geruch, der ihn umgab. Es gelang mir nicht. Fabian löste sich nicht aus seinem Foto, nahm nicht Gestalt an. Er blieb ein Bild, ein dreizehnjähriger kecker Junge mit Wuschelhaar und blitzenden Augen. Er war so neugierig auf seine Zukunft!

Bald jährt sich wieder der Jahrestag, an dem er seine Zukunft verlor und damit auch gleich die unsere mitzunehmen drohte.

Ich legte das Foto in die Schatulle zurück und ging ans Fenster. Es hatte zu schneien aufgehört, das Straßenstück, das ich sehen konnte, wand sich wie ein weißes Band zwischen den Häusern hindurch. Aus der Distanz sah es unberührt aus, weder Reifen- noch Fußspuren waren sichtbar.

Dann kam eine Frau mit einem Kind, es hüpfte an der

Hand der Mutter wie ein Känguru und stampfte mit jedem Sprung zwei Fußabdrücke in den Schnee. Als die beiden in den Lichtkreis der Straßenlampe traten, sah ich, dass sie sich fast ausschütteten vor Lachen. Die Mutter bückte sich, nahm eine Hand voll Schnee und warf sie dem Kind auf das zugeknöpfte Mäntelchen, worauf sich das Kind auf den Boden warf und mit beiden Händen eine stiebende Schneewolke Richtung Mutter schaufelte. Wie in einer Pantomime sah ich nur ihre Bewegungen und die zum Lachen verzogenen Gesichter, dann zog die Frau ihr hüpfendes Kind weiter, und kurz darauf bogen die beiden in eine andere Straße ein.

Unwillkürlich suchten meine Augen ihre Spuren im Schnee. Aber der Wind hatte sie bereits verwischt und bald waren sie ganz verschwunden.

Ich ging früh schlafen, doch bevor ich das Licht löschte, nahm ich Fabians Foto wieder aus der Schatulle.

Ich will es einrahmen und aufhängen. Wenn immer ich daran vorbeigehe, werde ich ihn kurz ansehen. Seine allzu kurze Lebensspur will ich mir nicht verwischen lassen.

28. Juli 1996

Stadt wie ausgestorben, alle in Urlaub!!! Nur Familie Bachmann natürlich zu Hause. Wir warten! Wir suchen. Einsam …

Hochsommer, Tag für Tag glühend heiße Sonne. Mama hatte auf dem Balkon schon frühmorgens das Schatten spendende Sonnendach hinuntergekurbelt. Grelles Licht ertrugen wir ohnehin nicht mehr, das Sonnendach tauchte auch das Wohnzimmer und Mamas und Dads Schlafzimmer in schummriges Dunkel. Über Urlaubspläne wurde dieses Jahr natürlich kaum gesprochen. Omis zaghafter Vorstoß, Dad und Mama sollten doch wenigstens Tommy und mich wegschicken, vielleicht zu Tante Tina ins Allgäu oder zu ihren Freunden nach Innsbruck, stieß auf keinerlei Echo. Mama fand lediglich, in solchen Zeiten gehöre eine Familie zusammen, und presste die Lippen zu einem schmalen Strich zusammen, um zu verdeutlichen, was sie von Omis Vorschlag hielt. Dad kommentierte Omis Urlaubspläne für ihre Enkel nicht, er schien manchmal überhaupt nicht mehr wahrzunehmen, was sich um ihn tat, seine Augen blickten oft ins Leere.

Die Blumenkisten auf dem Balkon blieben diesen Sommer leer, doch Mama schien auch das nicht zu realisieren. Noch vor einem Jahr hatte sie sich so über die üppig blühenden

Sommerpflanzen gefreut, mit denen wir unseren kargen Balkon in ein Minigartenparadies verwandelt hatten.

Mir fehlten die Kapuzinerkresse und die Duftwicken, mit denen wir Kisten und Töpfe bepflanzt hatten, wobei wir uns über die langweiligen roten Geranien auf all den anderen Balkonen lustig machten. Ich hätte mich dieses Jahr aber auch ohne weiteres zwischen knallrot blühenden Geranien verborgen. Die graue Betonbrüstung ließ mich trotz der Hitze frösteln. Dennoch lag ich oft auf dem lieblos nackten Balkon im Liegestuhl. Die Zeit verrann unendlich träge und versetzte mich in ein eigenartiges Stadium zwischen Schlafen und Wachen.

Die einzige Abwechslung boten gelegentliche Gewitter und Regenschauer. Dann stellte ich mich in meinem Zimmer ans Fenster und schaute zu, wie der Regen in bösartigen Böen herunterklatschte und die Menschen geduckt unter Schirmen und Kapuzen dahineilten, während die Autos langsam durch Wasservorhänge glitten und Fontänen zur Seite spritzten. Das war meine Unterhaltung, meine einzige bewusste Wahrnehmung im Alltag. Ich brachte es nicht mehr über mich, mich aktiv an der Suche nach Fabian zu beteiligen, ich schaffte es einfach nicht. Manchmal hatte ich das Gefühl, an etwas in mir drin zu ersticken. Dann wünschte ich mir, mein Herz würde aussetzen. Ich legte mich aufs Bett und stellte mir vor, wie Mama und Dad mich finden und sogleich zutiefst erschreckt zuerst rütteln, dann beatmen würden, wie ich ganz langsam wieder zu mir käme und wir uns umarmen würden. Wie dankbar sie wären, dass sie wenigstens noch Tommy und mich hatten!

Auf dem Liegestuhl oder auf meinem Bett im Zimmer dösend, hörte ich mit halbem Ohr das Gewisper aus dem Wohnzimmer. Nur noch selten tauchte die Polizei auf, aber noch immer klingelten Bekannte, Verwandte und Nachbarn an der Tür und erkundigten sich, wie sie uns helfen könnten. Es waren allerdings deutlich weniger als noch vor einem Monat, und dies nicht nur, weil Urlaubszeit war. Wahrscheinlich wusste einfach niemand mehr so richtig, wie man mit uns umgehen und worüber man sich mit uns unterhalten sollte.

Mein Gott, was ließ sich denn jetzt überhaupt noch tun? Ich wunderte mich manchmal, worüber Mama und Dad diskutierten. War in diesen vielen Wochen nicht längst alles nur Mögliche unternommen worden? Gut zweihundert Polizeibeamte hatten mit Suchhunden das ganze Stadtgebiet abgesucht, mit Wärmebildkameras ausgestattete Suchflugzeuge hatten Parks und nahe Waldgebiete überflogen. Weit über die Landesgrenze hinaus, hatten Zeitungen Fabians Fall aufgegriffen, sein Bild veröffentlicht, Interviews mit uns abgedruckt. Mama war sogar persönlich in etlichen Fernseh- und Radiosendern aufgetreten und hatte, ergreifend um Fassung bemüht, das Publikum um Mithilfe bei der Suche nach Fabian angefleht. Auch Interpol war eingeschaltet worden. Es gab kaum noch eine Litfaßsäule, auf die nicht Fabians Bild geklebt worden war.

Was, um Gottes willen, *was* wollten Mama und Dad noch erreichen?

Mit schlaffen, kraftlosen Gliedern lag ich da und wartete auf ein Wunder, von dem ich im innersten Seelenwinkel jedoch wusste, dass es nicht eintreffen würde.

Fabians Zimmertür blieb nun geschlossen. Einmal in der

Woche betrat Mama diese Insel inmitten unserer Wohnung, öffnete die Fenster, Staub flirrte durch die Sonnenstrahlen, die es wagten, diesen unbeseelten Raum zu durchkreuzen. Mama ordnete die Kleider im Schrank, glitt mit dem Staubsauger über den Teppich, wischte Staub von den Regalen und vom Schreibtisch. Nachdem sie das Bett frisch aufgeschüttelt und danach wieder glatt gestrichen hatte, warf sie noch einen Blick in die Runde und zog dann so leise die Tür ins Schloss, als gelte es, einen Schlafenden nicht zu wecken.

Nur einmal hatte Tommy zu fragen gewagt, warum sie das mache. »Es würde doch reichen, dann sauber zu machen, wenn er tatsächlich aufkreuzt«, bemerkte er. Die Antwort war ein eisiger Blick. Ich schwebte in meiner Wach-Schlaf-Wolke dahin und raffte mich nicht einmal zu einer Bemerkung auf.

Nelly kam einmal und wollte mich dazu bewegen, mit ihr ins Schwimmbad zu gehen. »Du kannst doch nicht dauernd daheim hocken!«, sagte sie kopfschüttelnd. »Mensch, Sina, gib dir einen Ruck und pack deinen Badekram zusammen. *Dein* Leben geht weiter! Fabian wird nicht wieder lebendig, auch wenn du hier auf ihn wartest.«

Sie dachte, er sei tot.

War er tot? Lieber umhüllt von meiner nebligen Wolke dahingleiten, als darüber nachdenken müssen!

»Komm schon!« Nelly ließ nicht locker. In Zeitlupentempo begann ich, meinen Badeanzug, ein Tuch und eine Bademütze zusammenzusuchen und in einen Beutel zu stopfen. Nelly wippte ungeduldig auf den Zehenspitzen.

»Meinst du, du schaffst es, bevor die Sonne untergegangen ist!«, giftete sie. Die Geduld, die meine Freundinnen mir gegenüber aufbrachten, erschöpfte sich allmählich.

Als wir endlich ins Freie traten, traf mich das gleißende Sonnenlicht wie ein Hammerschlag. Meine schattengewohnten Augen brannten wie Feuer.

»Ich hab die Sonnenbrille vergessen«, murmelte ich. »Bin gleich wieder da!« Nelly stieß einen gereizten Seufzer aus. »Nun mach schon! Die anderen warten auf uns!«

Der Fahrstuhl war besetzt, ich schleppte meine schweren Beine von Stufe zu Stufe die Treppe hoch. Mich mit den anderen auf dem Badetuch zu rekeln und albernes Zeug zu quatschen... ins Wasser zu springen und rumzublödeln... um die Wette schwimmen... Nein!

Ich packte den Griff der Wohnungstür wie einen Rettungsanker, warf im Vorbeigehen den Badebeutel in mein Zimmer und trat auf den Balkon. Nelly saß auf der Gartenmauer und schlenkerte ihre langen braun gebrannten Beine.

Ich beugte mich über die Brüstung und rief hinunter: »Ich kann doch nicht mit, Nelly. Sorry! Ein andermal, ja! Viel Vergnügen!«

Ich trat zurück, bevor sie antworten konnte. Das laute Rufen hatte mich bereits Kraft gekostet, erschöpft lehnte ich mich an die Wand. Ein wenig später sah ich Nelly auf dem Gehsteig Richtung Schwimmbad schlendern, ihre Tasche wippte mit jedem Schritt auf dem Rücken.

Die lichte Sommergestalt verwandelte sich vor meinen Augen in einen Jungen in Winterkleidung, der seine Trainingstasche über die Schulter gehängt hatte und Richtung Straßenbahnhaltestelle eilte.

Nicht daran denken! Mich auf den Liegestuhl legen, die

Augen schließen, in den wohltuenden, fast komatösen Zustand fallen!

Aber es wollte mir nicht gelingen. Ameisengekrabbel überall, sie fraßen sich durch Nervenbahnen und Adern. Ich stand wieder auf, ging zum Telefon und wählte Omis Nummer.

»Omi!«, schrie ich, als sie sich meldete, »ich ertrag's nicht mehr!«

»Setz dich in den Bus und komm zu mir!«, antwortete sie ruhig.

Wir sprachen nicht viel miteinander, auch bei ihr setzten wir uns auf den Balkon, er quoll schier über vor üppigen Pflanzen. Vor allem aber fühlte ich mich hier nicht allein! Omi hatte die Arme um mich gelegt und wiegte mich manchmal sanft wie ein kleines Kind, strich mir auch ab und zu übers Haar und drückte ihre runzlige Wange an meine.

Wir kochten einen Topf Spagetti, und als wir uns über den Tisch hinweg ansahen und unsere rot verschmierten Münder bemerkten, brachen wir sogar in Lachen aus.

Als es dunkel wurde, legte Omi eine Matratze auf den Boden neben ihrem Bett und entschied: »Du bleibst heute Nacht hier!« Bevor ich antworten konnte, rief sie zu Hause an, um es meinen Eltern mitzuteilen.

Nachts hörte ich ihre regelmäßigen Atemzügen und endlich, endlich wurde es in meiner aufgewühlten Seele ruhig und ich fiel in einen tiefen, guten Schlaf.

27. Februar 2003

Meine Winterfreuden waren nicht von langer Dauer. Nach nur wenigen Tagen kam es zu einem Wärmeeinbruch und der frische Schnee schmolz zu grauschmutzigen Schneehaufen zusammen. Der Nebel hängt nun wieder tief über der Stadt, die Sonne, die darüber scheint, lässt sich nur erahnen.

Heute ist ein ganz besonderer Tag. Vor sieben Jahren haben wir Fabian zum letzten Mal gesehen. Als ich frühmorgens erwachte, war ich von einer Unruhe erfüllt, die sich nicht beschreiben lässt, die ich jedoch nicht zu unterdrücken vermochte. Um David nicht zu wecken, stand ich leise auf und ging in die Küche. Dort tastete ich im Dunkeln nach Kerze und Streichhölzern, die David und ich stets in Griffnähe haben. Im Kerzenschein brühte ich mir einen Tee auf. Ich wusste, ich spürte es förmlich, dass zu dieser frühen Morgenstunde, wo es draußen noch finster und still war, mindestens drei weitere Menschen mit mir wachten: Mama, Dad und Tommy.

Er ist tot, Fabian ist tot. Ich muss ihn endlich loslassen, sterben lassen! Ich kann nun ertragen, dass nur *ich* eine Zukunft habe, und er, mein Bruder, mit größter Wahrscheinlichkeit nicht.

Ich rückte sein Foto ins Kerzenlicht und betrachtete ihn. So möchte ich ihn in Erinnerung behalten. Ein Junge, übermütig, manchmal großspurig, dann wieder einfühlsam und verletzlich. Ein Junge, stets um den Familienfrieden bemüht. Ein Junge, der zum ersten Mal verliebt war, der viel Talent für Fußball und Spaß am Leben hatte.

Ich versuchte, mir vorzustellen, wie Fabian reagiert hätte, wenn *ich* spurlos verschwunden wäre. Auch ihn hätte es fast umgebracht. Vielleicht wäre es für ihn sogar noch schwerer gewesen als für mich. Aber irgendwann, nach Jahren, hätte auch er sich gesagt: Ich muss *mein* Leben leben, nicht ihres. Ich muss sie loslassen und ohne sie weiterleben.

Was geschah damals, am 27. Februar 1996? Wo bist du, Fabian?

Ich trat ans Fenster, der glänzende Mond versank soeben hinter den Hügeln am Horizont, in der Stadt erzitterten die ersten Lichter. Als David mich von hinten mit den Armen umfing, erschrak ich, ich hatte ihn nicht kommen gehört.

»Geht's?«, fragte er besorgt und legte sein Kinn auf mein Haar.

»Es geht!«, bestätigte ich.

Ja, es geht. Und es wird immer besser gehen. Ich will da durch. Man muss sich den Dingen stellen, vor denen man am liebsten davonlaufen möchte. Erst seit ich damit angefangen habe, sehe ich auch wieder das Schöne. Ich habe den Schatten kennen gelernt, nun will ich auch das Licht wieder wahrnehmen. »Richte dein Gesicht immer nach der Sonne aus und der Schatten wird hinter dich fallen«, habe ich einmal irgendwo gelesen.

David machte Frühstück, und ich ging ins Bad, um mich anzuziehen. Beim Essen spürte ich immer wieder seine prüfenden Augen auf mir.

»Mach dir keine Sorgen!«, beruhigte ich ihn. »Ich schaffe es!«

»Wie wäre es, wenn wir am Abend das Grab deiner Großmutter besuchten?«, fragte David. »Für mich ist dein Bruder dort mit ihr zusammen begraben.«

Fabian geborgen in Omis Grab. Es war eine gute Vorstellung.

»Ich werde es mir überlegen!«, versprach ich. »Aber wir haben heute bis um fünf Patienten bestellt. Vermutlich ist der Friedhof dann längst geschlossen.«

David und ich gingen beide zur Arbeit, die Straßenbahn trug uns in verschiedene Richtungen davon.

In der Praxis empfing mich Pia bestens gelaunt. »Rate mal, mit wem ich letzte Nacht zusammen war?«

Ihr Gesicht war rosig angehaucht, ihre Augen leuchteten, es war nicht schwierig herauszufinden, was geschehen war.

»Lass mich raten«, neckte ich sie. »Mit unserem Boss?«

Der riss in diesem Moment die Tür auf und hörte meine letzten Worte mit.

»Was ist mit mir?«, bellte er. »Hat mich jemand gesucht?«

Er befindet sich wieder einmal im Stadium der Loslösung von einer Freundin und ist entsprechend schlecht gelaunt.

»Nein, nein, nicht im Geringsten«, beeilte Pia sich zu versichern. »Sina hat sich nur gewundert, wo Sie stecken, es ist doch bereits Viertel nach …«

»Das wird ja immer besser!«, ärgerte er sich lautstark, während er den Mantel in die Garderobe hängte und in seine weiße Schürze schlüpfte. »Seit wann kontrollieren die Angestellten denn die Arbeitszeit ihres Vorgesetzten? An die Arbeit, Mädels! Quatschen könnt ihr nach Feierabend!«

Die Tür zum Untersuchungszimmer knallte zu, wir konnten jedoch hören, dass er eine Nummer in sein Handy tippte – und bald darauf seine aufgebrachte Stimme. »Aber bitte doch!«, schrie er. »Wenn du noch schläfst, ich möchte die Dame nicht stören ... Du liegst wohl auch kaum allein im Bett, wie?«

Pia stöhnte. »Da steht uns heute aber etwas bevor und ich war so guter Laune! Menschenskind, Sina, Nick und ich ...«

Ich stellte mich dumm. »Was ist mit Nick und dir?«

Sie wollte gerade zu einer ausführlichen Schilderung ihrer vergangenen Nacht ausholen, da stieß die erste Patientin die Praxistür auf, und als sie im Wartezimmer saß und Pia mir wispernd erneut ihre brandneue Lovestory erzählen wollte, tauchte schon der zweite auf, und unser Boss ließ uns mit seinem Klingelzeichen wissen, dass er startbereit war.

Es war ein hektischer Tag und unser Chef zeigte sich von seiner schwärzesten Seite. Nichts war recht, nichts gut gemacht, wegen jeder Kleinigkeit blaffte er uns an.

»Ich ertrage dieses Ekel nicht länger!«, flüsterte mir Pia im Vorbeiflitzen zu. »Heute Abend knalle ich ihm meine Kündigung auf den Tisch!«

»Ach wo«, versuchte ich, sie zu besänftigen. »Nimm ihn doch einfach nicht ernst. So viel wie hier bekommen wir in keiner andern Praxis. Morgen hat Herr Hochwohlgeboren vielleicht bereits eine neue Flamme und schwebt für eine Weile wieder auf Wolke Nummer Sieben!«

»Ich begreife die Frauen nicht!« Pia schüttelte fassungslos den Kopf. »Was sehen sie nur an diesem Ekel? Wenn ich da an Nick denke ...«

Als ich nach Feierabend aufräumte – Pia war mit tausend Entschuldigungen bereits zu ihrem Rendezvous entschwunden –, musste ich ihr beistimmen. Es ist mir ebenfalls schleierhaft, wie es unser Boss schafft, immer wieder neue Frauen aufzugabeln, selbst wenn seine Affären dann bald wieder zu Ende gehen.

Ich dachte an David, als ich später durch die Straßen ging. An meinen zuverlässigen Freund, der mit Sicherheit zu Hause auf mich warten würde, weil er mich an diesem ganz besonderen Tag nicht allein lassen wollte. Er würde den Tisch gedeckt haben und in der Küche am Herd stehen, und in der Nacht würde er mich in den Armen halten und spüren lassen, dass ich nicht allein war.

Eine unbändige Freude erfüllte mich plötzlich. Ungeduldig wartete ich auf die Straßenbahn, lief von der Haltestelle nach Hause und mochte nicht einmal auf den Fahrstuhl warten, sondern rannte, zwei, drei Stufen auf einmal nehmend, hoch. Als ich die Wohnungstür öffnete, duftete es tatsächlich bereits nach Risotto mit Steinpilzen. Der kleine Tisch war festlich gedeckt. Durch die offene Anrichte sah ich David hinter dem Herd, den Kopf von Küchendampf umweht. Im Topf vor ihm zischte und brutzelte es.

Ich ließ den Mantel zu Boden gleiten, schlüpfte aus den Stiefeln, und kaum war ich bei ihm, umarmte und küsste ich ihn.

David drehte sich um und schloss mich ebenfalls in die Arme.

Als das Telefon klingelte, löste ich mich aus seiner Umarmung. »Sicher Mama oder Dad … oder Tommy«, rief ich über den Rücken, als ich zum Apparat ging.

Erst als ich Mamas Stimme hörte, wurde mir mit einem

Schlag bewusst: Ich bin kein bisschen zusammengefahren, als das Telefon schrillte. In Davids Armen geborgen, hatten sich nicht wie sonst meine Nackenhaare gesträubt, und meine Glieder hatten sich nicht verkrampft.

Ich ließ die Augen zu Fabians Foto schweifen und konzentrierte mich auf Mama: »Hallo, Mama!«, sagte ich. »Heute ist ein ganz besonderer Tag, nicht wahr!«

Jeder Tag ist ein besonderer Tag.

Weiterführende Webseiten zum Thema »Verschwundene Kinder«:

www.fredi.org

www.gesuchte-kinder.de

www.wir-suchen-dich.de

www.anti-kinderporno.de

www.ariana.de